W0300483

Der Ausbilder

Hart. Unausweichlich. Stark.

von

M.-G. Mortissimo

MGM Projektmanagement, Ihlow

Das Buch:

Jennifer Grubers Leben befindet sich an einem Scheideweg.

Auf den ersten Blick scheint sie alles zu haben, wonach sie sich immer gesehnt hat: Sie lebt in einer der schönsten und nobelsten Städte Deutschlands, sie ist erfolgreich und angesehen in ihrem Beruf und dann ist da auch noch Thomas, der nicht nur unverschämt gut aussieht und erfolgreich ist, sondern auch noch »ihr« Freund ist.

Verdammt, sie ist gerade erst in Paris gelandet und sie hat bereits mehrere Anrufe in Abwesenheit. Die beiden wichtigsten Männer in ihrem Leben schienen wirklich nichts dem Zufall zu überlassen. Während sie über ihr Blackberry die letzten Anweisungen mit ihrem Chef durchspricht, steuert sie geradewegs auf ihr romantisches Wochenende mit Thomas in Paris zu. Auf seine für ihn typisch dominante Art bestand er auf ihre Begleitung an diesem heutigen, wichtigen Geschäftstermin.

Wie wichtig dieser Auftrag jedoch für Thomas sein würde, hat Jennifer nicht geahnt. Und ebenso wenig, dass er so weit gehen würde, sie an diesem Abend erstmalig in aller Öffentlichkeit und im Beisein eines wichtigen Geschäftsmannes derart zu demütigen und wie ein ungezogenes Kind abführen zu lassen. Sie kennt seine Ausbrüche und doch liebt sie ihn, seine braunen Augen haben sie vor Jahren verzaubert.

Ist das »magische Band« zwischen den Beiden stark genug, um diese Entgrenzung seiner Gewaltausbrüche zu überdauern?

Eine unverhoffte Lebensveränderung hebt überdies nicht nur Jennifers Leben völlig aus den Angeln, sondern schickt sie in eine Lehre der besonderen Art.

Vermag sie ihre Vergangenheit zu überwinden oder sieht sie sich erneut einem Mann gegenüber, unter dessen Macht ihr emotionales Selbst vollständig zerbricht?

Die Autorin lädt den Leser ein, zu einer Achterbahnfahrt der Gefühle – neben Gänsehaut und Entsetzen gelingt es ihr auf wunderbare Weise, auch die tiefsten Sehnsüchte und Begierden zu wecken.

Der Autor:

M.-G. Mortissimo lebt, seit sie die Großstadt hinter sich gelassen hat, wieder im schönen Ostfriesland. Sie beschloss Geschichten zu schreiben, die nicht nur unter die Haut gehen, sondern die Gefühlswelt des Lesers gar völlig auf den Kopf stellen.

Mit "Der Ausbilder", dem ersten Band ihrer Dark-Romance Reihe, gelingt ihr der Spagat zwischen dem unbändigen Zwang zu kontrollieren, der Obsession, dunkler Begierde sowie tiefem Verlangen und dem zarten Aufkeimen einer Romanze.

Ein konfliktgeladener Roman, der neben tiefsten Abgründen auch eine Menge Temperament und Erotik bereithält.

1. Edition, 2020
© 2020 All rights reserved.
MGM Projektmanagement
Michaela Glaser-Meichsner
Am Sandwater 7
26632 Ihlow
MGM Projektmanagement, Ihlow
verlag@mgpr-management.com

Illustration: Michaela Glaser-Meichsner
Bildrechte: Halayalex via www.freepik.de
Steve Halama via Unsplash.com

ISBN: 979-867187-8394

Widmung

Ich widme dieses Buch all den Menschen, die tagtäglich an mich glauben und mich in meiner Kreativität unterstützen.

Prolog

Die kontroverse Diskussion in diesem Genre ist in der heutigen Zeit zur gängigen Praxis geworden. In diesem Zusammenhang möchte ich betonen, dass alle im Roman benannten Personen meiner freien Erfindung entspringen. Sollten sich Parallelen zur realen Welt ergeben, so sind diese rein zufällig.

Des Weiteren möchte ich mein Verständnis der Beziehungen im „Dark-Romance-Sektor" erläutern.

Meiner Meinung nach gibt es drei Gruppen von Menschen, im aktuell vorliegenden Fall des weiblichen Geschlechts:

1) Frauen, die jegliche Form von Gewalt verabscheuen. Diese Frauen bitte ich, meinen Roman unverzüglich aus der Hand zu legen.

2) Frauen, die sich Dominanz oder Formen von Gewalt in ihrem Leben wünschen und offen darü-

ber sprechen können. Die Betonung liegt dabei auf der Einvernehmlichkeit zweier Menschen, die hierüber sexuelle Phantasien befriedigen können.

3) Frauen, die sich eine gewaltsame Dominanz durch ihren Partner wünschen, jedoch darüber nicht offen sprechen wollen bzw. können. Hier kann die Phantasie ein befriedigendes Mittel zur sexuellen Ausgeglichenheit bedeuten.

Allen Leserinnen und Lesern sei an dieser Stelle eindringlich gesagt, ich skizziere in meinem Roman eine Phantasiewelt. Eine Gewaltverherrlichung oder auch eine Pauschalisierung in der Typisierung der Rollen liegt mir fern.

Kapitel 1

»Pünktlichkeit ist eine Tugend, aber manchmal auch ein Fluch.«

„Wie konnte das nur passieren?!?“, wimmernd lehnt sie sich mit dem Rücken an die hölzerne Tür ihres Schlafzimmers.

Ein Donnerschlag durchfährt ihren Körper, als er wutentbrannt mit der flachen Hand auf die Rückseite der Tür schlägt. „Mach sofort die verdammte Tür auf! Du weißt, dass sie mich nicht davon abhalten wird, reinzukommen!“

Sie zieht ihre Knie noch ein Stück näher an sich heran und drückt ihr Gesicht tief in den eigenen Schoß. Ihr Blick ist vollkommen verschleiert von den unzähligen Tränen, die sie an diesem Abend schon geweint hat. Ein metallischer Geschmack macht sich auf ihrer Zunge breit. Soll er doch die Tür aufbrechen, denkt sie sich.

Ein weiterer Schlag lässt die Schlafzimmertür erbeben. „Schlampe!“, brüllt er mit markerschütternder Stimme. Normalerweise schützt sie keine

Tür vor seinen Wutausbrüchen. Dreimal schon hat sie ihren Vermieter deswegen um Hilfe bitten müssen. Warum müssen auch alle Neubauten immer diese blöden Schließsysteme in den Türen haben?! So langsam gehen ihr die Ausreden aus. Er hat sie schon beim zweiten Mal so mitleidig angesehen, als wolle er ihr seine Hilfe anbieten. Hilfe anbieten. Welch passende Formulierung. Hilfe wobei denn, bitteschön?

Dieses Leben hat sie sich freiwillig ausgesucht. Zugegeben, die gewalttätigen Ausbrüche ihres Partners hat sie sich nicht gewünscht, aber so ist er ja nicht immer. Thomas hat auch besonders liebenswerte Seiten, er ist ein wahrer Gentleman in der Öffentlichkeit. Erst letztes Wochenende hat er sie ganz reizend zu einem neuen Italiener ausgeführt. Und das mal nicht eben so, nein! Es war schon etwas ganz Besonderes. Ein Dutzend rote Rosen hat er ihr heimlich vor die Tür gestellt mit einer geheimnisvollen, kleinen Karte dabei: „*Heute Abend, 19:00 Uhr. Mach Dich hübsch für mich. Ich liebe Dich. T.*"

Doch dieses Mal ist etwas anders. Die Worte »*ich liebe Dich*« klingen unglaublich weit weg und fern.

Ein einziges Mal hat sie seiner Drohung Folge geleistet und die Tür geöffnet. Ein schmerzhafter

Fehler. Thomas sollte man in seinen Wutausbrüchen so weit, wie nur möglich, aus dem Weg gehen. Nach jeder impulsiven Explosion zeigt er seine noch düsteren Abgründe. Ruhe und augenscheinliche Beherrschtheit sind bei ihm noch tausendmal schlimmer als das Zerschlagen von Möbelstücken oder sogar Knochen – ihren Knochen.

Plötzlich hört sie seine schweren Schritte hinter der Tür auf dem Fliesenboden. Offenbar geht er in die Küche. „Oh Gott, nein! Bitte nicht!“, mühsam bückt sie sich nach vorne und kriecht auf allen Vieren rüber zum Bett. Wenn gleich die Tür auffliegt, möchte sie lieber das Grauen auf sich zukommen sehen.

Sachte klopft es an der Schlafzimmertür: „Fräulein, Du hast zwei Stunden. Beweg Deinen Arsch aus dem Zimmer und räum die Scheiße hier auf!“. Kurz darauf hört sie das metallische Geräusch eines Schlüsselbundes in der Porzellanschale und dann das Knallen der Wohnungstür. Wenig später dröhnt der Motor seines Audi‘s und er donnert die Schotterstraße am Haus hinab.

Verwirrt blickt sie auf ihre Armbanduhr: „18:35 Uhr, ich habe zwei Stunden, keine Minute länger. Wenn man sich auf eins verlassen kann, dann ist das seine Pünktlichkeit. Gott, warum sitze ich nicht noch im Büro?!?“. Mit letzter Kraft rutscht sie hoch auf ihr Bett, wischt sich die Tränen ab und richtet ihre Kleidung. „Erst mal aufräumen, das Blut kann ich danach immer noch wegwischen.“

Kapitel 2

»Dein Leben braucht gute Freunde.«

Das Leben ist kein Zuckerschlecken, hat sie sich immer wieder selbst ermahnt. In jeder Partnerschaft gibt es Höhen und Tiefen.

Ihre Freundin Emma steht einen Tag nach dem Vorfall mit einer Flasche Rosé vor ihrer Wohnungstür: „Hey, ich dachte mir, Du kannst ein wenig Gesellschaft gebrauchen. OH MEIN GOTT, JENNY! Was hat dieses Arschloch Dir dieses Mal angetan?!". „Beruhig Dich, Emma. Es ist alles in Ordnung. Komm rein." „Alles in Ordnung? Schätzchen, hast Du mal in den Spiegel geschaut? Dieser Typ ist doch krank!"

Emma ist genau die Freundin, die sich Jennifer ihr ganzes Leben lang gewünscht hat: herzlich, offen, immer direkt und zu jedem Schabernack bereit. In ihrem ersten Jahr in München sind sich die beiden Frauen bei der Wohnungssuche begegnet. Dreißig Bewerber für ein kleines sechs

Quadratmeter Zimmer. Tja, für Münchner Vororte ist das noch harmlos. Es war wohl Schicksal, dass Jennifer sofort den Mietvertrag unterzeichnen durfte und Emma nur zwei Monate später ein anderes Zimmer im gleichen Haus beziehen konnte. Doch das Herumlärmen der anderen Bewohner war nichts für die beiden und so verstanden sie es als göttliche Fügung, als nur zwanzig Autominuten entfernt ein moderner Neubau inseriert wurde. Beide hatten nun den Luxus einer gigantischen Wohnung, Jennifer nutzte die obere Etage und Emma bezog die Untere. Natürlich hätten die beiden Frauen sich auch eine Wohnung teilen können, doch beide bewahrten sich ihre heilige Privatsphäre und etwas Abstand zueinander.

„Was war es dieses Mal? Standest Du im Stau oder hat der Psychopath einen männlichen Duft an Deiner Kleidung wahrgenommen?" Typisch Emma, ohne langwierige Floskeln kommt sie gleich auf den Punkt. „Emma, bitte. Nenn ihn nicht so! Es war meine Schuld. Mein Handy war noch im Flugzeugmodus und er konnte mich stundenlang nicht erreichen. Er hat sich Sorgen gemacht. Das war alles." „Jenny, also ehrlich. Manchmal weiß ich echt nicht, wem von Euch beiden ich zuerst eine reinhauen soll!" Emma steht immer noch mit der Weinflasche im langgezogenen Flur und guckt ihre Freundin fassungslos an.

Jennifer nimmt Emma die Flasche aus der Hand und geht den Flur hoch: „Komm jetzt, er ist nicht da. Lass uns etwas trinken und Spaß haben. Ich hatte heute einen beschissenen Tag im Büro und kann etwas Aufmunterung gut gebrauchen. Habe ich Dir schon erzählt, dass ich die Projektleitung für ein Parallelprojekt zu meiner Gala übernehmen soll? Unglaublich! Ich weiß echt nicht, was mein Chef sich dabei denkt immer und immer wieder dieses billige Personal einzustellen! Wenn wir die lukrativen Kunden halten wollen, müssen wir mit Qualität überzeugen und nicht mit den billigen Blondinen, die noch nicht einmal die einfachste Syntax im Managementsystem beherrschen“. Jennifer wirft wutentbrannt ihre braune Mähne über die Schultern. Emma folgt Jennifer und weiß, dass ihre beste Freundin noch nicht soweit ist, den Schlussstrich zu ziehen.

Acht Wochen sind vergangen, seitdem Thomas ihr buchstäblich den Boden unter den Füßen weggezogen hat. Seine eiskalte Berechnung und seine Härte, haben nicht nur ihre Haut an diesem Abend reißen lassen. Sondern auch Teile ihrer Seele.

Doch Jennifer ist stark und findet immer wieder Zuflucht und ihren neuen Lebenswillen bei Emma und ihrem geliebten Job. Sie ist eine hervorragende Eventmanagerin, die seit nun mehr als vier Jahren Projekte auf der ganzen Welt abwickelt. Ihr Chef hat mit ihr einen wahrhaftigen Glücksgriff bewiesen. Reingeschmissen ins kalte Wasser und ohne jegliche Form der Unterstützung, bewies sie noch in den ersten sechs Monaten ihr Können von null auf hundert. Bereits ein Jahr später ist sie zur rechten Hand und eigenständigen Projektmanagerin herangewachsen. Heute kann ihr Chef sich blind auf sie verlassen, egal ob einhundert oder zehntausend Gäste zu verwalten sind.

Thomas trat knapp ein Jahr nach Jennifers Umzug erneut in ihr Leben, dabei kannten die beiden sich schon aus Kindheitstagen. Manche nennen es „Schwärmerei aus der Kindheit", für Jennifer ist es die große Liebe. Seine wunderschönen, kastanienbraunen Augen verzauberten sie bereits beim ersten Blickkontakt und eroberten ihre innersten Gefühle im Sturm. Thomas' starke Arme, seine maskuline Präsenz und seine klare Analytik beherrschen sie noch heute.

Kapitel 3

»Es gibt keine Zukunft ohne mich!«

Freitag, 16:15 Uhr

Große Regentropfen prasseln an das Beifahrerfenster und Jennifer blickt stumm heraus. Sie ist müde. Ihre Gedanken kreisen bereits seit Stunden über ein verflixtes Systemproblem, das die Softwareentwickler einfach nicht behoben bekommen und dabei ist Montag der große Präsentationstermin mit Saudi Arabien.

Ping. „Hoffe, Du bist auf dem Weg zum Flieger. Schreib mir. Ich liebe Dich. T.“

Jennifer tippt eilig eine kurze Nachricht ins Blackberry: *„Sind gleich da, Emma fährt mich. Melde mich aus dem Flugzeug. Kuss.“*

„Schätzchen, Du kannst Dir gar nicht vorstellen, wie neidisch ich auf Dich bin! Das nächste Mal nimmst Du mich aber mit nach Paris, ja? Die Stadt der Liebe, da muss doch wohl auch der richtige Knackarsch für mich zu finden sein.“ Emma lacht herzlich auf und strahlt sie an. „Jenny? Hallo? Alles okay mit Dir? Soll ich umdrehen? Du musst da nicht hin, wenn Du nicht willst.“ Emma sieht ihre Freundin besorgt an. „Nein, Emma. Alles gut. Ich freue mich auf das Wochenende, ehrlich. Es ist nur so, wir haben auf der Arbeit ein Problem, das bis Montag unbedingt behoben sein muss. Ich fühle mich unglaublich mies, dass ich meine Kollegen jetzt alleine lasse.“ Jennifer legt ihre Hand beschwichtigend auf das Knie ihrer Freundin, diese setzt den Blinker und tritt das Gaspedal noch mal so richtig durch: „Na dann wollen wir Dich hier mal wegschaffen, bevor Du es Dir doch noch anders überlegst.“

Ping. „Mario holt Dich am Flughafen ab. Wir sehen uns im Hotel. Sag Emma, sie soll ja aufpassen.“

Nach einer gefühlten Ewigkeit betreten Jennifers Füße endlich französischen Boden. Die Hallen vom Charles-de-Gaulles sind natürlich maßlos überfüllt. Überall Renovierungsarbeiten. Kein Wunder, denn der Flughafen Paris-Charles-de-Gaulle ist noch vor Paris-Orly der größte internationale Verkehrsflughafen der französischen Hauptstadt Paris sowie mit etwa 76,2 Millionen Passagieren im Jahr 2019 der zweitgrößte Passagierflughafen Europas nach London-Heathrow [1].

Zögernd steht Jennifer inmitten von eilenden Reisenden und rollt mit den Augen, als ihr ein Fremder unsanft in den Rücken läuft. „Pardon!“, ehe sie dem älteren Herrn eine Antwort schenken kann, ist er auch schon in der Menge verschwunden. Sie wirft ihre Reisetasche für einen Kurztrip gekonnt über die rechte Schulter. Dann noch schnell die unförmige Laptoptasche, nur für den Notfall. Wer weiß, ob die Kollegen nicht doch ihre Hilfe benötigen. Jetzt noch schnell das Blackberry gezückt und den Flugmodus ausschalten: „Scheiße, fünf Anrufe in Abwesenheit.“ Und schon wieder klingelt es: „Hallo, ich bin gerade gelandet. Ja, ich weiß. Mach Dir keine Sorgen, Montag wird alles klappen. Ich habe noch mit den Jungs gesprochen und die bekommen das hin. Meinen Laptop habe ich auch dabei. Sobald er mir das „go“ gibt, teste ich das neue Rollout. Natürlich sage ich Dir Bescheid, Du kennst mich doch. Eine neue Sache? Ich weiß nicht, ob ich das schaffe. Kann nicht jemand anderes das Projekt übernehmen? Och, Mensch! Du, lass uns Montag darüber sprechen, ja? Ich stecke hier mitten im Chaos. Okay, wir hören. Ciao!“ Jennifer verdreht

---

1 Auszug aus https://de.wikipedia.org/wiki/Flughafen_Paris-Charles-de-Gaulle; Stand Juni 2020

die Augen und steckt ihr Handy weg. „Okay, wo muss ich hin? Wo steckst Du Mario?“ Jennifer steht mittig vor der riesigen Schilderwand und atmet tief durch. Sorgfältig durchforstet sie den Wegweiser nach einem Anhaltspunkt, wo sie den Arbeitskollegen von Thomas wohl finden kann.

„Hey, hab Dich!“, ertönt eine vertraute Stimme, freudestrahlend klopft er ihr auf die Schulter. „Hallo, Mario!“ „Soll ich Dir die Taschen abnehmen? Komm, die müssen doch schwer sein. Sorry, dass ich nicht direkt am Ausgang vom Gate stand. Einen Parkplatz zu finden, kommt hier einer ausgewachsenen Naturkatastrophe nahe.“ „Kein Ding. Weißt Du, ich hasse dieses Chaos hier. Immer das Gleiche und dann überall dieses Kauderwelsch. Also, wer sich diese Sprache ausgedacht hat, der gehört eindeutig verhaftet.“ „Lass das bloß keinen Franzosen hören, Jenny!“, beide lachen herzlich auf und bewegen sich auf die Parkdächer zu.

Mario fährt den schwarzen Einser-BMW gekonnt im zügigen Tempo über die Roissy-en-France. „Thomas hat ein tolles Hotel für Euch ausgesucht. Mitten in der Stadt. Du wirst begeistert sein.“ „Und das Team? Wo seid Ihr denn untergebracht?“ „Ach, wir haben etwas Praktischeres direkt an der Arena. Die Chefs sind der

Meinung, dass wir kurze Wege benötigen, falls nachts mal eine Störung auftritt. Du kennst das bestimmt." „Ist denn der Kunde so wichtig für Euch?" „Aber so was von! Hat Thomas Dir nichts erzählt?!? Wenn wir Henri mit unserem Licht- und Soundkonzept überzeugen können, erwarten uns jährlich mehr als fünfzig Aufträge dieser Art. Ganz zu schweigen von seinen Freunden und Geschäftspartnern, die heute Abend hier versammelt sein werden. Jenny, wenn wir heute Nacht überzeugen, gelangt unsere Firma in ganz neue Sphären!" „Na, dann lastet auf Dir und Thomas ja ein mächtiger Druck auf den Schultern."

Gut fünfzig Minuten nach ihrer Abfahrt steht Jennifer vor dem imposanten Hilton Opera und wirft einen Blick auf die Umgebung. Mario holt eilig die Taschen aus dem Kofferraum und stellt sie neben Jennifer auf dem Fußboden ab. Während der letzten zwanzig Minuten ist sein Handy heißgelaufen. Irgendein Problem mit der Traverse lässt den Statiker graue Haare bekommen. Und das wenige Stunden bevor sich die Türen für die Gäste öffnen. Jennifer denkt sich noch, warum soll es in anderen Firmen anders zugehen, als in ihrer.

„Du, hör mal, ich muss los. Der Statiker macht uns gleich den ganzen Laden dicht. Thomas hat auf seinen Namen reserviert. Frag einfach an der

Rezeption, die sprechen auch Deutsch. Viel Spaß und bis später." Ehe Jennifer etwas Passendes antworten kann, sitzt Mario schon wieder im Auto und fährt los.

Ping. „Komm rauf. Zimmer 526. Ich warte." Das passt ja mal wieder wie Faust aufs Auge. Jennifer nimmt ihre Taschen und betritt die Lobby, schnell rein in den Fahrstuhl und ab nach oben.

Was haben verschlossene Türen nur für eine spezielle Wirkung auf Jennifer. Es wäre schon makaber zu sagen, sie sind das optimale Symbol ihrer Liebesbeziehung. Mit langsamen Schritten schleppt sie ihre Taschen durch den Flur auf der Suche nach der passenden Zimmernummer: 5-2-6. Da steht sie nun. Leise klopft sie an und flucht innerlich über die falsche Schuhauswahl. Hätte sie doch bloß ihre Sneaker für die Reise angezogen. Nein, Madame musste ja wieder zum Rock passende Pumps anziehen.

Die Zimmertür wird mit einem Ruck geöffnet und Thomas schaut sie an. Ein glühend heißes Prickeln durchstößt ihr Mark und Bein. Mit einem verschmitzten Lächeln tritt er einen kleinen Schritt zur Seite und weist ihr mit einer einladenden Handbewegung den Weg ins Zimmer hinein: „Na, wen haben wir denn da?" Ihr Blick reißt sich von den fixierenden Augenpaaren los und gleitet langsam über seinen Körper. Er kommt wohl gerade aus der Dusche. Feuchte Wassertropfen bahnen sich langsam ihren Weg über seine schlanke, aber muskulöse Brust hinab. Seine Hüften sind lediglich mit einem weißen Handtuch bedeckt.

So gerade eben und ohne ein Wort zu sagen, schiebt sie sich mit ihren Taschen an ihm vorbei. Sein maskuliner Duft, ein Hauch von Bittermandel, dringt in ihre Nase ein. Blitzartig greift Thomas nach ihrem rechten Handgelenk und manövriert sie mit dem Rücken an die Wand. Ihre Reisetasche fällt zu Boden. Seine freie Hand wirft die Tür grob ins Schloss. „Was sagt man, wenn man nach Hause kommt?“ Sein feuchter Körper drückt sich bedrohlich an sie heran, ihr Handgelenk ist immer noch fest von zwei seiner Finger umklammert. Seine freie Hand stützt er langsam an die Wand neben ihrem linken Ohr. Er blickt ihr fest in die Augen. „Hallo, Liebling“, flüstert Jennifer leise. „Geht doch“, zärtlich streift er ihr mit der freien Hand eine braune Haarsträhne hinter das Ohr. Langsam gleitet seine Hand ihren Körper hinab, sie bewegt sich nicht.

Unter dem geöffneten Kurzmantel trägt sie immer noch die Bluse mit der schwarzen Kostümkombi vom Büro. Normalerweise hätte sie sich noch umgezogen, aber sie hat nun mal keinen einfachen Job. In ihrer Branche kann man selten freitagmittags pünktlich um zwölf Uhr Feierabend machen. Es war schon ein Drama, um fünfzehn Uhr bei Emma im Auto zu sitzen.

Ohne den Blick von ihr abzuwenden suchen seine Lippen die ihren. Sanft beißt er ihr in die dunkelrote Unterlippe und fordert mit seiner Zunge das Eindringen in ihren Mund. „Mmmmmh, Liebling. Bitte...“, Jennifer versucht Thomas vorsichtig von sich wegzudrücken, doch es gelingt ihr nicht. „Shhhht! Halt still!“, ruckartig drückt er ihr beide Arme über den Kopf und fixiert sie mit seiner Linken. Flammen der Begierde lodern in seinen Augen. So hat sie sich das Wiedersehen definitiv nicht vorgestellt. Dominierend greift er mit seinem rechten Daumen und Zeigefinger ihr Kinn und fixiert es für einen erneuten Kuss. Erschöpft, aber bereitwillig gibt sie ihm nach. Sie schmeckt noch die Schärfe der Zahnpasta in seinem Mund und fügt sich seinem aggressiven Zungenspiel. Zaghaft legt sie ihm die Hände an die Hüften und streichelt seine Muskeln mit den Fingerspitzen. Seine rechte Hand löst sich vom Kinn und gleitet ihren Körper hinab, ein kurzer Druck an Ihrer Brust und schon führt er sie weiter hinunter zum Rockende. „Ist der nicht ein wenig kurz für geschäftliche Unternehmungen?“, mit bedrohlichem Tonfall löst er seine Lippen von ihrem Mund und rutscht weiter runter an ihren Hals. Zaghaft knabbern seine Zähne an ihrer Halsschlagader entlang. Jennifer entweicht ein kurzes Stöhnen. Er liebt es, wenn er die Kontrolle über ihren Körper hat. Doch heute muss er aufpassen, sichtbare Blessuren kann er sich nicht leisten. Mit minimalen Aufwand schiebt er den knielangen Rock hoch, bis seine Finger an ihren Slip gelangen. Zwei Finger reichen aus, um den zarten Spitzenstoff beiseite zuschieben und um die Feuchte zwischen ihren Schamlippen zu spüren. Noch ein leichter Druck an ihrem empfindlichen Punkt und ein zeitgleicher Biss in ihren wunderschönen Hals. Sie ist so feucht, dass er keinerlei Mühe damit hat seinen Zeige- und Mittelfinger tief in ihre Mitte einzuführen. Während sein Daumen ihre Klitoris stimuliert, stoßen seine Finger zwei, drei Mal tief in ihren Körper hinein.

Jennifer drückt sich augenblicklich stärker gegen seinen Körper. Lächelnd nimmt er den Kopf von ihrem Hals und seine Finger aus ihrem Höschen heraus. Er tritt einen Schritt zurück: „Sollte ich jemals einen Mann erwischen, der Dir so nahekommt, bringe ich Dich um!“ Ohne den Blick von ihren erschrockenen Augen abzuwenden, leckt Thomas ihre Feuchte von seinen Fingern ab, ehe er sich umdreht und mit denselben Fingern auf den Kleiderschrank zeigt. „Pack Deine Sachen aus und mach Dich fertig. Ich war so frei und habe Dir etwas zum Anziehen für heute Abend besorgt. Sieh in den Schrank. In zwei Stunden holt uns Mario ab, sei pünktlich."

Ohne ein weiteres Wort greift Thomas nach seinem Handy, wählt die Kurzwahl und tritt auf den Balkon hinaus.

Jennifer steht noch immer mit dem Rücken zur Wand und verspürt einen Hauch von übermannender Müdigkeit. So ein Wochenende ist nach einer 48 Stunden Woche kein Pappenstiel. Sie richtet ihre Kleidung, stellt die Taschen auf dem Bett ab und zieht ihren Mantel aus. Zwei Stunden reichen gerade einmal für eine schnelle Dusche und einen Kaffeeschock. So wirklich gegessen hat sie an dem Tag auch noch nichts. Jennifer blickt angespannt über die Schulter, sie versucht Thomas' Stimmung auf dem Balkon zu erkennen. Dieser Mann wird zu einem Buch mit tausend Siegeln für sie.

Langsam wird ihr Blick trüb und sie schweift ab in die Gedankenwelt. Ihre Freundin Emma sagt ihr immer, dass Thomas krank sei. Aber das ist er nicht, ganz bestimmt nicht. Sie kennt ihn schon so lange, fast ihr ganzes Leben lang. Nein, krank ist dieser Mann nicht. Er hat Prinzipien und er liebt sie. Ja, ganz eindeutig. Er ist immer schon ihr großer Beschützer gewesen, auch schon vor Jahren, als sie noch gar kein Paar gewesen sind. Mehr als einmal hat er sich in dieser Zeit als großer Bruder behauptet. Wann immer sie Hilfe brauchte, Thomas war für sie da. Und trotzdem war da schon immer mehr. Mehr Gefühle. Mehr Hintergründe. Mehr besondere Momente.

„Wenn Du Dich nicht bald fertig machst, werden wir zu spät kommen. Los, unter die Dusche mit Dir!“ Jennifer zuckt erschrocken zusammen. Beobachtend lehnt Thomas in der Balkontür und tippt sich sachte mit dem Handy an die Zähne. „Bevor ich es vergesse, gib mir Dein Handy und Dein Portmonee. Ich werde es im Safe einschließen. Heute Abend brauchst Du es nicht.“ „Aber ich würde gerne erreichbar bleiben, meine Kollegen arbeiten noch an einer neuen Version von unserem System...“ „Stopp!“, mit wenigen Schritten steht er vor ihr, umfasst ihren Hals mit beiden Händen und zieht sie nach oben. „Ich habe mir viel Mühe gegeben, um uns beiden hier ein schönes Wochenende zu bereiten. Heute Abend ist mein großer Abend und ich kann mir nichts Besseres vorstellen, als Dich an meiner

Seite zu haben. Versau uns das nicht! Deine Kollegen können auch bis Morgenmittag warten", Thomas kippt Jennifers Kopf leicht nach hinten und blickt ihr tief in die Augen. „Auch Du wirst von diesem Abend profitieren, meine Liebe. Viele meiner geschätzten Auftraggeber freuen sich bereits auf Dich. Na, und wer weiß? Vielleicht fliegst ja auch Du am Sonntag mit einem neuen Jobangebot nach Hause", einfühlsam drückt er Jennifer seine Lippen auf den Mund und küsst sie innig voller Leidenschaft. Am liebsten würde sie jetzt da weitermachen, wo er eben noch so abrupt aufgehört hat. „Gib mir Deine Sachen und dann ab unter die Dusche!" Jennifer dreht sich um und fischt ihr Handy und Portmonee aus der Tasche, bevor sie sich umdreht und ins großzügige Badezimmer geht. Eine heiße Dusche kann sie jetzt wirklich gut gebrauchen.

Zehn Minuten wohlige Wärme und der bezaubernde Duft von Lavendel-Shampoo. Ihre Glieder erwachen wieder zum Leben. Schnell noch ein Handtuch um die lockige Mähne gewickelt und raus aus der Dusche. Das wird ein langer Abend, aber das ist sie mittlerweile gewohnt. Ihr Chef nimmt auch bei keiner Veranstaltung Rücksicht auf die Bedürfnisse seiner Mitarbeiter. Als verantwortlicher Projektleiter muss man das abkönnen.

DER AUSBILDER

Jennifer tritt aus dem Badezimmer heraus und sieht Thomas im Sessel am Fenster sitzen. Er liest etwas im Handy. In ihrem Handy. „Hey, was soll das? Das ist mein Diensthandy. Du darfst darin nicht lesen!“ Thomas schaut sie finster an, macht aber keine Anstalten ihr Handy wegzulegen. „Was hast Du gesagt? Ich habe das irgendwie gerade nicht so richtig verstanden“, seine Stimme wird bedrohlich leise. Sein Zeigefinger tippt mit gefährlicher Routine an die Armlehne. *Scheiße!* Wenn sie die Situation jetzt nicht rettet, ist das ganze Wochenende gelaufen. Thomas kann mit Geheimnissen und weisenden Ansagen nicht besonders gut umgehen. Jennifer tritt vorsichtig an ihn heran: „Sorry, Liebling. Ich meinte das nicht so. Aber Du weißt doch, wie mein Chef ist. Alles muss unter dem Deckmantel der Verschwiegenheit bleiben. Ich bekomme mächtig Ärger, wenn die Interna in falsche Hände geraten.“ Thomas steht auf und schiebt ihr Handy in seine Hosentasche. Er hat sich für den klassischen Anzug in Schwarz entschieden. Das weiße Hemd trägt er auch schon, fehlen nur noch die Krawatte und die Manschettenknöpfe. „Pass auf, dass Du nicht mit mir mächtigen Ärger bekommst. Dein Umgangston gefällt mir nicht.“ *Baaam! Da war er wieder, der eiskalte Seitenhieb, der nahezu jedes Mal zu einem handfesten Streit führte.* Jennifer beißt sich auf die Lippe und blickt ihm hinterher, wie er raus auf den Balkon tritt. Als wäre nichts gewesen, steckt er sich eine Zigarette an und liest weiter in ihren Nachrichten.

Jennifers Blick fällt auf ein bodenlanges Kleid in feuerroter Farbe. Das Kleid ist auffallend figurbetont, vorne hoch geschlossen und hat lange Ärmel. Keine Applikationen, keine Raffung, kein Schnickschnack. Doch der Rücken ist tief ausgeschnitten, schon fast zu tief für ihren Geschmack. Der Stoff, der oben fehlt, hat der Schneider augenscheinlich für eine kleine Schleppe verbraucht. Jennifer nimmt das Kleid aus dem Schrank und hängt es an den Spiegel. „Schuhe und die passende Unterwäsche findest Du im Fach daneben. Beeil Dich, Mario wird bald hier sein." Ungläubig dreht sie sich zu Thomas um, doch der ist schon wieder mit dem Handy beschäftigt. Tatsächlich, sogar ein hautfarbener BH mit silberner Glitzerkette am Rücken liegt bereit, dazu ein hauchdünner String und hohe Sandalen, die mit Swarovski besetzten Riemchen zugeschnallt werden. Geschmack hat der Mann. Jennifer entscheidet sich ihre Haare lediglich locker aufzuföhnen, so bietet sie wenigstens etwas Schutz und Wärme am Rücken. Mit geübten Griffen wirbelt sie ihre Mähne in die perfekte Form und frischt ihr Make-up für den Abend auf. Ein feuerroter Lippenstift sollte passen. Dann nur noch schnell die Kontaktlinsen tauschen.

Thomas versperrt gerade den Hoteltresor, als Jennifer fertig angezogen vor ihm steht. „Gefalle ich Dir?" „Du siehst wunderschön aus. Hier hast Du noch eine passende Stola und eine Handtasche. Pack das Nötigste ein, dann können wir gehen." Jennifer greift eilig zu einer Packung Kaugummi, Taschentüchern und ihrem Lippenstift. „Soll ich unsere Zimmerkarte einstecken?" „Das brauchst Du nicht, ich hinterlege sie unten an der Rezeption. Darf ich bitten?" Thomas öffnet die Zimmertür und bittet Jennifer hinaus. Draußen auf dem Flur bezieht er Position an ihrer linken Seite und legt ihr die flache Hand unter die Stola. Der Lieblingsplatz seiner Hand, knapp unterhalb ihrer Schulterblätter. Jetzt weiß sie auch, warum er das Kleid mit dem tiefen Rückenausschnitt gewählt hat.

Vor dem Hoteleingang wartet Mario mit einer schwarzen Mercedeslimousine. „Wow, Ihr seht toll aus! Dann kann ja nichts mehr schiefgehen", Mario lacht herzlich über seinen eigenen Witz. Er erstarrt jedoch augenblicklich, als Thomas ihn böse ansieht. Mario öffnet die hintere Wagentür und beide setzen sich auf die Rückbank. Jennifer nimmt auf der Fahrerseite Platz. Von der Beifahrerseite kann Thomas besser mit Mario kommunizieren und noch letzte Details und Abläufe abstimmen. Die beiden sind voll in ihrem Element.

Jennifers Blicke schweifen über die überfüllten Straßen. Hier und da erblickt sie ein bekanntes Bauwerk, doch ehrlich gesagt: Frankreich war niemals für sie von Interesse. Selbst den Französischunterricht zum Erlangen des Abiturs hat sie verteufelt. Ihre Lehrerin sprach schon in der achten Klasse von unzureichenden Kenntnissen. Klar, es ist eine absolut schöne und klanghafte Sprache. Aber die Grammatik bricht jedem Rohdiamanten erst einmal sprichwörtlich das Genick.

Nach nur dreißig Minuten Fahrzeit in der schlimmsten Rushhour Phase hält die Limousine am Seiteneingang der Arena. Thomas öffnet Jennifer die Tür und reicht ihr seine Hand. Mario bleibt im Auto und fährt kurz darauf eilig davon. Kurz vor der Eingangstür hält Thomas Jennifer zurück und wispert ihr leise ins Ohr: „Ich erwarte von Dir, dass Du Dich benimmst. Blamier mich nicht! Diese Auftraggeber sind wichtig für uns. Mein Chef vertraut mir voll und ganz." Seine linke Hand fährt ihr unter die wallenden Haare und packt ihren Nacken: „Ich liebe Dich." Drei kleine Worte, die die gesamte Gefühlswelt von Jennifer auf den Kopf stellen.

Kapitel 4

»Ein Lichtpunkt am Ende des Tunnels?«

Freitag, 20:00 Uhr

Jennifer und Thomas betreten den luxuriösen Empfangsbereich der Arena. Ein ausgeklügeltes Sound- und Lichtsystem sorgt nicht nur für eine entspannte Stimmung bei den Gästen, sondern auch für das passende Raumambiente.

Lächelnd bewegen sich die beiden durch die Gruppen der anwesenden Gäste. Hier und da schüttelt Thomas ein paar Hände. Jennifer ist kalt, die Müdigkeit macht sich in ihren Gliedern breit. „Liebling, kann ich hier irgendwo einen Kaffee bekommen?“ Thomas winkt eine Kellnerin herbei: „Nein. Hier nimm einen Sekt. Ich muss kurz hinter die Bühne, unser Mischpult hat wieder Aussetzer. Ich bin gleich wieder da.“ Kaum sind die beiden fünf Minuten auf der Veranstaltung, verlässt Thomas sie für technische Probleme. Sie hätte es wissen müssen.

Jennifer setzt das Sektglas an und leert es in einem Zug. Die Kellnerin steht staunend neben ihr. „Entschuldigen Sie bitte, könnte ich vielleicht einen Kaffee bekommen?“ „Pardon, je ne parle pas allemand.“ Na, toll! Eine Veranstaltung mit superwichtigen Auftraggebern. Ein Partner, der am Rotieren ist. Und Personal, das kein Deutsch spricht. Jennifer dreht sich leicht entnervt um und sucht nach einem vertrauten Gesicht oder Ort. Hinter einem gigantischen Raumtrenner aus Chiffon und schwarzer Spitze entdeckt sie eine glamouröse Bar. Jennifer wirft noch einen letzten Blick in Richtung Bühne, doch da sie Thomas nicht mehr sehen kann, bewegt sie sich zum Tresen. „Bonjour Madame, que puis-je faire pur vous?“ „Oh, hallo. Sprechen Sie Deutsch?“ „Ja, Madame. Was kann ich für Sie tun?“, der Barkeeper lächelt Jennifer herzlich an. „Kann ich bitte einen Kaffee bekommen?“ „Bedaure, Madame. Heißgetränke schenken wir erst ab dreiundzwanzig Uhr aus. Kann ich Ihnen einen Sekt oder einen Aperol anbieten? Oder etwas anderes?“ Jennifer atmet hörbar tief aus. Wenn sie nicht bald einen Kaffee bekommt, schläft sie um zehn Uhr tief und fest und wenn es mitten auf der Bühne sein sollte. „Einen Lillet-Wild-Berry für mich, bitte.“ „Kommt sofort.“ Wenige Augenblicke später reicht der Kellner ihr das rosafarbene Sprudelgetränk, liebevoll dekoriert mit Limettenscheibe und Waldbeeren.

Jennifer setzt gerade den Strohhalm zum Trinken an, als: „Das ist doch wohl nicht Dein Ernst?!? Du solltest vorne auf mich warten, habe ich mich nicht klar und deutlich ausgedrückt?!" „Thomas beruhige Dich bitte. Ich wollte mir doch nur einen Kaffee holen." „Ich habe Dir gesagt, dass es hier noch keinen Kaffee gibt. Und jetzt komm, ich möchte Dir jemanden vorstellen." Thomas greift sie unsanft an den Ellenbogen und führt sie vom Tresen weg. Der Longdrink schwappt gefährlich nah an den Glasrand. Seine Schritte sind so eilig, dass Jennifer Mühe hat, Schritt zu halten. „Könntest Du bitte etwas langsamer gehen? Die Absätze bringen mich noch um." „Nein." Was für ein Macho. Gekonnt lenkt er sie durch die immer größer werdende Menschenmenge zu einem Punkt nahe der Bühne. Leise fluchend kommt sie neben einem gut aussehendem Mann in mittlerem Alter zum Stehen. Mit dezenten Handgriffen richtet sie ihre verrutschte Stola und wechselt das Getränk in die linke Hand. Jennifers Füße schreien buchstäblich unter dem langen Kleid nach Befreiung. Sie ahnt es schon, morgen wird sie wieder mit blutigen Blasen zu kämpfen haben.

„Darf ich vorstellen, meine Lebensgefährtin Jennifer Gruber, eine äußerst talentierte Eventmanagerin. Vielleicht sollten Sie beide sich einmal darüber unterhalten." „Guten Abend, Frau Gruber. Mein Name ist Konrad Schultz, ich freue mich Sie kennenzulernen. Herr Voss hat mir schon einiges von Ihnen erzählt." Thomas löst seinen festen Griff an ihrem Ellenbogen und seine Hand wandert wieder auf seinen Lieblingspunkt an Jennifers Rücken zurück. Jennifer und Herr Schultz steigen in ein Fachgespräch über die Dynamik der heutigen Projektplanung ein, während Thomas aufmerksam einige Kurznachrichten über sein Handy verfolgt.

Kurz drauf gesellt sich Mario zu der kleinen Gruppe. „Hallo, Herr Schultz. Schön, dass Sie kommen konnten. Ich hoffe, Sie hatten einen angenehmen Flug." Leise flüstert Mario seinem Vorgesetzten etwas ins Ohr, ehe er sich mit einem freundlichen Nicken von der Gruppe verabschiedet. Thomas räuspert sich: „Herr Schultz, darf ich Sie kurz mit Frau Gruber alleine lassen? Das Team verlangt meine Anwesenheit für den ersten Showakt. Liebling, ich bin gleich wieder da. Rühr

Dich nicht vom Fleck." Eine leise Drohung schwingt in seiner Stimme mit.

Jennifers Laune entgleitet ihr immer mehr und mehr. Hat Thomas sie gerade wirklich vom Bartresen abgeführt und ihr ein langweiliges Small-Talk-Gespräch mit einer unbekannten Person aufgezwungen? Ihm muss doch vorher klar gewesen sein, dass seine Aufmerksamkeit gerade an so einem besonderen Abend nicht für Beruf- und Privatleben ausreicht. Und jetzt steht sie hier, müde, gelangweilt und mit zunehmenden Schmerzen in den Gliedmaßen. Was würde Sie nur für den Komfort eines bequemen Bettes geben?!

„Liebes, sind Sie noch da?" Herr Schultz fasst Jennifer vorsichtig an den Arm und verfolgt sichtlich irritiert ihren Gesichtsausdruck. „Entschuldigung, ja natürlich. Ich war nur ganz in Gedanken. Wissen Sie, irgendwann spürt man die zahlreichen Stunden Arbeit im Körper. Es ist auch wirklich zu schade, dass man hier keinen Kaffee oder Ähnliches bekommen kann." „Liebes, dafür habe ich absolutes Verständnis. Wissen Sie was, Sie bleiben jetzt hier. Setzten Sie sich dort drüben auf den Barhocker. Wir wollen doch nicht, dass Sie uns hier noch umkippen. Meine Kollegen werden bei Ihnen bleiben und auf Sie aufpassen.

Besorgt der Dame etwas zu trinken, tout suite! In der Zwischenzeit werde ich Ihnen persönlich einen ordentlichen Café au Lait organisieren. Einen kleinen Augenblick, bitte.“ Noch bevor Jennifer etwas darauf antworten kann, eilt Herr Schultz schon hinfort. Seine attraktiven Begleiter reichen ihr die Hand und geleiten Sie zu einer kleinen Ansammlung weißer Hocker. Diese Business-Hocker kennt sie nur zu gut: wenig bequem, aber für die Entlastung der geschundenen Füße unbezahlbar. Die kleine Kellnerin von vorhin steht wie aus dem Nichts neben Jennifer und reicht ihr ein Tablett mit verschiedenen Longdrinks. Sie entscheidet sich für einen weiteren Lillet-Wild-Berry. Der Barkeeper ist ein echtes Genie.

„Jenny, Gott sei Dank! Ich dachte schon, ich finde Dich nie mehr. Thomas sucht Dich überall.“ Mario eilt herbei und wirft einen skeptischen Blick auf die zwei männlichen Begleiter, die Jennifer flankieren. „Wieso? Hat der Herr auf einmal Alzheimer oder lässt seine räumliche Orientierung nach?!“ Es scheint, als spricht der Alkohol aus ihr. Mario steht der Mund leicht geöffnet, so als wolle er noch etwas sagen, doch er bleibt stumm. „Keins von beidem, mein Fräulein. Der Herr, wie Du ihn nennst, erbittet sich lediglich, dass seine

Begleiterin seinen Wünschen folge leistet. Doch offenbar ist dies zu viel verlangt.“ Leise schnaubend tritt er um den Hocker herum und mustert sie von oben bis unten. Mit eindrucksvoller Dominanz nimmt er ihr das leere Glas aus der Hand. „Mario, bring sie weg von hier! Nimm den Mercedes und komm dann unverzüglich zurück. Ich leite den ersten Teil der Show persönlich.“ Thomas greift in seine Hosentasche und gibt Mario den Autoschlüssel. „Und wieso auf einmal der Sinneswandel? Was soll das? Erst schleppst Du mich hierher und dann schickst Du mich weg?!“ Jennifers Geduld ist am Ende. Die Worte sprudeln nur so aus ihr heraus. „Mario, sofort!“ Wenn Blicke töten könnten, würde Jennifer noch in diesem Moment hinten über kippen. Mario sieht ungläubig zwischen Jennifer und seinem Vorgesetzten hin und her, ehe er Jennifer die Hand zum Gehen reicht. Doch sie lehnt jegliche Fürsorge ab, erhebt sich vom Hocker, rafft ihren Rock und schreitet erhobenen Hauptes an Thomas vorbei. Gerade als sie auf einer Höhe zueinander sind, umfasst er ein letztes Mal ihren Arm und zwingt sie zum abrupten Stehenbleiben: „Das wird Konsequenzen haben, Fräulein. Wir sprechen uns später!“ Seine Stimme ist nicht mehr als Furcht gebietendes Flüstern. Gänsehaut richtet sich in ihrem Nacken auf. Jennifer nimmt ihren ganzen Stolz beisammen, blickt Thomas direkt in die Augen und antwortet mit fester Stimme: „Wir werden sehen und jetzt lass mich los!“

Während der Fahrt zurück ins Hotel sprechen Jennifer und Mario kein Wort miteinander. Jennifer ringt mit den Tränen. So hatte sie sich das Wochenende wahrlich nicht vorgestellt. Immer wieder blickt Mario während der Fahrt besorgt in den Rückspiegel, doch Jennifer erwidert seinen Augenkontakt nicht. „Jenny, wo hast Du denn Deine Schlüsselkarte?“ Er parkt gerade den Wagen vor dem Hoteleingang, als er Jennifer aus ihren Gedanken reißt. „Oh nein, die hat Thomas an der Rezeption abgegeben! Haben die noch auf?“ „Entspann Dich, ich kümmere mich darum.“ Freundschaftlich öffnet Mario ihre Tür und lässt sie aussteigen, ehe beide die paar Stufen zum Eingang hinaufgehen. An der Rezeption angekommen, bittet Mario einen Hotelmitarbeiter in fließendem Französisch um die Zimmerkarte und gibt sie Jennifer. „Soll ich Dich noch nach oben begleiten?“ „Nein, Mario. Vielen Dank.“ Sie ist zu erschöpft, um noch etwas Herzliches zu ihm zu sagen, und wendet sich langsam ab in Richtung Fahrstuhl. „Jenny, er hat das nicht so gemeint. Er steht unter wahnsinnig hohem

Druck und wir hatten ein paar Probleme, die nicht hätten sein sollen." „Mario, lass es gut sein." „Was ich eigentlich sagen will, Jenny, er liebt Dich. Und sobald die Show vorüber ist, wird auch der Druck von ihm abfallen. Dann kann er Dir einfach nicht mehr böse sein." Die Fahrstuhltür öffnet sich und Jennifer tritt hinein. „Gute Nacht, Mario."

Im Zimmer angekommen, versucht Jennifer als Erstes an den verschlossenen Safe zu kommen. „Hier muss doch irgendwo die verdammte Beschreibung rumliegen, das darf doch alles nicht wahr sein!" Doch Fehlanzeige. Weder eine Beschreibung noch ein Hintertürchen sind zu finden. Der Safe lässt sich einfach nicht öffnen. Wutentbrannt reißt sie sich das rote Kleid vom Leib und pfeffert es quer durch das Zimmer. Ein gewaltiger Schreikrampf entfährt ihrem Körper. Nur in Unterwäsche und mit Schuhen bekleidet marschiert sie völlig aufgelöst in das benachbarte Badezimmer und stellt sich unter die heiße Dusche. Mit aller Wucht donnert sie mit den Fäusten an die Fliesenwand, bevor sie zu Boden rutscht und bitterlich zu weinen beginnt. Nach einer gefühlten Ewigkeit entledigt Jennifer sich noch im Sitzen der Schuhe und der Dessous. Wie in Trance und ohne die Sachen aufzuheben, schaltet sie die Regenbrause ab und tritt aus der Dusche heraus.

Jennifer liegt erschöpft, hungrig und mit leichtem Alkoholrausch auf dem Hotelbett und blickt auf die zugezogenen Gardinen. Die roten LED-Ziffern des schwarzen Multifunktionsweckers am Kopfende des Bettes wechseln monoton die Anzeige: 04:25 Uhr. Seit Stunden wälzt sie sich im Bett umher und versucht den erholsamen Schlaf zu finden. Ihr T-Shirt klebt an ihrer schwitzigen Haut. Der anfängliche Heulkrampf brachte auch keine wirkliche Erleichterung. Es ist einfach zu viel. Der Streit mit Thomas. Marios Fürsorge im Eingangsbereich. Der Stress auf der Arbeit. Ein Wochenende, das ungünstiger nicht sein könnte. Verzweifelt blickt Jennifer auf das Lichtermeer hinter den Vorhängen. Es bleibt ihr nichts anderes übrig, als zu warten. Zu warten, bis sich die Zimmertür öffnet und Thomas zu ihr kommt. Sie zieht die Knie noch ein Stück näher an sich heran. Tausend Gedanken kreisen in ihrem Kopf.

Kapitel 5

»Und täglich quält das Murmeltier.«

Samstag, 05:55 Uhr

Jennifer muss kurzzeitig in die Welt der Träume abgedriftet sein, als das metallische Klingen seiner Schlüssel sie unwillkürlich zusammenzucken lässt. Gänsehaut breitet sich auf ihrem Körper aus.

Thomas steht im schmalen Eingangsbereich des Hotelzimmers und blickt aus der Entfernung auf seine Freundin herab. Mit einem demonstrativen Schwung hat er sein Schlüsselbund auf den schmalen Ablagetisch fallengelassen. Jennifer liegt mit angezogenen Beinen im Bett. Ihr Rücken ist ihm zugewandt. Natürlich hat er ihr Zucken wahrgenommen. Ein bedrohliches Grinsen macht sich auf seinem Gesicht breit. Langsam streift er sein Jackett herunter und legt es an der Garderobe ab. Dann noch die Manschettenknöpfe und die Krawatte lösen. Mit wenigen Handgriffen sind auch seine Hosentaschen geleert. Mit bedächtiger Ruhe steht er mit stabilem Stand vor dem schmalen Eingangsbereich und krempelt die Ärmel seines Hemdes hoch. Jennifer bewegt sich nicht und sagt kein Wort. *Soso, die Dame möchte also spielen.* Sein Blick fällt auf das zerknüllte, rote Kleid am anderen Zimmerende. *So undankbar ist das Fräulein also.* Die Bestie in Thomas erwacht zum Leben.

Mit verschränkten Armen steht er bereit und wartet stumm. Er gibt ihr nur eine einzige Chance: zehn Sekunden, ab jetzt, um den Mund aufzumachen und um Verzeihung zu betteln. Neun – acht – sieben – sechs – fünf – vier – drei – zwei – eins – aus!

Wortlos begibt er sich nach links in das Badezimmer, schaltet das Licht an und lässt seinen Blick im Raum schweifen. *Ah, die Dame war also duschen.* Fünfhundert Euro teure High Heels liegen klatschnass neben ausgewählten Dessous auf dem Wannenboden. *Wie respektlos.* Kein guter Zeitpunkt, um über Wertigkeiten zu sprechen. Sein Blick fällt auf ein weißes Handtuch. Er nimmt es vom Haken und umwickelt seine Handgelenke mit den Enden. Ein kurzer Ruck und es ertönt der dumpfe, typische Klang vom Stoff. Gewohnheitsmäßig spannen sich seine Muskeln an.

Thomas dreht sich auf dem Absatz um und lehnt sich am Türrahmen an. Sein Blick fällt auf den bewegungslosen Körper. Nur ihr Atem verrät ihm, dass sie wach ist. Es ist Zeit, ihr eine angemessene Lektion zu erteilen. Der Moment ihrer Bestrafung ist gekommen.

Jennifer bemüht sich, keine Regung von sich zu geben. Totstellen hat zwar noch nie funktioniert, doch so gewinnt sie zumindest einen kleinen Zeitvorsprung, um Kraft für das Unvermeidliche zu sammeln.

Langsam öffnet sie die Augen. Ihr Blick fällt auf seine eleganten Lackschuhe, die im absoluten Kontrast zum weißen Fliesenboden stehen. Er steht also im Badezimmer.

„Wie lange soll ich noch auf eine Entschuldigung von Dir warten, Fräulein?" Als hätte jemand einen Schalter in ihrem Inneren umgelegt, erwachen augenblicklich alle Lebensgeister in ihr. Adrenalin schießt durch ihre Blutbahnen. Jennifer wirbelt herum und rutscht mit dem Rücken ans Kopfende vom Bett: „Eine Entschuldigung? Wofür denn bitte?" Jennifer speit die Worte förmlich aus dem Mund heraus. „Du möchtest, dass ich mich bei DIR entschuldige?! Das ich mich dafür entschuldige, dass mir mein Job NICHT egal ist. Das ich mich dafür entschuldige, dass ich mir den ARSCH aufgerissen habe, um das Wochenende mit DIR hier zu verbringen?! Das ich mich dafür entschuldige, dass ich mich trotz Müdigkeit und Hunger herausgeputzt habe, um DIR zu gefallen?! Das ich mich dafür entschuldige, dass ich NICHT, wie festgenagelt an einer Stelle stehen geblieben bin, sondern mir an der Bar einen Kaffee bestellen wollte?“ Jennifers emotionaler Ausbruch erlangt seinen zweiten Höhepunkt in dieser Nacht. Elegant, wie ein Panther, setzt sie ihre nackten Füße auf den Fußboden und tritt langsam an Thomas heran. Er ist gute fünfzehn Zentimeter größer als sie. Mühelos schaut er auf sie hinab.

„Wie wäre es denn ausnahmsweise mal mit DIR, Dich zu entschuldigen?!“ „Pass auf, was Du sagst“, knurrt Thomas leise ohne den Blick von ihr auch nur eine Sekunde abzunehmen. Seine rechte Hand löst sich langsam vom Handtuch. Doch Jennifer hört seine Worte gar nicht mehr: „Hast DU überhaupt eine Ahnung, wie sich das anfühlt, so in aller Öffentlichkeit wie ein kleines Kind aufs Zimmer geschickt zu werden?! Hast Du überhaupt eine Ahnung, welche beschämenden Blicke ich von DEINEM Arbeitskollegen einstecken musste?!“

Mit einer unglaublichen Wucht holt Thomas mit der rechten Hand aus und verpasst ihr eine schallende Ohrfeige. In sekundenschnelle stürzt Jennifer zu Boden. Ihre Ohren klingen und Sterne blitzen vor ihren Augen auf. Übelkeit kommt in ihr hoch. Thomas bückt sich und greift erbarmungslos in ihren Haarschopf und reißt sie zurück auf die Beine. Jennifer kreischt elendig vor Schmerzen. Sie wird noch das ganze Hotel aufwecken, doch das ist ihm egal. Seine Augen funkeln sie böse an: „Ich denke, es ist Zeit ein paar grundlegende Dinge ein für alle Mal zwischen uns klarzustellen!“ Mit einem gewaltigen Stoß landet Jennifer rücklings auf dem Bett. Instinktiv versucht sie noch, ihre aufrechte Position wiederzuerlangen, doch ehe sie sich versieht, trifft sie seine Rechte zum zweiten Schlag. Eine wohlige Schwärze übermannt ihre Sinneskräfte und sie zerbricht auf der weichen Matratze im Hilton Opera, Paris. Zimmer 5-2-6.

Kapitel 6

»Das Spiel mit dem Feuer beginnt.«

Montag, 07:35 Uhr

Jennifer steht im Badezimmer ihrer Wohnung und kramt in den Untiefen ihres Kosmetikbeutels. „Wo sind sie denn nur, diese gottverdammten Schmerztabletten?!“ Es gibt kaum eine Stelle an ihrem Körper, die nicht nach ärztlicher Aufmerksamkeit schreit. Doch dafür ist jetzt keine Zeit. In drei Stunden hat sie den wichtigsten Kundentermin der Saison und da darf sie einfach nicht zu spät ins Büro kommen. „Gott sei Dank!“, tief unten, im Seitenfach hat Jennifer noch zwei Stück gefunden, „Das wird für's Erste reichen müssen.“ Schnell noch einen prüfenden Blick in den Spiegel: Ja, ihr Make-up verdeckt alle Blessuren. Im Eiltempo schnappt sie sich ihre Autoschlüssel, Schuhe und Handtasche und saust aus dem Haus hinaus.

Thomas hat ihr ihr Handy erst am Sonntag, nach der Landung in München, wiedergegeben. Natürlich hatte sie keine Möglichkeit mehr, das neue Rollout zu testen. Ein Risiko, das für sie heute zur Falle werden könnte. Jetzt heißt es für sie schauspielern, den Kunden um den Finger wickeln und ihre charmante Seite zeigen. Zwei Stunden müssen einfach für die Vorbereitung reichen.

Der Kundentermin dauert unendlich lange. Die Ansprechpartner bombardieren sie mit Fragen über Fragen. Doch bis zuletzt behält sie ihr Lächeln und manövriert das noch unerprobte System elegant durch den Termin. Ihr Chef kann wahrlich stolz auf sie sein.

Ihre Kollegin, eine von den nervraubenden Blondinen, geleitet die Delegation aus Saudi Arabien nach unten und Jennifer zieht sich in ihr Einzelbüro zurück. Endlich etwas Ruhe, ein bequemer Bürostuhl, raus aus den unbequemen Schuhen und niemand, der es wagt, ihre geschlossene Tür zu öffnen. Außer einer: „Auf ein Wort bitte, in mein Büro!“

Kurz darauf klopft sie an seine Tür und tritt ohne auf seine Antwort zu warten hinein. „Du möchtest mich sprechen?“ „Ja, bitte setz Dich. Einen Moment noch.“ Ihr Chef ist schon ein spezieller Mensch. Er hat ein Talent in Menschen, wie in offenen Büchern, zu lesen. Doch seine Miene ist so verschlossen, dass nur wenige Menschen ihn richtig einzuschätzen wissen. Ein besonderes Merkmal hat er jedoch: Wann immer er droht die Beherrschung zu verlieren, fängt sein Fuß zu wippen an. Ein Indiz, das man sehr gut durch die löchrige Metallblende seines Schreibtisches beobachten kann. Mit einer fließenden Handbewegung schiebt er seine Unterlagen von sich weg und lehnt sich zurück. „Der Termin ist gut verlaufen, wie ich annehme? Sehr schön! Kommen wir gleich zur Sache. Sagtest Du nicht, Du würdest am Wochenende parallel zu den Jungs an den Weiterentwicklungen arbeiten?! Interessant, dass die Jungs keine Rückmeldungen von Dir bekommen haben. Wie ich hörte, seid ihr heute mit einem ungetesteten System in das Meeting gestartet." „Weißt Du, es haben sich Dinge ereignet, die konnte ich nicht beeinflussen..." „Jennifer, ich habe Dich in eine Position gestellt, in der Dir alle Türen offen stehen. Du hast mein Vertrauen, doch enttäusche es nicht. Wenn Du mir sagst, dass Du am Wochenende mit den Kollegen arbeitest, dann erwarte ich das auch! Und so viel ich weiß, sind Deine Handyrechnungen bezahlt. Man kann die Jungs oder zumindest mich anrufen und über mögliche Planänderungen sprechen! Proaktive Kommunikation nennt man das in der heutigen Zeit, wenn ich Dich daran erinnern darf." Sein Fuß beginnt zu wippen. *Scheiße!* Dafür hat Jennifer nun wirklich keine Energie mehr. „Es tut mir leid, wird nicht wieder vorkommen." „Gut, dann zu dem neuen Projekt, von dem ich Dir Freitag erzählt habe. Also, wir haben einen Kunden, der eine privatgewerbliche Großveranstaltung hier in München abhalten möchte. Diverse Showakts, ein Dinner, etwas Rahmenprogramm. Die Gästeliste wird sich bei knapp dreitausend Personen einpendeln. Ich habe ihm Dich als verantwortliche Projektleiterin angeboten. Du hast ein knappes Jahr Zeit für die Vorbereitungen." „Ein knappes Jahr?!? Du weißt schon, dass ich im Moment an zwei riesigen Projekten für nächstes Jahr arbeite? Kann das nicht eine von den Neuen übernehmen?" Ihr Chef lächelt sie an und tippt sich mit dem Stift an sein Kinn. Der Fuß wippt. „Eine der Neuen? Ich denke, dieser Auftrag erwartet den besten Service von uns. Keine der Anderen kennt unser Metier so gut, wie Du." „Aber, das kann doch nicht mein Problem sein! Hör mal, ich gebe bereits jetzt schon mehr als hundert Prozent für die beiden Kunden. Ich schaffe das nicht!" „Du schaffst das, die anderen werden Dir zuarbeiten." „Zuarbeit von diesen Blondinen? Entschuldigung, aber die sind nicht nur auf dem Kopf blond. Vielleicht solltest Du mal jemand Vernünftiges einstellen?!" „Jennifer, es reicht! Personalpolitik ist immer noch meine Aufgabe. Du wirst Dich um diesen Kunden kümmern. Er kommt am Anfang der nächsten Woche zum persönlichen Gespräch. Ich schicke Dir die Informationen, sobald ich sie vorliegen habe." Jennifer setzt noch zu einer barschen Antwort an, doch wie auf's Stichwort klingelt auch schon sein Telefon und er hebt ab. Das war mehr oder weniger der Rausschmiss aus seinem Büro und das Ende der Diskussion.

Zwei Stunden später sitzt Jennifer in ihrem sportlichen A3 und saust die Bundesstraße in Richtung Heimat entlang. Mit voll aufgedrehter Musik à la Rammstein hämmert sie mit den Händen im passenden Rhythmus auf's Lenkrad. Der Heimweg von gerade Mal fünfundzwanzig Minuten reicht eben so aus, um den Kopf frei zu bekommen. Gedankenverloren scrollt sie durch ihre privaten Nachrichten im Handy. Nichts Neues von Thomas.

Ihre Erinnerungen an das letzte Wochenende sind etwas verschwommen und verzerrt. Nachdem sie kurzzeitig das Bewusstsein verloren hat, erwachte sie mit gefesselten Armen über dem Kopf. Ihr Blick war verschleiert von Tränen. Sie schmeckte den typisch metallischen Geschmack von Blut. Sie zerrte an den Fesseln, doch das Kopfteil des Bettes gab nicht nach. *Dafür hatte er das Handtuch in der Hand.* „Immer mit der Ruhe, meine Hübsche. Ich bin noch nicht fertig mit Dir.“ Unbehagen machte sich in ihrer Magengrube breit. Er steht mit dem Rücken zum Fenster und zieht sein weißes Hemd aus. Es ist blutbefleckt. Von ihrem Blut. „Thomas, binde mich auf der Stelle los. Bitte!“ Panik breitet sich in ihr aus. Gelassen steckt er sich eine Zigarette an und beobachtet ihr Wimmern auf dem Bett.

Tränen drängen in ihre Augen, zum Glück trägt sie heute ihre Sonnenbrille während der Autofahrt. Schnell einen Gang runter schalten und das Gaspedal durchtreten. In zehn Minuten ist sie Zuhause.

Die verbliebenen eineinhalb Tage hat sie das Zimmer im Hilton nicht verlassen. Wer glaubt, dass man in einem Hotel keinen Menschen unbemerkt misshandeln kann, der irrt. Die Menschheit neigt zu Anonymität. Die Probleme der Anderen sind nicht die eigenen. Auch wenn Thomas bereits vorher die Hand ausgerutscht ist, so hat dieses Erlebnis eine unbekannte Grenze überschritten. Doch wie verhalten sich emotionale Menschen in Situationen, wie diesen? Wirft man von jetzt auf gleich die vergangenen Jahre über den Haufen? Wegen eines einzigen Fehltritts? Es gibt keine schwarzen oder weißen Menschen. Alle Menschen sind grau. Mal heller. Mal dunkler. Thomas hat Jennifer in der Nacht zum Samstag gebrochen. Körperliche Wunden heilen, doch die Seele bleibt für immer zerstört. Nach dieser Nacht ist sie seine Marionette. Seine Puppe, die lange heilen muss, um wieder zur eigenen, inneren Stärke zurückzufinden. Wenn das überhaupt noch möglich ist.

Ihr Lieblingsradiosender spielt „Without you“ von Mariah Carey. *Welch passendes Timing.* Noch fünf Minuten, bis Jennifer endlich Zuhause ist. Thomas versteht es exzellent, nach einem Wutausbruch, zur üblichen Routine überzugehen. Nach einer weiteren Phase der Bewusstlosigkeit erwachte Jennifer neben dem schlafenden Thomas im Bett. Ihre Fesseln waren gelöst. Sie überlegte kurz, ob sie aus dem Zimmer flüchten sollte. Doch alleine das Aufrichten im Bett, ließ die Übelkeit in ihr aufsteigen. An Aufstehen war definitiv nicht zu denken. Also legte sie sich wieder hin und ließ sich von der aufkeimenden Müdigkeit übermannen.

Endlich Zuhause. *Ping. „Hey, Maus! Hast Du schon Feierabend? Komm rüber und hol Dir was zu essen bei uns ab. Der Kleine freut sich schon auf Dich."* Jennifer unterdrückt ein Lächeln, sie hat ihre Ex-Kollegin schon so lange nicht mehr gesehen. Das ist der perfekte Zeitpunkt für ein Wiedersehen. Tatsächlich hat sie einen Bärenhunger und etwas Gesellschaft konnte nicht schaden. Sie startet den Motor, blickt auf ihre dunkle Wohnung und fährt los.

Wieso fühlte Jennifer sich nur so schuldig? In trauter Zweisamkeit gab Thomas ihr in den darauffolgenden vierundzwanzig Stunden, nach dem besagten Vorfall, Zeit ihre Wunden zu versorgen und sich auszuruhen. Sie sprachen kaum ein Wort miteinander. Natürlich hatte sie inmitten all der dramatischen Ereignisse schlussendlich nachgegeben und ihn um Vergebung angefleht. Die Rückabwicklung des Veranstaltungsabends brachte ihr ab und zu ein paar Stunden für sich selbst, aber mehr auch nicht. Der Hoteltresor blieb die gesamte Zeit über verschlossen. Erst im Flieger, als sie schweigend aus dem Fenster blickte, beendete Thomas die Stille: „Ich fliege Montagmorgen zurück ins Büro. Ein Haufen Papiere wartet auf mich. Du hast drei Tage Zeit, um ernsthaft über Dein Fehlverhalten nachzudenken.

Nutze die Zeit und dann lass uns reden." „Fick Dich, Thomas!" *Ein kleiner Hauch Selbständigkeit rebellierte also noch in ihr.* Hier in der Öffentlichkeit konnte er ihr nichts tun. „Drei Tage", warnte er sie dunkel.

Kapitel 7

»Das Brechen der Seele ist kilometerweit zu hören.«

Montag, 22:14 Uhr

Jennifer parkt mit geübten Handgriffen ihr Auto in die Garage. Es war schön mal wieder mit alten Bekannten zu lachen und ungezwungen zu reden. Vor allem die bayrische Hausmannskost lässt sie kulinarisch nicht unberührt. Lächelnd greift Jennifer sich ihre Handtasche und huscht ins Haus hinein. Noch ein schneller Blick auf's Handy. „Verdammt, schon so spät!" Sie verweilt noch einen kurzen Moment vor ihrer Wohnungstür und scrollt durch die ungeöffneten Nachrichten. Immer noch nichts von Thomas.

Während sie gedankenverloren in einer Terminankündigung ihres Chefs liest, steckt sie ihren Wohnungsschlüssel ins Schloss und greift zur Klinke. Augenblicklich wird ihr die Tür von innen aus der Hand gerissen. Jennifer schreit laut vor Schreck auf und ihr Handy fällt schallend zu

Boden. Noch im gleichen Moment spürt sie seinen stahlharten Griff um ihren Hals und blickt in seine düsteren Augen. Mit einem kräftigen Stoß katapultiert er sie rücklings an die Wand im Wohnungsflur. Seine Faust kracht donnernd neben ihrem Kopf in die Wand. Seine Augen sind weniger als zehn Zentimeter von ihren entfernt. Genau die Augen, die sie vor Jahren so unendlich intensiv verzaubert haben. Der magische Glanz der bernsteinenden Farbe. Heute sieht sie einen schwarzen Schleier über dem damaligen Glanz. Sie wirken so düster und bedrohlich. Erschreckend.

„Thomas! Ich... Was..." Ihre Stimme ist nicht mehr als ein Krächzen. Sein Griff schnürt ihr die Kehle zu. „Jetzt rede ich! Bedeute ich Dir so wenig, dass Du Dich direkt am Abend meiner Abreise herumtreiben musst?!" Jennifer würgt und krallt ihre Fingernägel in seine Arme. „Bitte, lass... mich... los... Thomas!" Im hohen Bogen schleudert er Jennifer zu Boden. Hustend ringt sie nach Luft. Thomas reibt sich seine blutige Hand und spannt die Schulterblätter an. Breitbeinig steht er über ihr. Sie wünscht sich zum ersten Mal, dass er geht. Er soll endlich ihre Wohnung verlassen. Ihr Zuhause.

Langsam senkt er ein Knie neben ihr herab und fasst ihr ans Kinn: „Es juckt mir in den Fingern Dir eine erneute Lektion in Sachen Gehorsam beizubringen. Doch Deine Wunden vom Wochenende sind noch nicht verheilt. Betrachte das als Deine Rettung und als Zeichen meiner Güte.“ Thomas hält ihr die Hand entgegen, doch sie macht wieder keine Anstalten sie zu ergreifen. Thomas wartet nicht lange und erhebt sich: „Wie ich sehe, bist Du noch nicht bereit zum Nachgeben. Ich werde heute Nacht in ein Hotel gehen. Um kurz nach sechs geht mein Flieger. Ruh Dich aus und ruf mich Morgen bis zwölf Uhr an.“ Ohne ein weiteres Wort nimmt er seine Jacke von der Garderobe und verlässt die Wohnung. Jennifer bricht in Tränen zusammen.

„Schätzchen, ist alles in Ordnung bei Dir?“ Zaghaft steckt Emma den Kopf durch die noch offene Tür. „Um Himmelswillen! Was ist denn mit Dir passiert! Scheiße!“ Emma stürmt in Jennifers Wohnung und stürzt sich neben ihr zu Boden. „Mensch, Jenny! Rede mit mir!“ „Thomas... Er... Morgen... Hilf mir...“ Emma hat ihre Freundin noch nie so aufgelöst gesehen. Dieser Mann ist krank, definitiv! „Nun mal langsam. Komm, ich helfe Dir hoch. Schön vorsichtig.“ Gemeinsam gehen die beiden Freundinnen ins Wohnzimmer,

Jennifer kauert sich weinend auf dem Sofa zusammen. „Einen Augenblick, ich hole Dir etwas zu trinken. Und für mich einen Schnaps auf den Schreck!“ Hastig eilt Emma in die Küche und reißt den Kühlschrank auf. Zum Glück sind die beiden Wohnungen identisch. Zurück im Wohnzimmer reicht sie Jennifer ein Glas mit Wasser und kippt sich selbst einen Kurzen die Kehle hinunter: „Möchtest Du auch einen? Kann helfen...“ Beide fangen zu lachen an. Doch Jennifers Lachen wird je durch einen erneuten Hustanfall unterbrochen. „Okay. Jetzt erzähl mal der Tante Emma, was hier eigentlich los ist. Da bringe ich Dich Freitag noch höchst persönlich zu einem romantischen Wochenende in Paris und dann werde ich heute urplötzlich von einem mächtigen Donnerschlag über mir von meinem Sofa gerissen. Tja, und was finde ich dann hier oben vor? Dich, ein Häufchen Elend!“ Emma reicht Jennifer einen zweiten Schnaps und hört gespannt zu. Abgesehen von ein paar kurzen Unterbrechungen, wie *„nicht Dein Ernst“* und *„jetzt hör aber auf“*, lässt Emma ihre Freundin in Ruhe die Ereignisse der letzten Tage zusammenfassen.

„Schätzchen, dass was ich Dir jetzt sage, sage ich Dir nur einmal: Dieser Mann wird Dein Untergang sein. Ich rate Dir nicht, ihn zu verlassen, denn dazu habe ich kein Recht. Menschen in Deiner Position müssen die Trennung selbst und aus ihrem tiefsten Inneren wollen. Alles andere ist Murks. Dann bist Du nur ein paar Tage von ihm weg und ehe wir uns versehen, seid ihr wieder das neue Traumpaar. Nene, das machst Du nicht mit der Tante Emma." Jennifer lehnt ihren Kopf besorgt an Emmas Schulter. Und schon wieder kullern die Tränen aus Jennifers Augen. „Jennifer, ich bin immer für Dich da. Egal, wie Du Dich entscheidest."

Drei Stunden und zwei Weinflaschen später hat Jennifer eine Entscheidung getroffen: „Emma, ich werde mich Morgen von ihm trennen. Kannst Du bitte bei mir bleiben? Ich habe Angst, alleine zu sein." Emma lächelt Jennifer liebevoll an und streichelt ihr die Haare. „Aber natürlich. Nimm doch ein paar Tage Urlaub, dann entführe ich Dich für etwas Erholung in die Berge. Übrigens, ich habe am Wochenende eine großartige Veranstaltung! Das ist jetzt genau das Richtige für Dich, da werden wir beide einfach nur Spaß haben!" „Aber Emma, ich habe doch noch so viel Arbeit auf dem Schreibtisch. Das letzte Wochenende hat mich schon so viel Zeit gekostet!" „Schätzchen, ich will es ja nur ungern sagen, aber hast Du mal in den Spiegel geschaut? Du siehst furchtbar aus. Er hat ganze Arbeit an Dir geleistet. Denk an Deinen Ruf in der Firma, melde Dich krank."

Nach wenigen Stunden Schlaf, greift Jennifer gegen neun Uhr zum Handy und schreibt eine Kurznachricht an ihren Chef: *„Hatte gestern Abend einen Unfall. Sehe furchtbar aus und muss heute noch mal zum Arzt. Bin mobil erreichbar. Bis Morgen."* Ein flaues Gefühl macht sich in ihrer Magengrube breit.

Es wird Zeit, dass sie auch die zweite Sache hinter sich bringt. Sie tippt seine Kurzwahl in ihr Blackberry und hört gespannt auf das tuut-tuuut-tuuut... „Ich höre!" Eiskalt läuft es ihr den Rücken hinunter. Jetzt heißt es stark sein. „Hey, ich bin es. Thomas, so geht das nicht mehr weiter mit uns. Du hast mir weh getan. Vielleicht findest Du auch noch Gefallen daran, aber ich nicht. Ich möchte, Dich nicht mehr wieder sehen. Es ist aus." Die Leitung ist stumm. „Hallo? Thomas? Hörst Du mich?!" Jennifer guckt ungläubig auf ihr Display. *Guten Empfang hat sie.* „Ich höre Dich, Jennifer. Ich vertrete jedoch die Ansicht, dass es alles andere als aus ist. Du hast in den vergangenen Jahren immer Deinen Willen bekommen und konntest das Leben einer verzogenen Göre leben. Jetzt, wo Dir endlich mal jemand die natürlichen Grenzen aufzeigt, jetzt verkriechst Du Dich wie ein getretener

Hund. Das ist nicht das Leben, mein Fräulein. Füge Dich mir und ich sorge dafür, dass es Dir gut gehen wird."

Jennifer fällt die Kinnlade herunter. Mit allem hat sie gerechnet, aber nicht mit dem: „Thomas, ich bin nicht Dein Objekt! Du kannst nicht gegen meinen Willen entscheiden, was ich zu tun oder zu lassen habe! Das ist krank! Du brauchst Hilfe!" Sie faucht fassungslos in ihr Telefon. Zum Glück ist er kilometerweit entfernt und Emma schläft auf der Couch. „Jennifer, die Ereignisse der letzten Tage überfordern Dich. Das ist ganz normal, wenn man nach zwanzig Jahren das erste Mal Benimmregeln beigebracht bekommt. Nimm Dir ein paar Tage und denke in Ruhe über alles nach." Jetzt heißt es also standhaft bleiben. „Thomas, nein! Es ist Schluss, ich will das nicht mehr! Ich werde eine Weile zu meinen Eltern fahren. Schick mir meinen Wohnungsschlüssel per Post oder hole Dir Dein Zeug hier selbst raus. Ist mir egal! Den Schlüssel kannst Du auch bei meiner Nachbarin abgeben. Leb wohl, Thomas!" Ohne seine Antwort abzuwarten, legt Jennifer den Hörer auf.

Ihre Freundin lehnt in der Tür und schaut sie mit gemischten Gefühlen an. „Es ist aus. Ich habe ihn in die Wüste geschickt!" Tränen laufen ihr die

Wange hinunter. Sofort ist Emma da und nimmt Jennifer tröstend in den Arm.

Den restlichen Tag verbringen die beiden Freundinnen lachend und schwatzend auf Emmas Terrasse. Jennifers Alkoholkonsum wird so langsam grenzwertig. *Ping.* Jennifers Herz rutscht ihr in die Hose. „Schätzchen, ist er das?“ *Ping.* Jennifers Hände zittern, als sie ungeschickt in ihrer Hosentasche nach dem Handy sucht. „Nein, alles gut. Ist nur mein Chef: *„Hoffe, es ist nichts Schlimmes. Bis Morgen.“* Kurz und knapp, wie immer. Die zweite Nachricht will sie erst gar nicht öffnen. Der angezeigte Name leuchtet auf: Thomas.

Lächelnd schaltet sie das Handy auf stumm und greift nach dem Weinglas. „Also, was ist das für eine Veranstaltung, von der Du so schwärmst?“ Emma strahlt über beide Ohren. „Meine erste Vernissage für die Agentur, ist das nicht klasse?!? Ich habe inmitten der alten Riem Arcaden die perfekte Lokation gefunden. Die zehn besten Künstler unserer Agentur werden dort ihre Gemälde ausstellen. Wir haben geladene Gäste aus aller Welt.“ „Wow, das klingt ja großartig!“ Jennifer fragt sich innerlich, warum ihre Freundin ihr erst jetzt davon erzählt. Mit der Planung einer solchen Veranstaltung muss sie bereits vor Monaten begonnen haben. Vermutlich wollte sie sich ihr Können selbst beweisen und nicht zwanghaft um Hilfe bitten. „Und jetzt pass auf, Schätzchen! Du wirst mich am Freitagabend begleiten. Dann genießen wir beide in einem sehr exklusiven Rahmen die Creme-de-la-Creme der Reichen und Schönen." „Hast Du nicht heute Morgen noch über mein schreckliches Aussehen geschimpft? Guck doch mal meine blauen Flecken an! Ich sehe aus, als wäre ich durch einen Fleischwolf gedreht worden." Jennifer schaut besorgt an ihrem Körper herab. „Papperlapapp! Deine Wunden werden heilen und für den Rest gibt es Theaterschminke. Vertrau mir, ich mach das schon." „Also gut, ein wenig Ablenkung kann nicht schaden." Sie zwinkert ihrer Freundin zu und erhebt das Glas: „Auf einen gelungenen Neuanfang!" „Auf einen gelungenen Neuanfang für Dich, Schätzchen, und ein paar heiße Nächte für mich!" Lachend nehmen beide Frauen einen großzügigen Schluck.

„Emma, ich werde Morgen meinen Job kündigen." Ihre Freundin verschluckt sich fast am Wein. „Bitte, was hast Du gesagt?!?" Jennifer merkt, wie der Boden unter ihren Füßen erneut zu wanken beginnt. „Ich muss etwas ändern, Emma. Die Firma macht mich kaputt. Mein Chef wird niemals seine Personalführung ändern."

Emma sieht sie erschrocken an. „Aber, Du liebst doch Deinen Job?!?“ Jennifer holt tief Luft. „Ja, genauso, wie ich Thomas liebe. Doch beides tut mir nicht gut. Ich kann mich nicht von dem Einen trennen, damit mich das Andere vollends zerstört. Solange mein Chef keine klare Position einnimmt, wird es immer Zickenterror unter den Frauen geben. Darunter leiden die Projekte und letztendlich auch die Kunden. Und weißt Du, wer die einzige Person ist, die derzeit die Brände im Service löscht? Ja, genau. Ich bin das. Zum Dank dafür bürdet er mir noch mehr Arbeit auf. So kann das nicht weitergehen.“ Emma hört schweigend zu und schenkt den beiden großzügig Wein nach.

„Emma, mein Job ist mein Leben und ich wünschte, es gäbe eine andere Lösung. Aber ich sehe sie nicht. Ich brauche Abstand, um in Ruhe mein Leben zu ordnen. Freitag gehe ich noch mit Dir auf die Party und am Sonntag fliege ich zu meinen Eltern. Ich muss hier für ein paar Wochen raus. Ich hoffe, Du verstehst das.“ Ihre Freundin steht eilig vom Stuhl auf und fällt Jennifer um den Hals. „Natürlich, Liebes.“ Sie drückt ihr einen dicken Schmatzer auf die Stirn.

Einige Stunden später liegt Jennifer alleine auf ihrem großen Bett in ihrer Wohnung. Jetzt kann sie die ungelesene Nachricht öffnen: *„Drei Tage,* *dann reden wir. Mach keine Dummheiten. Du kannst vor den Konsequenzen nicht weglaufen. Ich liebe Dich. T.*“ Jennifer überlegt, ob sie ihm eine Antwort senden soll. Doch die passenden Worte wollen ihr einfach nicht einfallen.

Kapitel 8

»Abschied nehmen tut weh.«

Mittwoch, 08:30 Uhr

Ihr Chef ist gerade mit seinem ersten Kaffee an ihrem Büro vorbeigelaufen. Jetzt ist der richtige Zeitpunkt. Schnell greift Jennifer in die Seitentasche ihrer Laptoptasche und zieht die fertig geschriebene Kündigung heraus. Circa eine Minute später klopft sie an seine Tür: „Herein!" „Hallo, Du ich will nicht lange stören." Er sitzt am Laptop und liest seine E-Mails. Jennifer tritt an den Tisch heran und schiebt die Kündigung zu ihm hin. „Ich möchte gehen, bitte. Hier ist meine Kündigung." Schweigend wendet er sich von seinen E-Mails ab, lehnt sich im Bürostuhl zurück und stellt die Finger spitz zum Dreieck zusammen. Sein Blick ist fest auf sie gerichtet, er legt seinen linken Knöchel auf das rechte Knie. Sein Fuß wippt. Jetzt hat sie seine hundertprozentige Aufmerksamkeit. „Und warum möchtest Du bitte gehen?“ Jennifer holt tief Luft. Dass dieses Gespräch nicht einfach wird, das hatte sie bereits geahnt. „Es geht nicht mehr, ehrlich. Die Umstände hier, dass alles ertrage ich nicht mehr.“ „Welche Umstände meinst Du genau?“ Sein Telefon klingelt, doch er geht nicht ran. „Das kann ich Dir nicht sagen. Du weißt, die Wände hier haben Ohren.“ Er steht von seinem Stuhl auf und lehnt sich mit dem Rücken an die Fensterbank, beide Arme vor der Brust verschränkt. Ihre Kündigung hat er noch keines Blickes gewürdigt. „Du sagst also, es gibt Gründe, die Dich zur Kündigung bewegen. Über die Du aber mit mir hier nicht sprechen kannst?“ „Ja und nein.“ „Also gut, ich akzeptiere Deine Kündigung nicht. Wenn es Gründe gibt, dann kann man darüber sprechen und etwas verändern.“ „Was?!? Moment, meine Kündigung war keine Frage! Sie ist meine Entscheidung.“ „Das sehe ich anders. Ich denke, Dein Zeitkonto ist hoch genug. Nimm Dir ein paar Wochen Urlaub. Danach reden wir über Deinen Wunsch nach Veränderung.“ Jennifer blickt ihren Chef sprachlos an. Das hatte sie sich anders vorgestellt. Mit zwei Fingern greift sie nach dem Stück Papier und schiebt es ein Stück weiter zu ihm. „Aber dieses Schreiben bleibt hier. Ich ziehe es nicht so ohne Weiteres zurück.“ Er nimmt das

Papier wortlos und schließt es hinter sich im Dokumentenregal ein. Wenigstens ein kleiner Kampf, den sie heute gewonnen hat.

Die nächsten achtundvierzig Stunden vergehen in Windeseile. Die beiden Freundinnen verbringen viel Zeit miteinander, gehen shoppen und besorgen ein riesiges Arsenal an Spezial-Make-up, um Jennifers Blessuren zu verdecken. Emma freut sich riesig, ihre erste Veranstaltungspremiere mit Jennifer zu verbringen.

Wenige Stunden bevor eine bestellte Limousine die beiden Frauen in den östlichen Bereich von München kutschiert, ziehen die beiden sich in Jennifers Badezimmer zurück. Detailverliebt tupft Emma mehrere Lagen Schminke auf die einzelnen Blessuren. „Zum Glück hast Du Dich für diesen Traum in Königsblau entschieden!“ Tatsächlich hat Jennifer zum ersten Mal in ihrem Leben ein Kleid ohne vorherige Anprobe gekauft. Die Verkäuferin war ganz erstaunt, als sie sich weigerte die Umkleidekabine zu betreten. Die lange Robe mit schulterfreiem Ausschnitt, aber langen Ärmeln, gefiel ihr auf Anhieb besonders gut. Eine hübsche Raffung an den Hüften und ein offener Beinschlitz an der linken Seite, der gefährlich weit hoch geht. Doch das Aufregendste ist für sie der durch und durch glitzernde Stoff aus Samt.

Das Kleid funkelt, wie ein Sternenhimmel. Ergänzt wird es mit einer silbernen Clutch, einer halbtransparenten Chiffon-Stola und mörderischen High Heels, ebenfalls beides in Silber. Ihre lange, wellige Mähne steckt sie locker mit einer Silberspange hoch. Zwei, drei lockere Strähnen im Stirnbereich und voilá, ihr Outfit ist perfekt. „Bist Du nun endlich fertig?“ Jennifer blickt ungeduldig auf ihre Freundin herab. Emma hat den großen, schwarzen Pinsel zwischen die Zähne geklemmt und ihre Brille sitzt schräg auf dem Kopf. „Wie lange willst Du denn noch mit dem Schwamm an meinem Knöchel rumtupfen?“ Jennifer verkneift sich ein Lachen. „Hey, hör auf mich zu hetzten!“ Stöhnend richtet sich Emma aus der Hocke auf. Mit spitzen Fingern setzt sie ihre Brille auf die Nase. „Du, das sage ich Dir: Das grenzt schon an schwere Körperverletzung, was er Dir da angetan hat. Man, man, man!“ „Emma, bitte. Lass uns nicht darüber reden. Es ist schon schwer genug.“ „Sag mal, wie spät ist es eigentlich? Ach herrje! Weißt Du, Du siehst toll aus, aber als Star des Abends kann ich mich da wohl kaum in Jogginghose blicken lassen!“ Emma unterstreicht ihre Aussage mit einer majestätischen Handbewegung und schreitet demonstrativ davon. „Na dann man los, meine Liebe!" Jennifer lacht ihr herzlich hinterher.

Ping. „Die Zeit ist um. Ich fliege zurück nach München. Wir sehen uns. T."

Emma strumpelt mehr oder weniger unbeholfen durch den Flur. „Schätzchen, das Auto ist da! Wir müssen los! Verdammt, ich bekomme diese verflixte Schnalle nicht zu!" Jennifer steckt das Handy weg und tritt auf den Flur hinaus. „Holst Du noch schnell zwei Piccolöchen für uns aus dem Kühlschrank? Danke, Du bist ein Schatz!" Kurz darauf sitzt Jennifer mit Emma auf der superbequemen Rückbank einer S-Klasse. Die beiden lachen und fachsimpeln, sodass die Fahrzeit wie im Fluge vergeht.

Die Limousine hält vor einem archaischen Industriegebäude, mit perfekt ausgeleuchtetem Exterieur. Das hätte Thomas nicht besser machen können. Kompliment an ihre Freundin. Der Fahrer öffnet stilvoll die Hintertür und beide Damen betreten ehrfürchtig den roten Teppich. Jennifer hat Emma nie zuvor so strahlend voller Stolz gesehen. Ihre Ausstrahlung reißt sie förmlich mit. Souverän betreten beide Frauen die Eingangshalle und lassen sich einen Sekt als Aperitif anbieten. „So meine Liebe, willkommen in der Welt der Reichen und Schönen. Heute Abend wirst Du hier nur auf hochkarätige Persönlichkeiten treffen! Komm, ich stell Dich ein paar meiner engsten Kollegen vor." Emma deutet auf eine kleine Gruppe von Menschen in pechschwarzer Garderobe. Fehlt nur, dass sie eine farbige Schürze tragen. Auffälliger kann man sich als Personal nicht klassifizieren, denkt sich Jennifer und folgt ihrer Freundin. Heute ist ihr Abend.

Die Stunden vergehen, wie im Fluge. Emma lässt Jennifer kaum eine Minute aus den Augen und schleift sie mit unendlicher Begeisterung von einem Kunstgemälde zum Nächsten. Zu nahezu jedem Bild kann sie etwas Schlaues von sich geben. Dann ertönt urplötzlich ein dramatischer Gong über den Köpfen der Anwesenden. „Oh klasse! Pass auf, Du wirst jetzt Zeuge einer einzigartigen Willkommensansprache!!" Emma kreischt entzückt, wie ein kleines Mädchen und klatscht begeistert in die Hände. „Meine sehr verehrten Damen und Herren, Spiritualität und Können sind heute Ihre Gastgeber. Für wahr, ich, Jacque Pasquale, zähle mich zu den Musen der unauffindbaren Wiederkehr. Wir erleben eine Zeit des Umbruchs. Die Tradition trifft auf Moderne und formt diese nach allen überschreitbaren Regeln der Kunst. Ich freue mich, (...)" Jennifer traut ihren Ohren kaum. Das ist doch nicht sein Ernst?!

„Emma, Süße? Ich gehe mich mal eben kurz frisch machen. Bin gleich wieder zurück." Ihre Freundin nickt in ihre Richtung, doch ob sie sie verstanden hat, ist Jennifer schleierhaft. Egal, dieses kunstvolle Drama hört sie sich definitiv nicht bis zum Ende an.

Mit ihrem Sektglas in der Hand schlendert sie gedankenverloren durch die hinteren Gänge. Abrupt bleibt sie stehen, als schwarze Lackschuhe auf dem Boden in ihr Blickfeld geraten.

„Hast Du Dich verlaufen, Kleines?" Jennifers Blick fährt nach oben, bis sie ihrem Gegenüber direkt in die Augen sieht. „Ich denke nicht, nein. Wissen Sie, ich bin schon groß." Der unbekannte Fremde, lächelt sie an. Jennifers Blick bleibt in seinen stechend braunen Augen hängen. „Darf ich der Lady noch etwas zu Trinken anbieten? Einen weiteren Sekt? Oder etwas anderes?" Jennifer lacht leise auf. „Zwei Optionen: Entweder sind sie ein armer Kellner, der so overdressed wahrscheinlich mächtig Ärger mit seinem Chef bekommen wird. Oder Sie sind so ein reicher Schnösel, wie neunzig Prozent der anderen Herrschaften hier, der absolut keine Ahnung von guten Anmachsprüchen hat." Wütend kneift sie leicht die Augen zusammen. Auf solche primitiven Geschöpfe der männlichen Gattung hat sie absolut keine Lust. Ihr Gegenüber tippt langsam mit dem Zeigefinger an sein Whiskeyglas und setzt zur Antwort an, als sie ihn abrupt unterbricht: „Nein, danke. Ich möchte alleine sein. Suchen Sie sich ein anderes Opfer für den heutigen Abend!“ Mit hoch erhobenem Haupt marschiert Jennifer an dem Herrn im Smoking vorbei.

Die Rede des Künstler-Gurus ist beendet und sie begibt sich auf die Suche nach ihrer Freundin. Emma steht bei einem Pärchen mittleren Alters und historisiert über die Entwicklung eines dramatischen Ölgemäldes. Jennifer stellt sich dezent zu der kleinen Gruppe dazu und lauscht aufmerksam Emmas Worten.

Ihr Blick schweift über die anwesenden Gäste. Scheiße! Jennifer traut kaum ihren Augen, aber wenige Meter von ihr entfernt, entdeckt sie ein bekanntes Gesicht in der Menge: Konrad Schultz! Der Mann, der erst letztes Wochenende in Paris so freundlich war und einen Café au Lait für sie organisieren wollte. Schnell versucht sie sich an Marios Worte zu erinnern. Konrad Schultz ist mit dem Flieger nach Paris gereist, in Begleitung zweier Herren. „Verdammt, was war das denn, dass Thomas über ihn sagte?“, flüstert sie kaum hörbar. Hätte sie doch bloß besser zugehört.

Das Blut gefriert ihr in den Adern, in dem

Moment, in dem sie den Mann von eben an Herrn Schultz herantreten sieht. Fast väterlich wirkt es, als der Alte dem Unbekannten freundschaftlich die Schulter drückt. Jetzt sehen die beiden in die Richtung, in der Jennifer mit Emma und dem Pärchen steht. Der große Mann flüstert Herrn Schultz etwas in sein Ohr. Jennifers innere Instinkte schlagen Alarm. „Emma, Liebes? Hast Du vielleicht eine Kopfschmerztablette für mich?“ Emma dreht sich augenblicklich zu ihr um. „Aber natürlich, Schätzchen. Hier, bitte sehr. Ist alles in Ordnung? Möchtest Du gehen?“ Ihre Freundin mustert sie besorgt von oben bis unten. „Nein, nein. Alles in Ordnung. Ich gehe schnell noch mal in die Waschräume. Bin gleich zurück.“ Jennifer dreht sich gerade auf dem Absatz um, als sie sieht, wie Konrad Schultz sich in Bewegung setzt. Sie eilt quer durch den Raum, an den Anwesenden vorbei und dann in einen der hinteren Gänge. „Hier sind doch irgendwo die Toiletten gewesen. Ah, da! Gott sei Dank.“ Stürmisch stößt Jennifer die Tür auf und stützt sich am hintersten Waschbecken ab. Zwei andere Frauen in dem Raum, gucken sie ungläubig an. Sie nimmt ein paar tiefe Atemzüge und versucht ihren rasenden Puls zu beruhigen.

Was macht dieser Mann hier? Hat Thomas etwa Kontakte beauftragt, die sie überwachen sollen? Das ist doch alles, wie in einem schlechten Film! Jennifer dreht den Wasserhahn auf und schluckt die Kopfschmerztablette hinunter. Nur langsam beruhigt sich ihr Puls. „Hier stimmt etwas nicht, das bilde ich mir doch nicht ein!" Sie greift in ihre Handtasche und holt ihr Handy hervor: *„Thomas, es ist aus! Sag Deinen Leuten, sie sollen verschwinden. Sonst..."*. Seine Antwort lässt nicht lange auf sich warten. *Ping. „Sonst was, Fräulein? Du siehst übrigens toll aus. Königsblau steht Dir. Nur an dem Make-Up hättest Du etwas sparen können."* „Ich wusste es! Okay, beruhige Dich!", Jennifer spricht aufgebracht mit sich selbst. „Ist er persönlich hier? Nein, eher unwahrscheinlich. Sonst hätte er nicht geschrieben, dass er zurück nach Hamburg fliegt. Ehrlich ist er, das muss man ihm lassen. *Darauf kann sie sich verlassen, oder nicht?* Also muss Herr Schultz etwas mit der Sache zu tun haben? Oooh, ich weiß es nicht! Er war so nett und hilfsbereit in Paris. Vielleicht ist es auch nur ein dummer Zufall, immerhin sprach Emma von hochkarätigen Gästen. So groß ist die europäische Auswahl nun mal nicht. Moment mal!" Jennifer tippt eilig die Handynummer ihrer Freundin ins Handy. „Schätzchen, wo bist Du? Ist wirklich alles in Ordnung bei Dir?" „Emma, welche Firma habt ihr für die Realisierung der Sound- und Lichttechnik beauftragt?" „Die heißen MT-Showevents, meine ich. Mein Kollege hat die eingekauft. Warum willst Du das wissen?" Jennifers Befürchtungen haben sich mit einem Schlag bewahrheitet. „Liebes, das ist die Firma von Thomas. Ich stehe unter Beobachtung." „Waaas? Schätzchen, wo bist Du! Ich komme sofort zu Dir und dann bringen wir Dich hier raus! Wir haben Leute dafür." „Nein, Emma. Ich rufe mir ein Taxi und mache das alleine. Nur morgen werde ich dann schon weg sein. Ich kann nicht bleiben. Genieße die Party und mach Dir keine Sorgen. Wir telefonieren. Ciao!" Jennifer steckt das Handy in die Handtasche. Jetzt heißt es standhaft bleiben und sich nichts anmerken lassen.

Gerade als sie die Toilette verlassen will, öffnet sich die Tür von Außen und eine herzlich dreinblickende Dame tritt herein. „Danke, vielen Dank." Jennifer tritt auf den Flur hinaus und fährt zusammen. „Guten Abend, Frau Gruber. Dachte ich mir doch, dass ich Sie in der Menschenmenge erkannt habe." Jennifer dreht sich langsam um und blickt in das freundliche Gesicht von Herrn Schultz. „Herr Schultz, was für eine Überraschung! Haben Sie Ihre Geschäfte also von Paris nach München geführt. Ich hoffe, Sie verfolgen mich nicht.“ Sie lacht herzlich auf und versucht, ihre Unsicherheit in der Stimme zu verdecken. „Wo käme ich denn da hin, Frau Gruber. Nein, nein. Ich dachte mir lediglich, ich spreche Sie einmal persönlich an. Sie waren am letzten Wochenende so schnell verschwunden. Ich hatte überhaupt keine Möglichkeit, Ihnen Ihren Kaffee zu überreichen.“ „Ich bitte Sie vielmals um Entschuldigung, Herr Schultz. Es gab kurzfristige Planänderungen, die mich zwangen, mit dem Pariser-Team in die Hintergrundabläufe einzugreifen. Sie wissen doch sicherlich, wie das auf Live-Veranstaltungen zugehen kann.“ Jennifers Blick fällt auf die zwei Muskelmänner, die hinter Konrad Schultz Stellung bezogen haben. „Sicher, sicher, meine Liebe. Darf ich Sie dann heute zu einem gemeinsamen Kaffee entführen?“ „Bedaure, aber mein Taxi steht gleich bereit. Ich muss mir mit der französischen Küche den Magen verdorben haben. Das quält mich schon seit Tagen. Aber Sie kennen doch den Ausspruch: Alle guten Dinge sind drei. In diesem Sinne, ich wünsche Ihnen einen schönen Abend und wir werden uns sicherlich bald wiedersehen.“ Konrad Schultz mustert Jennifers Blick ganz genau, reicht ihr dann aber die Hand und verabschiedet sich mit einem

Lächeln auf den Lippen: „Meine Liebe, ich nehme Sie beim Wort. Machen Sie es gut!“ Ohne auf eine weitere Reaktion zu warten, dreht Jennifer sich mit wehendem Rock um und eilt in Richtung Ausgang.

Der Portier blickt sie erwartungsvoll an. „Würden Sie mir bitte ein Taxi rufen? Ich möchte in den nördlichen Teil Münchens.“ „Sehrwohl, gnädige Frau. Einen Moment bitte.“ In der Eile hat sie ganz vergessen, selbst einen Wagen mit ihrem Handy zu rufen. Jetzt steht sie leicht zitternd neben dem Portier und hüllt sich tiefer in die dünne Chiffon-Stola. „Wenn das so weitergeht, werde ich noch krank.“ „Entschuldigen Sie bitte, Madame. Ein Wagen wird erst in circa dreißig Minuten hier eintreffen. In der Stadt findet gerade ein Fußballspiel statt. Möchten Sie vielleicht drinnen warten und ich lasse Sie rufen, sobald der Wagen hier eingetroffen ist?“ Jennifers Nerven liegen blank.

Noch ehe sie dem Portier eine Antwort schenken kann, hält eine pechschwarze Limousine der Marke Jaguar mit getönten Scheiben vor dem Treppenaufgang an. Langsam fährt das Fenster auf der hinteren Beifahrerseite herunter. Ihr sogenannter *Mister Overdressed* aus dem Atelier sieht ihr direkt in die Augen. „Hast Du Dich verlaufen, Kleines?“ Dunkel hallt seine Stimme zu ihr herauf. Schon wieder dieser fade Anmachspruch, Jennifer kann es einfach nicht glauben. „Hören Sie mal, ich bin nicht interessiert. Suchen Sie sich eine andere Dame für Ihr abendliches Unterhaltungsprogramm!“ Der Portier sieht beklommen auf sein Klemmbrett.

Zwei nagelneue BMW X8 halten hinter der Limousine. Doch das scheint den unbekannten Mann überhaupt nicht zu interessieren. Ohne den Blick von Jennifer abzuwenden, öffnet er die Autotür, steigt aus und lehnt sich entspannt an den Heckbereich des Autos. „Bitte sehr, Kleines. Ihr Taxi steht bereit.“ Langsam klopfen seine Finger an die Fahrzeugverkleidung. „Ich an Ihrer Stelle würde den Weg freigeben, damit die anderen Herrschaften noch in den Genuss eines schönen Abends kommen. Nicht, dass Sie zu allem Überfluss noch Ärger mit dem Portier bekommen.“ Jennifers Augen funkeln ihn böse an. Mit einer fast unscheinbaren Handbewegung und einem Fingerschnippen seinerseits, öffnen sich die Türen der nachfolgenden SUV's. Vier gigantische Muskelpakete steigen aus und warten auf weitere Anweisungen. Seine Anweisungen.

Scheiße! So langsam fällt bei Jennifer der Groschen: Das sind seine Leute. „Nun, wie sieht es aus, Kleines? Möchten Sie nicht doch zu mir in den Wagen steigen?“ Elegant streckt er ihr die Hand als Hilfestellung entgegen. Jennifer steigt mit langsamen Schritten die Treppenstufen hinunter. „Wissen Sie, es gibt eine Art von Männern... und verzeihen Sie mir bitte, wenn ich das jetzt so direkt sage... die ich abgrundtief verabscheue...“ Jennifer ist auf der untersten Ebene angekommen. Ein Lächeln macht sich auf seinem Gesicht breit. Vorsichtig weicht sie ihm aus und wendet sich zum Frontbereich des Wagens ab. „Das sind Männer, die kein „nein“ akzeptieren können und Frauen für ihr Besitztum halten.“ Jennifer steht bereits auf Höhe der Fahrerseite, vor dem Wagen. Er hat die Hand heruntergenommen und folgt ihr mit gespannter Aufmerksamkeit. Sie wirft einen letzten Blick über die Schulter und sagt: „Bevor ich zu so einem Scheißkerl, wie Ihnen, in den Wagen steige, gehe ich lieber zu Fuß. Danke.“ „Tztztz! Warum kannst Du Dich nicht einfach richtig verhalten, Kleines.“ Da klingen sie wieder, ihre innersten Alarmglocken. *Nimm die Füße in die Hand und lauf um Dein Leben!* Mister Overdressed gibt seinen Männern ein weiteres Handzeichen, „Schafft sie in den Wagen.“, ehe er selbst einsteigt und die folgende Situation aus dem Auto heraus beobachtet. Parallel tippt er eine

Kurzwahl in seinem Handy: „Konrad, wir sind vor dem Eingang. Ich schätze, wir brauchen Dich. Elle a mordu!" Bedächtig tippt er mit seinem Handy an den Vordersitz. Die Zeit mit ihr wird spannend werden.

Jennifer hat schon immer viel Wert auf ihre inneren Alarmglocken gelegt, also rafft sie, noch während er spricht, den Rock hoch und rennt los. Gott sei Dank haben ihre Eltern darauf bestanden, dass sie in der Leichtathletikgruppe Mitglied wird. Okay, das ist nun auch schon zig Jahre her. Aber die Grundlagen des Sprintens sollte man eigentlich nicht verlernen. Dumm nur, dass man dort das Laufen in High Heels auf Kopfsteinpflaster nicht lernt. Männer haben da einfach die bessere Ausgangslage. *Scheiße! Scheiße! Scheiße!* Diese Jungs sind echt verdammt schnell. Trotz rutschigen Heels und des engen Kleids kann sie einen ordentlichen Vorsprung erwirken. Doch dann, trifft sie einen einzelnen Kopfstein ungünstig und knickt um. Mit einer Absatzhöhe von zwanzig Zentimetern ist das absolut kein Vergnügen. Mit fliegender Unwucht katapultiert die Schwerkraft Jennifer zu Boden und sie landet unsanft auf den Knien und Armen. Ihre Handtasche schleudert es fast zwei Meter weiter.

Seine Männer sind wenige Sekunden später bei ihr und greifen ihr unter die Arme. Jennifer heult vor Schmerzen laut auf. Irgendetwas muss mit ihrem Knöchel passiert sein. „Arrêtez! Prenez-la et emmenez-la dans la voiture!“ Ein gigantischer Mann mit Muskeln packt Jennifer um die Hüften und schultert sie mühelos. Ihre Gegenwehr bleibt unbeachtet. Plötzlich nimmt sie die vertraute Stimme von Konrad Schultz an ihrem Kopf wahr. „Keine Sorge, Madame. Ich gebe Ihnen etwas zur Beruhigung. Sie sind bei uns in Sicherheit.“ Noch bevor Jennifer etwas antworten kann, fühlt sie einen feinen Stich in ihrem Nacken und ihre Umgebung wird nebelig, verschwommen.

Kapitel 9

»Den Überlebenskampf gewinnst Du mit Temperament.«

Sonntag, 11:10 Uhr

Jennifers Augen öffnen sich langsam. Ihr Blick ist noch nicht ganz klar. Langsam setzt sie sich auf. Extreme Kopfschmerzen durchstoßen ihren Schädel. „Aaaah, tut das weh!" Sie drückt mit der rechten Hand gegen ihre Schläfe. Ihre Lebensgeister erwachen wieder zum Leben.

Bedächtig sieht sie sich um. Jennifer sitzt auf einem gigantischen Bett, weich und unendlich kuschelig. Hochwertige Bettwäsche bedeckt ihren Körper. Jemand hat ihr ein seidenes Nachthemd angezogen. Ängstlich zieht sie die Bettdecke hoch. Sie befindet sich in einem traumhaft schönen Zimmer. Es ist modern und riesig. Zu ihrer Linken ragt eine imposante Fensterscheibe, nahtlos zwischen Decke und Fußboden. Im Hintergrund erkennt sie Berge. Ausgewählte Hochglanzmöbel in schwarz, grau und weiß, sowie gedeckte

Farben in der Dekoration verleihen dem Raum Stil. Der Innendekorateur muss Geschmack haben. Jennifer ist alleine im Zimmer.

„Wo bin ich? Wo sind meine Sachen? Was ist passiert?“ Das Denken fällt ihr noch schwer. Zeitweise verschwimmt die Realität vor ihren Augen. Sie lässt ihre Beine aus dem Bett gleiten und will aufstehen. „Aaaah, verdammt!“ Ihren kaputten Knöchel hat sie total vergessen. Sie gleitet zurück ins Bett und besieht sich ihren Körper. Jemand hat ihr den rechten Knöchel fachmännisch einbandagiert. Auch an ihrem Oberschenkel entdeckt sie einen Verband, ebenso an ihrem linken Arm. „Was zur Hölle ist hier passiert?!“

Jennifer wird leicht panisch. „Hey! Beruhige Dich, kleine Lady.“ Eine freundliche Männerstimme drängt an ihre Ohren. Jennifer blickt zur Tür und rutscht sofort zurück unter die Bettdecke. Ein gepflegt aussehender Mann in Jeans und offenem Hemd betritt den Raum und schließt die Tür hinter sich. Er ist etwas größer als sie, trägt einen Vollbart und hat eine interessante Frisur. So, als hätte er sich einen Irokesen lang wachsen lassen und zum Pferdeschwanz zusammengebunden. Barfuß tritt er an sie heran und setzt sich auf die Bettkante. „Du musst aufpassen, kleine Lady. Wer immer Dir das angetan hat, hat nicht an die

Konsequenzen von inneren Verletzungen gedacht. Komm, zeig mir mal Deinen Fuß." „Nein! Fassen Sie mich ja nicht an!" Der fremde Mann, muss ein Lachen unterdrücken. „Was glaubst Du, wer hat Dir die Verbände angelegt? Kleines, ich bin Arzt. Vertrau mir." Ohne eine Antwort abzuwarten, schlägt er die Bettdecke zur Seite und greift nach ihrem geschundenen Fuß. „Mit hohen Schuhen sollte man nicht durch die Gegend rennen, weißt Du. Du hast Glück, dass Deine Bänder nur etwas überdehnt worden sind. Es ist nichts gerissen, aber ein paar Tage wirst Du Schwierigkeiten mit dem Laufen haben."

„Wer sind Sie? Und was mache ich hier? Warum haben Sie mich hierher gebracht?" Die Worte sprudeln nur so aus Jennifer heraus. „Hey, hey, hey! Immer langsam mit den jungen Pferden, kleine Lady. Wer ich bin, das habe ich Dir bereits gesagt. Ich bin Arzt. Wenn Du meinen Namen wissen möchtest, nenn mich Steffen." Er lässt ihren Fuß los und lehnt sich entspannt nach hinten. Jennifers Blick fällt auf seinen muskulösen Körperbau. Er sieht zum Anbeißen gut aus! „Für Deinen Aufenthalt hier, dafür kann ich nichts. Darüber musst Du meinen Bruder befragen. Ich wurde nur gebeten, mir Deine Wunden anzusehen und Deinen Fuß zu versorgen." „Ihr

Bruder? Wer ist ihr Bruder?" Jennifer ist irritiert. Das Letzte, woran sie sich erinnert ist, dass sie von gorillaartigen Muskelmännern gepackt wurde und dann ihr dieser ominöse Konrad Schultz etwas gespritzt hat. „Ich denke, Du hast meinen Bruder bereits kennengelernt. Er heißt Alexander." Jennifer sieht ihn verdutzt an. Der Name sagt ihr nichts. „Keine Sorge, Du wirst ihn später noch sehen. Ruh Dich aus und lege brav den Fuß hoch. Hör auf den Onkel Doktor!" Steffen erhebt sich vom Bett und geht in Richtung Tür. „Nicht das Bett verlassen, kleine Lady. Ich meine es ernst!" Mit einem Augenzwinkern schiebt sich Steffen durch die Tür und lässt Jennifer alleine zurück.

Irgendwie wirkt die gesamte Situation surreal auf sie. Innerhalb weniger Tage ist ihr gesamtes Leben aus den Fugen geraten. Wie konnte das nur passieren? „Ich muss hier raus! Wo ist mein Handy?" Sie setzt ihre Füße erneut auf den weichen Teppichboden, dieses Mal etwas vorsichtiger. Vorsichtig und am Bett abstützend bewegt sie sich in Richtung Tür. Daneben steht eine große Kommode, passend zu den Türen eines danebenliegenden Einbauschrankes. Ihr blaues Kleid vom Vernissage-Abend hängt ordentlich auf einem Bügel an der Schranktür. Seitlich davon stehen ihre mörderischen Heels auf dem Boden. Mühsam schleppt sie sich zu ihrem Kleid. Ihr Blick fällt auf die Risse und Löcher, verursacht durch ihren Sturz. „Mist! Okay, wo ist mein Handy?“ Jennifer durchsucht eine Schublade nach der anderen, doch sie findet kein Handy.

„Sagte ich nicht, Du sollst im Bett bleiben?“ Wie aus dem Nichts steht Steffen neben ihr. Seine Hände sind vom Rücken verdeckt. Jennifer blickt ihn wütend an: „Ich will hier raus, sofort! Geben Sie mir mein Handy!“ Steffen macht keine Anstalten ihrer Bitte Folge zu leisten. „Ich muss mich schon wundern, kleine Lady. Du solltest besser auf Deinen Körper achten.“ „Was geht Sie mein beschissener Körper an? Nichts!“ Steffen spannt seine Nackenmuskulatur an und lässt sie keine Sekunde aus den Augen. „Wir können dieses Gespräch auf zwei Arten beenden: Erstens, Du hörst jetzt schön brav auf den Onkel Doktor und gehst zurück in Dein Bett. Zweitens: Ich lege Dich höchstpersönlich zurück in die Horizontale. Such es Dir aus.“ „Fick Dich!“

Jennifers Dosis an Machosprüchen ist für die nächsten zehn Jahre bedient. Sie hat keine Lust mehr sich rumkommandieren zu lassen, schon gar nicht von jemandem, der sie gegen ihren Willen irgendwo festhält. Blitzschnell packt er Jennifers Hüften und schultert sie. Sie schreit und hämmert mit ihren Fäusten auf seinen Rücken. Mit der rechten Hand verpasst er ihr einen saftigen Klaps auf den halbnackten Hintern. „Auaaaa! Lassen Sie mich sofort runter!“ Jennifer schreit sich die Seele aus dem Leib, doch Steffen trägt sie unbeeindruckt zum Bett. Mit einer fließenden Bewegung befördert er sie in die liegende Position und greift ihre Handgelenke, die er über ihren Kopf fixiert. Mit seinem rechten Knie stützt er sich an der Bettkante ab. Seine grau-blauen Augen funkeln sie an, als Jennifer ihm mitten ins Gesicht spuckt. Auf seinen Lippen zeichnet sich ein Lächeln ab. „Ah! Tu as une garce!“

Mit dem freien Handrücken wischt er sich die Spucke von der Wange, ehe er in seine Gesäßtasche greift. Er holt eine durchsichtige Spritze hervor. Jennifer bekommt es mit der Angst zu tun. Sie zappelt, wie wild. Doch gegen seinen durchtrainierten Körper hat sie keine Chance. Mit den Zähnen zieht er die milchige Schutzkappe von der Nadel ab und spritzt Jennifer ohne zu Zögern den gesamten Inhalt in den Oberarm. „Schlaf schön, kleine Lady.“

Kapitel 10

»Lerne die männliche Dreifaltigkeit!«

Dienstag, 19:25 Uhr

„Hallo, kleine Lady." Jennifer schreckt aus dem Schlaf auf. Der Typ mit der seltsamen Frisur ist wieder bei ihr, doch dieses Mal trägt er einen legeren Anzug. *Die Jeanshose stand ihm irgendwie besser.* „Hier, trink das." Steffen sitzt auf der Bettkante und reicht ihr ein Glas Wasser mit sprudelndem Pulver. „Bäh! Nehmen Sie das weg!" Jennifer haut mit ihrer Hand in Richtung des Glases. Gerade noch rechtzeitig kann Steffen das Glas vor einem Zusammenstoß retten. „Du bist wirklich ein ungezogenes Ding, weißt Du das?" „Wieso? Weil ich mich nicht noch einmal von Ihnen unter Drogen setzen lasse?" Steffen schnaubt amüsiert durch die Nase und stellt das Glas auf dem Nachtschränkchen neben ihr ab. „Du bist auf dem falschen Dampfer, kleine Lady. Ich habe Dir keine Drogen gegeben. Du hast lediglich von mir ein etwas stärkeres Beruhigungsmittel bekommen, damit Dein Körper vernünftig heilen kann." Jennifer schiebt sich langsam von ihm weg. „Das da", Steffen zeigt auf das unangerührte Wasserglas, „ist eine aufgelöste Aspirin. Wenn das Beruhigungsmittel aufhört zu wirken, neigen manche Menschen zu Kopfschmerzen." Er legt seinen Kopf leicht schief und beobachtet sie einen Augenblick. „Komm her zu mir, ich möchte mir Deinen Knöchel ansehen." Jennifer bewegt sich keinen Millimeter. Kontrolliert schlägt er die Bettdecke zurück und packt ihre Fußgelenke, mit einem Ruck hat er sie an sich herangezogen. Jennifer kreischt laut auf. „Shhhht! Halt still, sonst tu ich Dir weh! Behutsam löst er den Verband von ihrem Fuß. „Probier mal, ob Du ihn wieder in alle Richtungen bewegen kannst. Das müsste eigentlich funktionieren." Jennifer dreht ihren Fuß leicht nach links, nach rechts, dann nach oben und nach unten. Es schmerzt überhaupt nicht mehr. „Sehr schön!" Steffen erhebt sich vom Bett und geht in Richtung Tür. Auf halbem Weg hält er an und dreht sich zu ihr um: „Wirf einen Blick in den Kleiderschrank. Darin findest Du neue Kleidung. Dort drüben ist das Badezimmer. Und kleine Lady, trink das Schmerzmittel." Er dreht sich um und verlässt das Zimmer. Jennifer ist wieder allein.

Allein in einem fremden Haus. Irgendwo in den Bergen.

Zögerlich greift sie nach dem Glas, das Steffen ihr angeboten hat. Einen leichten Druck spürt sie wirklich im Kopf. Vorsichtig schnuppert sie an dem sprudelnden Getränk: „Naja, wird schon schiefgehen.“ Mit einem Zug leert sie den Inhalt. Es schmeckt wirklich nach aufgelöster Aspirin. Jennifer stellt das Glas wieder zurück und schlüpft aus dem Bett heraus. Sie trägt immer noch das seidene Nachthemd. Vorsichtig beginnt sie ihren kaputten Fuß zu belasten. Alles gut soweit. Sie tritt an den Kleiderschrank heran, an dem noch immer ihr blaues Abendkleid hängt. „Wow!“ Jennifer klappt die Kinnlade herunter. Der Schrank ist gefüllt mit den schönsten Kleidern, Hosen und Shirts, die sie je gesehen hat. Stück für Stück tastet sie sich durch die überragende Auswahl. Sogar die passende Unterwäsche füllt ein ganzes Schrankregal. Die Entscheidung fällt ihr nicht leicht. Schlussendlich entscheidet sie sich für eine schwarze, enganliegende Jeanshose, ein weisses Tanktop und einen Oversized-Pullover in Häkeloptik. Dazu ein paar bequeme Sneaker. Mit dem Stapel Kleidung marschiert sie zur Tür, auf die Steffen gezeigt hat. Eine heiße Dusche, kann sie nun wirklich gut gebrauchen. Wie auch das große Schlafzimmer, hat der Innenarchitekt auch hier außergewöhnlichen Geschmack bewiesen. Das Bad ist ein Traum aus elegantem Edelstahl, Glas und einer perfekten Kombination aus grau, schwarz und weiß. Wenn nur die Umstände nicht so unnatürlich wären, könnte sie hier glattweg einen Traumurlaub verbringen. Die ebenerdige Duschkabine ist riesig, mindestens drei Regenbrausen und zahlreiche Massagedüsen sorgen für absoluten Komfort. Jennifer legt die Kleidung auf eine dunkle Holzbank und zieht sich aus. Kurz drauf spürt sie den warmen Wasserstrahl auf ihrem nackten Körper prasseln. Sie löst die Verbände von ihrem Arm und ihrem Oberschenkel. Dunkle Ringe zeichnen sich auf ihrer hellen Haut ab. Doch der Großteil von Thomas Gewaltausbrüchen ist gut verblasst.

„Oh, Thomas. Ich wünschte, Du wärst jetzt hier." Tränen rinnen ihr aus den Augen. Mit beiden Händen stützt sie sich gegen die dunkle Fliesenwand. Ihr Magen zieht sich krampfhaft zusammen. Einige Minuten vergehen, ehe sie sich wieder beruhigen kann.

Mit neuem Kampfgeist tritt sie aus der Dusche heraus und zieht sich an. Die Einrichtung lässt keine Wünsche offen. Mit wenigen Handgriffen findet sie alles Notwendige: Zahnbürste, Bodylotion, Föhn, etc.. In weniger als dreißig Minuten steht sie, wie ein neuer Mensch, vor dem Spiegel. „Du schaffst das, Jenny! Du gehst da jetzt raus und verlangst nach Hause gebracht zu werden!" Mit neuer Zuversicht verlässt sie das Badezimmer und geht zur Zimmertür, durch die Steffen ein und ausgeht. *Ob die Tür wohl verschlossen ist?* Vorsichtig drückt Jennifer die Klinke hinab und zieht die Tür auf. „Yes!" Urplötzlich haut sie sich selbst die Hände vor den Mund. „Shhhht! Ich muss leise sein!", flüstert sie sich selbst zu. Langsam blickt sie sich nach allen Seiten um. Das Haus ist extrem groß. Überall sieht sie Glas, weiße Wände und graue Elemente. Der moderne Stil aus ihrem Zimmer ist überall zu erkennen. Doch Glas birgt auch seine Tücken. Man wird ihr Herumschleichen leicht entdecken können. Auf eine erneute Begegnung mit den Halbaffen hat sie nun wahrlich keine Lust.

Schritt für Schritt arbeitet sie sich bis zur Treppe vor, dann die Stufen hinunter. Wie ein Panther schleicht sie auf leisen Sohlen durch das riesige Haus. Aus einem Nebengang hört sie leise Stimmen und unten erkennt sie ein Flackern eines offenen Kamins. *Ob da wohl auch Menschen sind?* Langsam drück sie sich an der Wand entlang und sieht sich zu allen Seiten um. Im hinteren Bereich erkennt sie eine Doppelflügeltür, vermutlich der Ein- und Ausgang.

„Hast Du Dich verlaufen, Kleines?“ *Scheiße!* Jennifers Blut gefriert zu Eis. Ihr gesamter Körper versteift sich, als sie sich zu ihm umdreht und direkt in seine Augen schaut.

Wenige Meter vor ihr steht Alexander Herzog und sieht sie durchdringend an. Sein Stand ist stabil, beide Hände lässig in den Hosentaschen. Jennifers Blick wandert von unten nach oben: Lackschuhe, Anzughose, Gürtel mit auffallender Schnalle, aufgeknöpftes Hemd mit hochgekrempelten Ärmeln, Uhr und Lederbänder um die Handgelenke. Der durchweg schwarze Look, betont seine sonnengebräunte Haut und die Adern auf den Armen. Alexander Herzog ist kein Bartträger, seine schwarze Kurzhaarfrisur ist modern, aber geordnet. Er ist gut und gerne fünfzehn Zentimer größer als sie und sein durchtrainierter, aber schlanker Körper, bringt die Kleidung leicht zum Spannen. Hellbraune Augen funkeln sie an. *Eigentlich wäre er genau ihr klassisches Beuteschema.* In diesem Outfit hätte sie ihn nicht wiedererkannt. Kleider machen eben doch Leute.

„Sie! Wer sind Sie? Was mache ich hier? Bringen Sie mich sofort nach Hause!“ Jennifer geht keifend auf ihn los. „Was spielen Sie hier für ein krankes Spiel?!“ Ihre Arme schlagen ihm wild entgegen. Mit einer kurzen Bewegung umgreift er ihre beiden Handgelenke und hält sie vor seiner Brust fest. „Wir können uns gerne unterhalten, Kleines, aber vernünftig. Hör auf mich zu attackieren, sonst werde ich Dir Deine hübschen Hände fesseln müssen.“ Sein Tonfall lässt sie keine Sekunde an seinem Vorhaben zweifeln. Jennifer schnaubt ihm wütend entgegen, doch für den Moment gibt sie ihm nach. Sie will Antworten, jetzt. „Siehst Du, geht doch.“ Er löst den Druck um ihre Handgelenke und weist ihr den Weg nach links, vorbei an dem wunderschönen Kamin. „Komm, Du wirst sicherlich Hunger haben. Ich habe uns etwas vorbereiten lassen.“ Tatsächlich fühlt sie sich, als hätte sie eine Woche lang nichts Vernünftiges gegessen. „Welcher Tag ist heute?“ „Dienstag.“ „Waaas? Aber die Gala war doch am Freitag! Wie lange haben Sie mich denn ruhig gestellt?!“

Die beiden betreten einen Nebenraum, der einem exklusiven Restaurant gleich kommt. Ein funkelnder Kronleuchter aus Glas lässt den Raum in tausend Farben erstrahlen. „Mein Bruder hat das getan, was für Deinen Körper das Beste war, Kleines. Und nun setz Dich und iss. Danach können wir uns unterhalten.“

Jennifers Appetit erwacht urplötzlich zum Leben. Von Salat, über Pasta, bis hin zu Steak und Fisch, findet sie allemöglichen Köstlichkeiten vor sich. Alexander hat gegenüber von ihr Platz genommen und schenkt nur sich selbst ein Glas Rotwein ein. Sie beginnt zu essen. „So ist es brav." Er lächelt sie an und trinkt einen Schluck. Jennifer hält kurz inne und erwidert seinen Blick grimmig. Entspannt lehnt er mit dem Rücken an der stoffbezogenen Stuhllehne. Die modernen Chesterfield-Möbel sind genau nach ihrem Geschmack.

Nach nur wenigen Bissen platzt es ihr aus vollem Mund heraus: „Was ist das hier für ein krankes Spiel?" Er senkt sein Glas in Zeitlupe herab und lässt sie nicht aus den Augen. „Qu'est-ce que je t'avais dit?! Manger!" Seine Tonlage wird deutlich dunkler. „Bedaure, aber wenn Sie etwas von mir wollen, werden Sie Deutsch mit mir reden müssen!", entfährt es ihr schnippisch. „Ich habe gesagt: Iss!" Jennifer legt das Steakmesser neben dem Teller ab und lehnt sich demonstrativ zurück. „Nein." Alexander stellt sein Weinglas auf den Tisch und greift sich mit Daumen und Mittelfinger an den Nasenrücken. Eine typische Handbewegung für Brillenträger, die nur situationsbedingt auf eine Sehhilfe zurückgreifen. Für eine Sekunde schließt er die Augen.

„Mir scheint, als müsste ich Deine Ausbildung schon heute Abend beginnen." Er schiebt seinen Stuhl zurück und geht bedächtig um den Tisch herum. Ihre Blicke folgen ihm bis zum toten Winkel, regungslos bleibt sie sitzen. Totstellen verschafft immer einen Zeitvorsprung.

Alexander bleibt hinter ihrem Stuhl stehen und greift mit beiden Händen in den Stoff der Rückenlehne. „Zu Deinen Fragen: Erstens, Du darfst mich Alexander nennen. Zweitens, Du bist hier, weil ich das angeordnet habe. Drittens, nein, ich werde Dich nicht nach Hause bringen. Viertens: Ich spiele keine kranken Spiele. Fünftens: Du konntest Dich knapp vier Tage in meinem Haus ausruhen. Sechstens: Diese Frage habe ich Dir bereits beantwortet." Seine Muskeln spannen sich an. „Und nun zu ein paar Spielregeln, wie Du es offensichtlich nennen möchtest: Wenn ich sage, Du sollst essen, dann tust Du gut daran, meinem Wunsch folge zu leisten. Mein Haus, meine Regeln. Versuch nicht immer Dich zu widersetzen. Das wird auf Dauer nicht funktionieren. Manchmal ist es für alle Beteiligten einfacher, sich zu fügen."

Dieser Mann hat doch nicht mehr alle Sinne beisammen! Jennifer wägt ihre Optionen ab. Sie ist alleine mit ihm, in diesem Raum zumindest.

Draußen hat sie zwei andere Männer reden gehört. Ob die noch im Flur stehen, ist fraglich. Der Tisch ist voll mit scharfen Gegenständen. Ihr Knöchel ist wieder funktionsfähig. Schnell laufen kann sie und sie hat den Überraschungseffekt auf ihrer Seite.

„Und wo steht Ihr Haus, bitteschön?" Jennifer muss möglichst viele, nützliche Informationen bekommen. „Du befindest Dich in der französischen Schweiz, Kleines. Die nächste Ortschaft nennt sich Versoix." Ihr Peiniger tritt neben den Stuhl und sieht ihr direkt in die Augen. Eine Hand liegt auf der Rückenlehne, die andere hat er locker in die Hosentasche geschoben. *Das ist ihre Chance.* „Möchtest Du noch etwas von mir wissen? Dann wäre jetzt ein guter Zeitpunkt, um Deine Fragen zu stellen."

Aus heiterem Himmel greift Jennifer zum Messer neben ihrem Teller, springt vom Stuhl auf und schwingt es mit voller Wucht in sein Gesichtsfeld. Schlagartig blockt Alexander ihren Angriff ab und weicht dem Messer elegant aus, in der nächsten Sekunde holt er weit aus und verpasst ihr eine schallende Ohrfeige. Sie stürzt unvermittelt zu Boden, das Messer löst sich aus ihrer Hand. „Kleines, also wirklich! Stell Dich doch nicht so dumm." Jennifer hat noch nicht aufgegeben. Breitbeinig ragt er über ihr. Diese Situation wird sie nicht noch einmal über sich ergehen lassen. Rasch greift sie erneut das Messer und reißt es ihm durch die rechte Wade. *Treffer, Blut klebt an der Klinge!*

Doch es gelingt ihr nicht, ihn aus der Ruhe zu bringen und wegzulaufen. Die Sekunden zur Flucht reichen nicht aus. Nahezu ungeachtet irgendwelcher Schmerzen nimmt er ihr gekonnt das Messer ab und zerrt sie auf die Beine. „Neeee-ein!" Mit einer schnellen Drehbewegung und einem kurzen Rückstoß katapultiert er sie auf einen Loungesessel neben dem Esszimmertisch. Furcht gebietend stellt er seinen Fuß des touchierten Beins zwischen ihren Schoß. Lässig stützt er seinen Ellenbogen auf sein Knie und jongliert das Messer zwischen seinen Fingern hin und her. Alexanders Blick wandert vom Messer in ihre Augen. Mühelos schleudert er das Messer auf den Tisch hinter ihr, die kurze Klinge versenkt sich wenige Zentimeter im Holz. Seine rechte Hand fährt an die Wunde. Blut bleibt an seinen Fingern kleben. Seine Augen blitzen gefährlich auf. „Das hast Du nicht umsonst getan!"

„Sir? Ihr Termin ist eingetroffen." Jennifer erkennt die Stimme sofort: Konrad Schultz! Sie blickt aufgewühlt zur Zimmertür und überlegt, ob sie ihn um Hilfe bitten soll. *Nein. Hat er ihn gerade Sir genannt?! Scheiße!* Der Mann steht, wie üblich, flankiert von seinen zwei Halbaffen im Eingangsbereich und wartet stumm auf die Reaktion von Alexander. „Danke, Konrad." In seiner Stimme brodelt es gefährlich. Er nimmt seinen Fuß vom Sessel und tritt einen Schritt zurück. Ein letzter Blick, eine wortlose Drohung. Alexander dreht sich um und geht auf seine Leute zu: „Schafft sie hier weg, ich muss mich umziehen! Konrad, lass ihr Handfesseln anlegen!"

Alexander verlässt den Raum und Konrad tritt an Jennifer heran: „Begleiten Sie uns freiwillig zum Zimmer zurück oder soll einer der Herren Sie tragen?" Welch süffisanter Unterton in seiner Stimme mitschwingt. Jennifer rührt sich nicht, die ganze Situation überfordert sie. Konrad gibt den Männern ein Handzeichen. „Nein, bleiben Sie weg von mir! Schon gut, ich laufe!" Ein wenig Würde möchte sie sich noch bewahren. Sie folgt dem älteren Mann und die beiden Halbaffen bilden die Nachhut. *Muss hier eigentlich jeder Mann ein Muskelprotz sein, das ist ja wie bei der Mafia!*

Im Augenwinkel sieht sie, wie ihr Begleiter etwas in sein Handy tippt. „Wissen Sie, wo meine Sachen sind? Ich möchte mein Handy haben." Er bleibt kurz stehen und sieht sie freundlich an.

„Liebes, der Chef wird Ihnen jeden Wunsch erfüllen. Aber machen Sie es sich selbst nicht so schwer. Geben Sie ihm eine Chance.“ „Was soll das heißen? Er hält mich hier gefangen und ich soll ihm auch noch eine Chance geben? In welcher Welt leben Sie denn?!“ Konrad Schultz streichelt ihr väterlich den Arm. „Er wird Ihnen alles erklären, vertrauen Sie mir. Die Dinge liegen etwas komplexer als Sie im Moment meinen.“

In ihrem Zimmer angekommen, betritt ein weiterer Muskelmann den Raum. In der Hand hält er zwei Edelstahlhandfesseln, die mit schwarzem Leder ausgeschlagen und mit einer kurzen Gliederkette verbunden sind. Je eine große Öse wertet das Fetischspielzeug besonders auf. Jennifer ahnt sofort, auf was die Herren hinaus wollen. Panisch stürzt sie zurück: „Oh nein, das können Sie vergessen!“ Konrad Schultz gebietet dem Mann Einhalt. „Hören Sie, ich weiß nicht, was dort unten zwischen Ihnen beiden passiert ist. Doch ich vermute, dass Sie versucht haben, den Chef anzugreifen und er Sie deswegen in Handfesseln sehen will. Jeder, der hier anwesenden Männer, wird bedingungslos seinen Befehlen Folge leisten. Sie entscheiden jedoch, wie wir das Ganze abwickeln.“ Jennifers Gedanken überschlagen sich. Tränen steigen ihr in die Augen. Für einen erneuten Fluchtversuch hat sie ziemlich schlechte Karten. „Schauen Sie doch mal her. Diese Handfesseln werden Ihnen nicht weh tun. Das ist nur Ihr Verstand, der sich dagegen sträubt. Wir legen sie Ihnen an und lassen Sie alleine. Sie können sich absolut frei in diesem Zimmer bewegen. Mehr nicht." „Wie sieht die Alternative aus?" Ihre Stimme ist nicht mehr als ein Flüstern. „Denken Sie nicht darüber nach. Kommen Sie zu mir, ich lege sie Ihnen selbst an. Ich weiß, dass Sie Angst haben, aber Sie können mir vertrauen." Konrad Schultz lässt sich die Fesseln geben und wartet auf Jennifers Entscheidung. Langsam streckt sie ihm ihre Hände entgegen und lässt sich fixieren. Tränen laufen ihre Wange hinunter. „So ist es gut. Es ist alles halb so wild, Liebes."

So irre es auch klingen mag, Konrad Schultz hatte recht. Die Fesseln taten ihr körperlich nicht weh. Doch der seelische Schmerz und die Erniedrigung waren schlimmer, als jede Erfahrung, die sie in ihrem Leben zuvor gemacht hat.

Die Männer verschließen die Zimmertür hinter sich. In Jennifer bricht Panik aus. Wie eine Furie, versucht sie die Metallringe von den Armen zu bekommen. Sie schlägt, wild um sich und schreit, als gäbe es kein Morgen mehr. Sollte man sie doch im Nachbarhaus hören, vielleicht würde ihr dann endlich jemand zur Hilfe kommen. Aber vermutlich, hatte der Geistesgestörte ein Haus gekauft, vollkommen abgeschieden von jeglicher Zivilisation. Jennifer sinkt vor der großen Fensterwand zu Boden und weint.

Nacht ist über das Anwesen in der Schweiz hereingebrochen. Dank der Fesseln ist es Jennifer unmöglich gewesen, sich etwas anderes anzuziehen, doch das ist ihr im Moment auch irgendwie egal. Sie liegt zusammengerollt auf dem Bett und schläft. Ein leises Geräusch weckt sie auf. Jennifer öffnet langsam die Augen. Alexander sitzt in einem großen Armlehnenstuhl mit dem Rücken zum Fenster und sieht sie an. Lediglich der Mondschein erhellt das Zimmer. Sie hat keine Lust mehr. Regungslos bleibt sie liegen und wartet ab. Sein Zeigefinger tippt gegen ein stilvolles Whiskeyglas, das er in seiner Hand hält. „Ich möchte mich mit Dir unterhalten." *Gott, warum müssen alle Dreckskerle immer nachts so aktiv sein.* Jennifer dreht sich ohne ein Wort auf die andere Seite und legt ihre Hände schützend vor die Brust. Soll er doch reden, sie wird es nicht. Alexander leert sein Glas in einem Zug. Der Reservoir Bourbon Whiskey schmeckt wie immer, wie eine Mischung aus Kaffee und Maronen. Sein Lieblingsgetränk.

„Wir hatten einen schlechten Start miteinander, das tut mir leid. Ich möchte Dir erklären, warum Du hier bist. Wenn Du mich nicht ansehen willst, okay. Aber hör mir bitte zu.“ Er stellt sein Glas auf den Beistelltisch und tritt an das Fenster heran. Sein Blick schweift über sein riesiges Anwesen. Jennifer hat die Augen weit geöffnet und sagt kein Wort. „Unser Treffen auf der Vernissage war kein Zufall. Ich verdiene mein Geld als Unternehmer mit diversen Geschäften. Noch dazu bin ich sehr gut in dem, was ich tue.“ *Scheiße! Hat Thomas doch jemanden beauftragt!* „Vor ungefähr sechs Wochen habe ich meine Leute nach einer angemessenen Agentur suchen lassen, die ein kommendes Event für mich auf die Beine stellen soll. Mein Berater, Konrad Schultz, legte mir das Unternehmensprofil Deines Arbeitgebers vor. Die Firma machte zwar auf uns beide nicht den optimalen Eindruck, doch seine Empfehlung richtete sich im speziellen auf Deine Person. Du bist eine Projektleiterin mit genau dem richtigen Herzblut. Also begann ich die Gespräche mit Deinem Chef und er sicherte mir Deine Einsatzbereitschaft zu. Wir hätten uns diese Woche persönlich kennengelernt, erinnerst Du Dich?“ Alexander dreht sich um und lehnt sich mit dem Rücken ans Fenster. Er hat seine kaputte Anzughose gegen eine neue in Dunkelblau getauscht. Seine Hände liegen locker in den Hosentaschen. Jennifer bleibt stumm.

„Mein Berater war sichtlich überrascht, als Du ihm in Paris auf dem Showevent vorgestellt wurdest. Kurz nachdem Du verschwunden warst, rief er mich an. Er machte sich Sorgen um Deine persönliche Beziehung zu diesem Thomas Voss. Also ließ ich meine Leute weitere Hintergrundinformationen recherchieren. Die Ergebnisse waren nicht sonderlich überraschend: Kontrollzwang, Gewaltausbrüche, Machtgehabe." Jennifer stockt der Atem. *Woher weiß er das alles?* „Ich entschied mich auf mein Gefühl zu hören und konzentrierte mich auf das persönliche Treffen mit Dir. Allerdings hast Du Dich entschieden, mir einen Strich durch die Rechnung zu machen. Dein Chef informierte mich über personelle Veränderungen und auf eindringliche Nachfrage meinerseits, dann schließlich auch über Deine Kündigungsabsicht. Du hast meinen Terminkalender ganz schön zum Rotieren gebracht, Kleines. Konrad fand heraus, dass Deine Freundin Dich auf die Gästeliste der Vernissage gesetzt hat. Deinetwegen musste ich meine Italienreise kurzfristig verschieben. Und dann läufst Du mir, wie aus dem Nichts, vor die Füße. Rotzfrech und ungezogen."

In Jennifer erwacht der Kampfgeist zum Leben. Sie setzt sich auf und sieht ihren Entführer direkt an: „Das gibt Ihnen noch lange nicht das Recht, sich in mein Leben einzumischen!" „Du hast jegliche Kontrolle in Deinem Leben verloren, Kleines. Du weißt es nur noch nicht." „Wie bitte?!" „Mir begegnen einige Frauen, wie Dir, die sich der autoritären Macht ihrer Partner oder Vorgesetzten fügen. Normalerweise interessiert mich das nicht sonderlich. Doch Du, Kleines, wärst daran zerbrochen. Ich werde Dir helfen, zu Deinem innersten Ich zurückzufinden und stärker zu werden. Alleine Dein Kampfgeist, den Du mir erst heute erneut bewiesen hast, bestärkt mich in meinem Vorhaben." Alexander bewegt sich langsam in Richtung Bett. „Bleiben Sie ja weg von mir!" „Kleines, Du kannst mich treten, beißen, kratzen – tu was immer Du willst. Doch lebe mit den Konsequenzen. Wie ich schon sagte: Mein Haus, meine Regeln."

Bedächtig setzt er sich auf die Bettkante. Noch lässt er ihr genug Raum zum Atmen. „Mein Ziel ist nicht, Dich zu brechen. Ich will Deine seelischen Wunden heilen. Du sollst als eine starke, intelligente Frau zurück ins Leben treten. Genau zu diesem Zweck bleibst Du hier." „Angenommen, ich lasse mich darauf ein. Wie lange wollen Sie mich hier festhalten?" Alexander verzieht einen Mundwinkel zu einem verschmitzten Lächeln. „Du bleibst solange hier, wie ich es für notwendig erachte. Du kannst den Prozess jedoch beeinflussen, in dem Du Dich an meine Regeln hältst. Mit Regel Nummer eins hast Du offensichtlich schon Probleme, also fangen wir gleich noch mal damit an: Du tust, was und wann ich es Dir sage. Regel Nummer zwei: Du verlässt dieses Haus niemals ohne meine Erlaubnis und ohne Begleitschutz. Regel Nummer drei: Stell keine Fragen, die nicht gesund für Dich sind." Jennifer hat Probleme, seine Worte zu verarbeiten. „Sie sind doch verrückt!" Er lacht herzhaft auf. „Nein, Kleines. Verrückt bin ich keineswegs. Menschen in meiner Position müssen nicht nur an das eigene Leben, sondern auch an das Leben der Menschen in ihrem Umfeld denken." „Und welche Position wäre das bitteschön? Arbeiten Sie für die Mafia?" „Aber aber, erinnere Dich an die Regel Nummer drei, Kleines. Doch, um Dich zu beruhigen: Ich arbeite nicht für die Mafia. Ich bin Unternehmer. Wir kaufen, verkaufen und finanzieren ausgewählte Unternehmen. Das bereitet uns zwar nicht nur Freunde in der Geschäftswelt, aber wir können damit umgehen." Alexander greift mit der rechten Hand hinter sich und zieht ein pechschwarze Beretta 9mm aus seinem Hosenbund. Sachte legt er die Handwaffe vor sich ab. Jennifer traut kaum ihren Augen. „Das ist doch wohl ein schlechter Scherz!" „Keine Sorge, Kleines. Wir sind allesamt hervorragend im Umgang mit Waffen ausgebildet. Ich zeige sie Dir nicht, um Dir Angst zu machen. Du sollst die Bedeutung hinter den Regeln verstehen. Sie dienen einzig und allein Deinem Schutz. Hältst Du Dich nicht daran, werde ich Dich bestrafen. Dadurch lernst Du innerhalb des sicheren Bereiches zu bleiben. Dabei fällt mir ein, wir beide haben noch eine offene Rechnung miteinander zu begleichen. Mich mit einem Messer zu attackieren, ist absolut inakzeptabel." Jennifer wird unwohl in ihrer Haut. „Ich denke, Du hast die Handfesseln lang genug getragen. Ich mach Dir ein Angebot: Komm her zu mir und ich nehme sie Dir ab." Zögerlich bewegt sie sich über die Matratze, ihr Blick fällt auf die Waffe vor ihm. „Komm nicht auf dumme Ideen, Kleines. Ich bin schneller als Du." Seine Augen sind fest auf sie gerichtet. *Scheiße!* Jennifer hält ihm die Hände entgegen und blickt ihm trotzig in die Augen.

Ohne hinzusehen, löst er gekonnt die Riemen. *Das macht er offensichtlich nicht zum ersten Mal.* „Ich werde Dir niemals unnötig wehtun. Auch brauchst Du keine Angst vor mir haben, ich werde Dich nicht sexuell berühren. Zumindest nicht ohne Deine Einwilligung." *Sexuell berühren. Scheiße!* Mit einem Schlag wird ihr bewusst, wie sehr sie ihm eigentlich ausgeliefert ist.

Alexander nimmt seine Waffe, schiebt sie wieder in seinen Hosenbund und erhebt sich vom Bett. Augenblicklich weicht sie von ihm zurück. Auf dem Weg zur Tür bleibt er kurz stehen und dreht sich noch einmal zu ihr um. „Bevor ich es vergesse: Wenn Du Dich wie ein aufmüpfiges Kind verhältst, dann werde ich Dich auch wie ein solches bestrafen. Du hast bis Sonntag Hausarrest. Nutze die Zeit, um über alles in Ruhe nachzudenken. Vor allem möchte ich Sonntag eine glaubwürdige Entschuldigung von Dir hören. Designerkleidung mutwillig zu zerschneiden, gehört sich nicht." Er erhebt mahnend den Finger und verlässt den Raum. Jennifer hört, wie die Tür von außen zugeschlossen wird.

Kapitel 11

»Finde das Tor zur Freiheit.«

Mittwoch, 09:30 Uhr

Jennifer verlässt ermattet das Badezimmer. Die Nacht war kurz, ihre Gedanken fahren Achterbahn. Vor knapp einer Stunde entschied sie sich für eine heiße Dusche und etwas Bequemes zum Anziehen.

Eine junge Frau öffnet ihre Zimmertür und stellt ein Tablett auf die Konsole daneben. Jennifer erschrickt vor der vermeintlich harmlosen Situation. „Bitte entschuldigen Sie, Mademoiselle. Ich wollte Sie nicht erschrecken. Ich bringe Ihnen etwas zum Frühstücken. Wenn Sie einen besonderen Wunsch haben, sagen Sie es mir bitte. Der Herr möchte, dass es Ihnen an nichts fehlt." „Ich möchte nach Hause!" Jennifer erkennt hinter der kleinen Blondine einen der Halbaffen stehen. *War ja klar, dass man es ihr nicht so leicht machen würde.* „Bitte frühstücken Sie, Mademoiselle. Die Küche hat sich wirklich Mühe gegeben. Ich hole das Tablett später wieder ab.“ Und raus ist sie, Jennifer ist fassungslos.

Ihre Wahl fällt auf eine noch warme Butterbrezen. Kaffee, Tee, Saft, es ist alles da. Sie reißt die obere Ecke ab und steckt sie sich hungrig in den Mund. Sie geht zum Fenster und blickt hinaus. Im Hintergrund erkennt sie die Berge. Davor liegt ein imposanter See mit türkisblauem Wasser. Eine Stadt kann sie von hier aus jedoch nicht erkennen. *Zum Urlaubmachen ist das tatsächlich der perfekte Ort.*

Eine Bewegung unter ihr, lenkt ihre Aufmerksamkeit auf das Hofgelände. Ein schwarzer Range Rover sowie die zwei BMW SUV’s, die sie bereits aus München kennt, stehen auf der Auffahrt. Ein Sicherheitsmann im schwarzen Anzug öffnet die Hintertür und stellt sich wartend daneben. Ein weiterer Mann trägt zwei Koffer zum Auto und lädt sie in den Kofferraum. Kurz darauf betritt Alexander telefonierend den Hof.

Dieser Mann hat tatsächlich einen grandiosen Kleidungsstil: Schwarze Schnallenschuhe, weiße Leinenhose, schwarzer Gürtel, hellblaues Shirt und dunkelblaues Sakko. Seine Ärmel sind typisch für das warme Wetter hochgerafft. Wie auch am Tag zuvor, zieren Uhr und eine Auswahl an

Lederarmbändern seine Handgelenke. Wahrscheinlich ist das sein Markenzeichen.

Bevor Alexander souverän in das Fahrzeug steigt, bleibt er stehen und blickt zu ihrem Fenster nach oben. Eine große, schwarze Sonnenbrille verdeckt seine Augen. Jennifer fühlt sich erwischt. *Wäre er doch nur nicht so ein arrogantes Arschloch.* Er steigt ein, der Sicherheitsmann schließt die Tür und alle drei Fahrzeuge setzten sich in Bewegung. Die Hofauffahrt macht knapp dreihundert Meter weiter unten eine Biegung, die nicht mehr einsehbar ist.

Nur zu gerne, würde Jennifer den Fahrzeugen folgen. „Ich muss hier raus!" Sie eilt zur Zimmertür und reißt an der Türklinke. „Verdammt! Lasst mich hier raus, sofort!" Wild hämmert sie gegen die Tür, doch nichts rührt sich dahinter. „Das Fenster!" Jennifer untersucht eingehend den Fensterrahmen, doch sie kann keinen Hebel oder Ähnliches zum Öffnen finden. „Dann schlage ich es eben ein!" Sie sieht sich suchend im Zimmer um und entscheidet sich für eine Steinfigur, die ein halbes Gesicht oder eine Maske mit Ruhe deutendem Finger darstellt. *Wie passend.* „Okay, von wo aus treffe ich am besten? Boah, hätte ich doch bloß besser in Physik aufgepasst! Na gut, wird schon schiefgehen." Jennifer tritt knapp zwei

Meter vom Fenster zurück und schleudert die Steinskulptur mit aller Kraft an die Scheibe. Doch außer einem lauten Knall und einem Kratzer passiert nichts, einfach nichts. „Das gibt es doch nicht! Hat der Typ hier Sicherheitsglas verbaut, oder was ist hier los?!" Jennifer kniet vor dem Fenster und sucht die Scheibe nach einem Siegel ab.

„Ich an Deiner Stelle, würde meinen Bruder nicht noch mehr provozieren, kleine Lady." Jennifer erschaudert. „Er wird nicht begeistert sein, wenn er den Kratzer in der Scheibe sieht. Zumal es zwecklos ist. Selbst wenn Du die Scheibe zerstört bekommst, wo willst Du dann hin? Möchtest Du die vier Meter runter springen? Mit dem anzunehmenden, körperlichen Schaden schaffst Du keine zehn Meter vom Haus weg." Jennifer sieht ihn nicht an. „Ich will hier raus. Bitte." Ihre Stimme gleicht einem Flehen. Steffen kniet sich neben sie und legt ihr beruhigend die Hand auf die Schulter.

„Ich weiß, aber das geht nun mal nicht. Schau, Alexander ist für ein paar Tage nach Italien aufgebrochen und ich soll auf Dich aufpassen. Ich darf Dich zwar nicht aus dem Zimmer lassen, aber ich kann Dir Gesellschaft leisten. Oder ich lass Dir etwas zur Unterhaltung bringen. Was magst Du gerne, außer offensichtlich Menschen und Objekte zerstören?“ Er lacht sie herzlich an. Ihr Blick bleibt verschlossen. „Okay, dann frage ich anders, kleine Lady. Was, und jetzt sag bitte nicht wieder *»mein Handy«*, kann ich Dir bringen, um Deine Laune aufzubessern?“ Jennifer überlegt, um was sie ihn bitten könnte. „Ich hätte gerne Papier und Bleistifte.“ *Damit kann ich alle Details für die Polizei notieren und vielleicht sogar einen Notruf absetzen.* Verdutzt sieht er sie an. „Ich zeichne gerne“, räuspert sie sich. „Natürlich, das ist machbar. Siehst Du, ist doch gar nicht so schwer.“ Er klatscht in die Hände und steht auf. „Frühstücke noch ein wenig. In der Zwischenzeit organisiere ich Dir Papier und Stifte.“

Die vergangenen drei Tage dauerten eine gefühlte Ewigkeit. Steffen brachte ihr, wie versprochen, Papier und Stifte zum Zeichnen. *So ein Idiot!* Da er ab und an für einen Kurzbesuch zu ihr kam und sich Werke von ihr zeigen ließ, fertigte sie tatsächlich ein paar kleine Kunstwerke an. Das Papier mit den Hinweisen zu ihrer Entführung versteckte sie in einer der Kommoden.

Dreimal täglich brachte ihr die kleine Blondine Essen und Trinken aus der Küche. Ansonsten blieb sie weitestgehend einsam und alleine in ihrem Zimmer zurück. Sie hatte sich einen Sessel näher zum Fenster gezogen und verließ ihn kaum. Von dort hatte sie die perfekte Kontrolle über jegliche Bewegungen am Haus. *Er musste bald zurückkommen.*

Kurz vor Einbruch der Dunkelheit macht ihr Herz einen Hüpfer. Scheinwerfer erhellen die Auffahrt und drei SUV's halten vor der Haustür an. Der Range Rover wird geöffnet, doch aus diesem Winkel kann sie ihn nicht sehen. Er ist also zurück. *Ring frei für die nächste Runde.*

Jennifer versucht wach zu bleiben, noch einmal soll er sie nicht überraschen, doch der Hausherr kommt nicht. Vielmehr noch, das Haus ist totenstill. Irgendwann übermannt sie die Müdigkeit und sie schläft noch auf dem Sessel ein.

Kapitel 12

»Dein Schauspiel ist eine brotlose Kunst.«

Sonntag, 12:10 Uhr

Jennifer lehnt auf ihrem Sessel am Fenster und blickt gedankenversunken hinaus in die Sonne. Zeichenpapier liegt auf ihrem Schoß.

„Bist Du bereit für Deine Entschuldigung, Kleines?“ Alexander lehnt lässig an der Wand und blickt auf sie herab, seine Arme sind verschränkt. Sein makelloser Körper wird nur von einer Jeanshose bedeckt. *Verdammt sieht er gut aus!* „Würden Sie bitte aufhören, sich hier jedes Mal hereinzuschleichen?! Jaja, ich weiß es ist Ihr Haus und Sie können tun und lassen, was Sie wollen. Aber wenn Sie mich hier schon einsperren, dann lassen Sie mir wenigstens etwas Raum.“ Alexander muss ein Grinsen unterdrücken. Die Frau hat Charisma. Jetzt ist sie bereits eine Woche bei ihm und noch immer fährt sie ihre Krallen aus. „Du hast eine interessante Art und Weise Dich zu entschuldigen, Kleines." „Ich habe mich bei Ihnen nicht entschuldigt! Ich bitte lediglich um etwas mehr Anstand." *Sie spielt mit dem Feuer.* Seine Muskeln zucken gefährlich. Am liebsten würde er sie auf der Stelle spüren lassen, wie es aussieht, wenn er keinen Anstand zeigt. Das Blut schießt ihm in die Lenden. Er atmet langsam aus und löst seine Arme aus der Verschränkung. Alexander setzt sich auf ihr Bett und stützt sich auf seinen Händen hinter sich ab. Seine Beine sind schulterbreit gespreizt. In dieser Haltung kommt jeder einzelne Muskel perfekt zur Geltung. Hartes Training hat eben auch Vorteile.

„Zöger es nicht so lange hinaus, Kleines. Entschuldige Dich bei mir oder ich lasse Dich eine weitere Woche in diesem Zimmer eingesperrt." Seine braunen Augen sind fest auf sie gerichtet. „Eigentlich ist es doch egal, wo Sie mich einsperren. Ob nun in diesem Zimmer oder in diesem Haus. Frei bin ich nirgendwo." Jennifer herrscht ihn unbeeindruckt an. „Bist Du Dir da ganz sicher?" Jennifer beißt sich auf die Lippe. Nein, sie will nicht länger in diesem Zimmer bleiben. Für ihre Flucht muss sie hier raus.

Wenn Thomas von ihr eine Entschuldigung verlangte, half immer die reumütige Variante. Die kann sie. Also bekommt er eben sein Schauspiel.

Jennifer steht auf und tritt bis auf wenige Schritte an ihn heran. Er verändert seine Haltung nicht. Sie sinkt zu Boden und kniet sich vor ihm hin. Mit gesenktem Kopf fängt sie an: „Bitte, seien Sie nachgiebig mit mir. Es tut mir leid. Die Umstände haben mich überfordert. Ich wollte Sie nicht mit dem Messer verletzen.“ *Sie wollte ihn töten.* „Mein Verhalten ist unverzeihlich, doch ich bitte Sie um Gnade.“ *Damit sie ihm das Messer gleich noch einmal rein rammen kann, dem elendigen Arschloch!*

„Kleines, Du erstaunst mich immer wieder.“ Alexander erhebt sich vom Bett und bewegt sich langsam im Raum. Sie rührt sich nicht. *Totstellen.* „Offensichtlich hältst Du mich für einen Idioten. Ich habe eine aufrichtige beziehungsweise eine ehrliche Entschuldigung von Dir verlangt. Kein geheucheltes Schauspiel.“ *Scheiße!* Er tritt an das Fenster heran und bleibt direkt am Sprung von der Steinskulptur stehen. „Vielleicht hat Dir Dein Exfreund diese Schauspielerei abgenommen, doch ich tue das nicht. Das hier, Kleines, verrät mir wirklich, was Du denkst.“ Er tippt mit dem Finger an die Bruchstelle. *So kommt sie nicht weiter.*

Jennifer erhebt sich aus der knienden Position und blickt ihn direkt an. „Und was wollen Sie dann? Sie haben doch eine Entschuldigung von mir verlangt! Was soll ich denn sagen? Danke, dass Sie mich aus meinem Leben gerissen haben? Ich will nach Hause!“ Alexander erhebt seine Stimme zur Gegenwehr. „Ich will, dass Du ehrlich zu Dir selbst und zu mir bist: Lektion Nummer eins. Wenn Du etwas aus Überzeugung tust, dann verteidige es. Geh mit mir in den Dialog. Sag mir, dass Du mir weh tun wolltest, so wie ich Dir weh getan habe. Liefere mir stimmige Argumente. Sag mir, dass Dir meine kaputte Hose vollkommen egal ist. Das ich genug Geld habe, um mir eine Neue zu kaufen.“ Jennifers Augen blitzen auf. Ihre Kehle schnürt sich zu. „Wenn ich das getan hätte, hätten Sie mich totgeschlagen!“ Tränen steigen in ihr hoch. Ihre gesamte Selbstachtung ist dahin. Alexander steht mit nur wenigen Schritten direkt vor ihr und nimmt ihren Kopf in beide Hände. „Nein, Kleines! Ich bin nicht er! Ich bin impulsiv, aber beherrscht.“ Jennifer unterdrückt ein Schluchzen. Die erste Träne tritt ihr aus den Augen.

Alexander zieht das verzweifelte Mädchen an sich heran und nimmt sie in den Arm. Sie legt ihren Kopf auf seine harte Brust und fängt bitterlich zu weinen an. „Shhhht, Kleines. Es wird alles wieder gut.“ Ein paar Minuten vergehen, ehe Jennifer sich etwas beruhigt. Abrupt löst sie sich von ihm und tritt einen großen Schritt zurück.

Doch ein kleiner Hauch in ihr, zehrt sich nach seiner Stärke. Diese Nähe ist gefährlicher, als alles, was sie zuvor in ihrem Leben erlebt hat.

„Kleines? Ich lebe nach Regeln. Wenn wir beide gut miteinander auskommen wollen, solltest Du aufhören mich zu provozieren. Dein Temperament in allen Ehren, aber Du bist noch nicht so weit, dass Du den Unterschied zwischen roher Gewalt und liebevoller Strafe verstehst. So eine Aktion, wie mit dem Fenster, werde ich Dir nur ein einziges Mal ungestraft verzeihen.“ Fast liebevoll sieht er auf sie herab. Er gibt ihr einen zärtlichen Kuss auf die Stirn und löst sich von ihr. Wenn er sie auch nur einen Moment länger berührt, kann er nicht mehr für seine Selbstkontrolle garantieren.

„Komm, ich zeige Dir das Haus. Zieh etwas Sommerliches an, wir haben eine hervorragende Sonnenterrasse.“ Alexander geht hinaus und lässt die Tür offen stehen.

Jennifer steht vor dem offenen Kleiderschrank und fischt einen schwarzen Bikini aus dem Kleiderschrank. Sie ist innerlich hin und hergerissen. Einerseits empfindet sie die gesamte Situation immer noch als extrem skurril. Andererseits strahlte ihr Peiniger in der Jeanshose etwas ganz Besonderes aus. Sie will nicht sagen, dass seine zärtliche Ader sie um den Finger gewickelt hat, doch irgendwie hat sie die Dramatik der eigentlichen Entführung abgeschwächt. Ein Weltkrieg tobt in ihrem Kopf. „Ich schenke ihm einen Nachmittag, danach sehen wir weiter." Jennifer greift zusätzlich nach einem dünnen Strandkleid und zieht es über den Bikini. Dazu ein paar Flipflops und eine große Sonnenbrille.

Langsam geht sie die Treppe zum Erdgeschoss hinunter. Alexander erwartet sie am Treppenrand. Er steckt gerade sein Handy in die Hosentasche und dreht sich zu ihr um. Die Beretta steckt schon wieder in seinem Hosenbund. „Trägst Du die Waffe eigentlich immer bei Dir?" *Die Zeit für eine formelle Anrede ist vorbei.* Alexander reicht ihr förmlich die Hand und sie nimmt sie an. „Fast immer, Kleines." „Und warum? Findest Du das cool oder wirst Du bedroht?" Er drückt kurz und kräftig mit der Hand zu. „Aua!" Jennifer versucht ihm die Hand zu entreißen, aber er hält sie fest. „Beachte die Regeln, Kleines. Regel Nummer drei: Stell keine Fragen, die nicht gesund für Dich sind." „Jaaaa, ist ja in Ordnung! Deswegen musst Du nicht gleich so grob werden!"

„Können wir mit der Hausbesichtigung beginnen? Hier unten haben wir neben dem Eingangsbereich, das Wohnzimmer und das Esszimmer, das Du ja bereits kennst.“ Er zeigt mit seiner freien Hand in die verschiedenen Bereiche. „Hinter dem Esszimmer gibt es noch die Küche und ein paar kleine Nebenräume für das Personal. Der Bereich ist für Dich tabu. Ebenso wie alles außerhalb der Eingangstür. Es sei denn, ich erlaube Dir, das Haus zu verlassen, dann ist das natürlich etwas anderes.“ Jennifer erinnert sich an seine zweite Regel. „Und was, wenn ich nicht daran denke, mich hier länger einsperren zu lassen? Hast Du keine Sorge, dass ich da einfach so hinausspaziere?“ Jennifer löst sich von seiner Hand und geht langsam auf die Haustür zu. Alexander verschränkt die Arme und setzt ein Lächeln auf. „Kleines, lass mich nicht an Deiner Intelligenz zweifeln. Ich kann Dir auf Anhieb mindestens zehn Gründe nennen, warum ich das an Deiner Stelle jetzt nicht ausprobieren würde. Jennifer fühlt sich in die Enge getrieben. Ein flaues Gefühl macht sich in ihrem Magen breit. Sie zeigt auf die milchige Glastür und raunt ihn leise an: „Du hast da wahrscheinlich Deine Sicherheitsmänner stehen, oder?“ Alexander bleibt völlig ruhig. „Das wäre einer der zehn Gründe. Wollen wir uns das Haus weiter ansehen?“ Jennifer nickt und geht auf ihn zu. „Unter uns haben wir die Garage, einen Fitnessraum und weitere Personalräume. Solltest Du Dich sportlich betätigen wollen, so erlaube ich Dir die Nutzung meiner privaten Sportstätte. Du findest dort die besten Cardiogeräte, die es auf dem Markt gibt. Über uns sind diverse Schlaf- und Badezimmer, darunter auch Deins. Ich hoffe, es gefällt Dir?" *Eine Garage voller Autos, das könnte nützlich sein.* „Wie bitte? Oh ja, es ist sehr schön eingerichtet. Die Aussicht ist herrlich." „Dann warte ab, was Du zu dieser Aussicht sagen wirst." Alexander zieht die Terrassentür auf und tritt hinaus. Jennifer bleibt der Mund offen stehen. Da ihr Zimmer nur nach vorne über eine Fensterfront verfügt, trifft sie dieser Anblick vollkommen unerwartet. Lediglich die kurze Seite des Hauses ist in den Gebirgszug eingelassen, sodass auch die Rückseite vollkommen frei über der Landschaft thront. Auf mehr als fünf Ebenen, Hauptebenen und Zwischenebenen, gibt es die verschiedensten Terrassenbereiche: Sonnenliegen, Bar, Loungeecken und Kaminfeuer sind absolut harmonisch miteinander kombiniert. Doch das Highlight der Terrasse ist ein gigantischer Pool aus Glas, in den ein Wasserfall aus der obersten Wohnetage stürzt. *Der Architekt muss ein Genie sein!* Jennifer dreht sich zu allen Seiten um. An manchen Zimmern gibt es sogar begrünte Balkone. Dieses Haus ist ein realgewordener Traum.

„Komm, wir setzen uns dort drüben hin. Oder möchtest Du lieber eine Runde schwimmen gehen?“ Alexander setzt sich seine große Sonnenbrille auf die Nase. „Ich würde gerne etwas trinken und die Sonne genießen.“ „Was möchtest Du denn trinken?“ Jennifer zögert etwas mit der Antwort. Seit sie hier ist, hat sie keinen Schluck Alkohol bekommen. Ihr ist nicht entgangen, dass er sich am „ersten“ Abend nur sich selbst ein Glas Wein eingeschenkt hat. *Hat er ein Problem damit, dass sie Alkohol trinkt?* „Ich hätte gerne einen lieblichen Weißwein, wenn das möglich ist.“ Sie kann seine Augen hinter den Brillengläsern nicht deuten. Klar ist, er sieht sie an. Verzieht jedoch keine Miene. „Ich meine, ich nehme auch gerne etwas anderes. Ein Wasser oder so.“ *Sie hasst Wasser.* Alexander schiebt seine Hände in die Hosentasche. „Was ist los? Warum bist Du auf einmal so schüchtern, Kleines?“ Jennifer ist froh selbst eine Sonnenbrille zu tragen, so kann auch er nicht in ihren Augen lesen. „Ich weiß nicht, Du machst mir Angst.“ Jennifer beißt sich auf die Unterlippe. „Ich mach Dir Angst?“ „Ja, verdammt! Du zeigst mir Dein Haus, aber ich darf mich hier nicht frei bewegen. Wir verbringen einen augenscheinlich ungezwungenen Nachmittag, aber Du trägst eine Waffe bei Dir. Du willst Dich mit mir irgendwo hinsetzen und reden, aber ich darf keine Fragen stellen. Normalerweise sehe ich immer irgendwo diese Halbaffen, aber jetzt auf einmal sind sie alle ausgeflogen. Das ist doch alles paradox! Wahrscheinlich schmeißt Du mich gleich über die Brüstung und dann war es das für mich." Jennifer zittern die Hände vor Aufregung. Schnell versucht sie sie, durch das Verschränken der Arme zu verstecken. Alexander lacht herzhaft los. *Er hat ein schönes Lachen. Es zeigt seine makellosen Zähne.* Er geht zur Loungegarnitur und setzt sich ungezwungen hin. „Kleines, hör auf, so viel über die Situation nachzudenken. Solange Du Dich benimmst, darfst Du Dich in meinem Haus frei bewegen. Leg Dich in die Sonne, geh schwimmen, schau fern, es ist mir fast egal." *Die Betonung liegt auf „fast"*. „Nur, hier gibt es Räume, die Dich nichts angehen. Und das ist auch besser so, glaub mir. Dich interessiert, warum ich eine Waffe bei mir trage? Ganz einfach, weil ich es seit fünfzehn Jahren gewohnt bin. Menschen in meiner Position legen grundsätzlich viel Wert auf Schutz. Was mich zu Deinem anderen Punkt bringt: mein Sicherheitspersonal. Nenn sie bitte nicht »Halbaffen«, es sind allesamt sehr kompetente und loyale Männer und die besten ihres Faches. Normalerweise ist der Innen- und Außenbereich meiner Villa sehr gut gesichert. Doch heute Nachmittag habe ich sie gebeten, unsichtbar zu sein. Ich dachte mir, Du würdest Dich damit wohler fühlen. Und was das Andere angeht, wir können uns sehr wohl unterhalten. Erzähle mir etwas von Dir." Alexander klopft auf das Sitzkissen rechts neben sich. „Komm her zu mir." Mit einer weiteren Handbewegung scheint er nach einem Mitarbeiter zu rufen. Noch bevor Jennifer ihm gegenüber Platz genommen hat, erscheint die kleine Blondine. „Qui, Monsieur?" „Apportez-nous du vin blanc, s'il vous plaît!" „Vous avez une demande particulière?" „Non merci." Alexander breitet die Arme auf der Rückenlehne aus und beobachtet sein Mädchen gespannt. Jennifer fühlt sich noch immer unwohl in ihrer Haut. *Dabei sieht er gerade jetzt zum Anbeißen gut aus.*

„Was soll ich Dir denn von mir erzählen? Wahrscheinlich weißt Du das Meiste eh schon aus Deinen Recherchen." Jennifer schlüpft aus den Flipflops und stellt die Füße vor sich hoch auf's Kissen. In der Tat haben Alexanders Männer sehr gute Arbeit geleistet und alle möglichen Informationen über Jennifer Gruber zusammengetragen. „Ich wusste beispielsweise nicht, dass Du gerne zeichnest." Die Blondine kommt zurück mit einem großen Tablett und stellt zwei Weingläser und eine eisgekühlte Flasche Wein auf den Tisch, dazu noch eine interessante Auswahl an Fingerfood. „Puis-je vous servir du vin?" „Non, merci." *Und wieder ärgert sich Jennifer, dass sie im Französischunterricht nicht besser aufgepasst hat.* Die Blondine zieht sich dezent zurück und Alexander schenkt sich beiden Wein ein. Er nimmt beide Gläser und erhebt sich. Kurz vor ihr stellt er sich hin und reicht ihr ein Glas: „Passe un bon moment, mon petit." Jennifer nimmt das Weinglas und hält kurz inne: „Ich spreche leider kein Französisch." „Ich weiß." Alexander trinkt in Ruhe einen Schluck und lehnt sich an das Geländer an. Jennifer rutscht mit dem Körper herum, mit ihm im Rücken fühlt sie sich irgendwie noch unwohler.

„Woher weißt Du, dass ich gerne zeichne? Du warst doch die letzten Tage gar nicht da." „Kleines, Du bist hier in meinem Haus. Ich erfahre es sofort, wenn Du um Papier und Stifte bittest oder meine Fensterscheibe demolierst." *Diese Stalker-Allüren sind ja schlimmer, als alles, was Thomas ihr diesbezüglich je angetan hat!* „Du wusstest schon vorher, dass ich die Scheibe beschädigt habe?!" Alexander trinkt gelassen einen weiteren Schluck. „Ja, Kleines. Und Du kannst froh sein, dass ich in dem

Moment weit weg war. Du hättest ansonsten die ganze restliche Woche nicht sitzen können.“ Die Worte kommen ihm absolut trocken über die Lippen. Jennifer verschluckt sich am Wein und fängt zu husten an. Zittrig muss sie ihr Glas auf den Tisch stellen, der Alkohol brennt ihr in der Luftröhre. „Wie bitte?!“ „Du hast mich schon verstanden. Wie sagt man so schön? Das Leben ist kein Ponyhof. Finde Dich damit ab.“ Sie sieht ihn ungläubig an. „Ist es das, woran Du Spaß hast? Menschen zu bestrafen? Dann verstehe ich nicht, warum ich hier bin! Was habe ich Dir denn getan? Ich kenne Dich doch gar nicht!“ Mit einem Mal ist die ganze schöne Aura um ihn verschwunden und sie sieht das Monster in ihm. „Ich dachte eigentlich, das hätten wir bereits geklärt. Ihr habe Dir erklärt, warum Du hier bist. Und nein, ich stehe nicht darauf Dich oder Andere zu bestrafen. Es gehört jedoch zu meinem Leben dazu.“ *Er bestraft also auch andere?! Was meint er damit?* Alexander schiebt sich die Sonnenbrille auf die Haare und sieht Jennifer fest an: „Erfolgreich und stark wird man nicht automatisch nur mittels Intelligenz. Dazu gehört einiges mehr. Disziplin und die Einhaltung von Regeln, zum Beispiel. Du, Kleines, bist zwar intelligent, aber an Stärke und Disziplin mangelt es Dir. Auch fällt Dir das Einhalten von Regeln offensichtlich schwer. Dein Temperament ist ein wenig ungezügelt und Du spielst auch gerne mit dem Feuer." Eigentlich findet er genau das gerade interessant an ihr. „Ich kann Dich nicht klug reden, aber ich kann Dir anhand von Konsequenzen beziehungsweise Strafen den richtigen Weg zeigen. Das ist alles."

Alexander tritt an Jennifer heran und legt seinen Zeigefinger unter ihr Kinn. Er zwingt sie, ihm direkt ins Gesicht zu sehen. „Erinnere Dich an unser erstes Zusammentreffen in meinem Haus. Du hast mich angegriffen, ich habe Dich dafür in Ketten legen lassen. Jetzt weißt Du, solltest Du mich jemals wieder attackieren, hat das unangenehme Folgen für Dich. Du hast es gespürt. Das ist etwas ganz anderes, als hätte ich es Dir nur gesagt. Erinnere Dich: Du selbst ignoriertest meine deutliche Warnung nur wenige Minuten zuvor." Jennifer reißt den Kopf zurück und springt von der Garnitur herunter. „Du bist krank!" Sie sieht ihm fassungslos in die Augen. Er lacht kurz laut auf. „Nein, Kleines. Ich bin erfolgreich."

Jennifer überlegt, was sie ihm entgegnen kann, als sein Handy in der Hosentasche klingelt. „Qui, qu'est ce qu'il y a? Non, ce n'est pas sérieux! Un moment! Kleines, entschuldige mich bitte kurz."

Alexander dreht sich um und schnaubt wütend ins Telefon. Er marschiert ins Haus hinein.

Für Jennifer steht fest, dieser Mann kann noch so attraktiv sein, in seinem Inneren ist er ein Monster! Jennifer murmelt vor sich hin: „Es wird Zeit hier wegzukommen. Okay, ins Haus kann ich nicht, da würde er mich zu leicht entdecken. Den Garten hat er mit Sicherheit auch gesichert. Verdammt! Ich weiß ja nicht mal wirklich, wo ich bin!“ Jennifer hat die Sonnenbrille ab genommen und kaut am Bügel. „Hier muss es doch etwas geben, das mir helfen kann! Ich habe nicht viel Zeit.“ Jennifers Blick fällt auf die Bar im benachbarten Bereich. „Bingo!“ Sie rennt barfuß hinüber und stürzt sich auf die Schränke hinter der Theke. Eine gediegene Auswahl hochwertiger Spirituosen verbirgt sich dahinter. Kenner kommen bestimmt auf seinen Partys auf den Geschmack. *Ob er bei dieser Sicherheitsparanoia überhaupt Fremde hier her bringt?* Jennifer überfliegt die Flaschen und sucht nach etwas Hochprozentigem. „Wenn ich genug davon runter bekomme, dann muss er mich einfach in ein Krankenhaus bringen. Da wird man mir schon helfen.“ Außer einem kleinen Frühstück ist sie zumindest schon mal nüchtern. Das sollte ihr als fehlende Grundlage dienen.

Ihre Entscheidung fällt auf einen Whiskey mit fünfzig Prozent Alkoholanteil. „Reservoir? Heißt das nicht »Panzer« auf Deutsch? Möge er mich, wie ein Panzer überrollen!“ Jennifer reißt die Kappe ab und setzt die Flasche an. Kurz überkommt sie ein widerlicher Würgereiz, doch ihr Wille ist stärker. In wenigen Sekunden hat sie die nagelneue Flasche restlos geleert. Ihr ist speiübel. Bloß jetzt nicht alles erbrechen! Die Flasche fällt ihr aus der Hand und zerspringt auf dem Boden. Sie lehnt am Tresen und überlegt, ob sie sich noch eine weitere Flasche nehmen soll. Doch mit einem Mal beginnt sich ihre Welt zu drehen. Ihre Augen flimmern. Wankend tritt sie um den Bartresen herum. Jennifer stöhnt und hält sich den Bauch. Sie torkelt von links nach rechts über die Terrasse und mit einem lauten Klatscher fällt sie schlussendlich kopfüber in den Pool. Jennifer verliert augenblicklich das Bewusstsein.

Alexander beendet gerade sein Telefongespräch, als er das Wasser im Pool klatschen hört. Neugierig blickt er hoch. *Scheiße!* Jennifer schwimmt kopfunter im Wasser und regt sich nicht. „Merde! Konrad, appelle mon frère. Immédiatement!“ Er schmeißt sein Handy auf die Couch und rennt hinaus. Mit einem Sprung ist er im Wasser. Alexander dreht sie unverzüglich um und trägt sie auf beiden Armen liegend hinaus. „Du dummes Ding, was hast Du getan?!“ Vorsichtig legt er sie am Rand seines Pools ab und fühlt ihren Puls. Vier seiner Männer stehen prompt an seiner Seite. „Sie atmet noch. Los, seht nach, was hier passiert ist!“ Die Männer zögern nicht lange. Das gesamte Sicherheitspersonal ist alarmiert. Die Blondine eilt mit zwei großen Handtüchern herbei. Vorsichtig wickelt er Jennifer in ein Handtuch ein, ehe er sie hochhebt und ungeachtet seiner eigenen, klatschnassen Kleidung zum Haus trägt.

An der Terrassentür tritt Konrad Schultz ihm entgegen. „Ich habe Ihren Bruder erreicht, Sir. Er wird in wenigen Minuten hier eintreffen. Oh mein Gott, was ist passiert?“ „Ich weiß es nicht, Konrad. Die Jungs prüfen bereits die Terrasse. Schicken Sie meinen Bruder sofort rauf in ihr Zimmer. Er soll sich beeilen!“

Vorsichtig legt er Jennifer auf dem Bett ab. Einer seiner Sicherheitsmänner klopf an die Tür und tritt herein. „Sir, wir haben da etwas gefunden.“ Alexander sitzt am Bettrand und sieht zu ihm hin. „Die Schränke Ihrer Bar waren allesamt aufgerissen und am Boden fanden wir Glasscherben einer Whiskeyflasche. Der Reservoir Bourbon. Laura sagt, sie habe erst gestern eine neue Flasche in die Bar gestellt. Wir gehen davon aus, dass Mademoiselle Gruber die Flasche ausgetrunken hat und dann in den Pool gestürzt ist.“

„Alexander, was ist passiert?“ Steffen stürzt durch die Tür und rennt zum Bett. Sein fachmännischer Blick schweift umgehend über Jennifer. Alexander steht auf und tritt einen Schritt zurück. „Wir gehen davon aus, dass sie eine komplette Flasche Reservoir Bourbon geleert hat und danach in den Pool gefallen ist. Ich habe den Knall gehört und habe sie sofort aus dem Wasser geholt. Allerdings war sie da bereits ohne Bewusstsein.“ Steffen blickt zu seinem Bruder und mustert ihn von oben bis unten. „Vorher ist nichts vorgefallen?“ „Nein, wir haben in der Sonne gesessen und uns unterhalten. Dann musste ich für ein wichtiges Telefonat kurz ins Haus. Ich hätte sie nicht allein lassen dürfen.“ Steffen führt gekonnt eine erste Untersuchung an ihr durch. „Bruderherz, sie gehört in ein Krankenhaus. Man muss ihr den Magen auspumpen. Das kann in einer ausgewachsenen Alkoholvergiftung enden.“ „Nein! Du bist Arzt, mach Du es!“ „Alex, ich bin mir nicht sicher, ob das so gut ist. Den Eingriff selbst kann ich problemlos ausführen, aber ich habe hier nicht die Geräte, um sie danach zu überwachen. Sie ist ja noch nicht einmal bei Bewusstsein!“

Plötzlich beginnt Jennifer zu husten und würgen, blitzschnell legt Steffen sie auf seine Arme und trägt sie in die Dusche. Mit etwas Hilfestellung bringt er sie dazu, sich zu übergeben. „So ist es gut, immer schön raus damit.“ „Kann ich Dir irgendwie helfen?“ „Nein, schon okay. Ich mach das. Geh und zieh Dir etwas Trockenes an, sonst muss ich Dich auch noch behandeln.“ Steffen hält Jennifer die Haare zum Pferdeschwanz zusammen und klopft ihr sanft auf den Rücken.

Kapitel 13

»Der Fürst und das Mädchen.«

Montag, 18:45 Uhr

Steffen tritt raus auf die Terrasse und setzt sich zu seinem Bruder. „Hey, alles okay mit Dir?" „Hm? Ja, schon gut." Alexander tippt gedankenverloren mit seinem Handy auf die Tresenplatte seiner Bar. Steffen schenkt sich etwas zu trinken ein und mustert seinen Bruder. „Es geht ihr gut. Sie wird noch ein paar Stunden einen mächtigen Kater haben, aber ansonsten hat sie es gut weggesteckt. Die Kleine ist zäher, als man glaubt." Alexander steckt sich schweigend eine Zigarette an. „Seit wann rauchst Du denn wieder? Das sieht der Onkel Doktor aber gar nicht gerne." Er boxt ihm brüderlich auf die Schulter. Alexander bläst langsam den Rauch aus. „Ich kann dann einfach besser nachdenken. Weißt Du, egal was ich mache oder sage, sie hört mir einfach nicht zu." „Bruderherz, Jennifer hat den unbefriedigten Drang nach

Hause zu kommen. Ihr Wille ist ungebrochen. Sie kämpft jeden einzelnen Tag für diese Chance. Wenn Du mal ausnahmsweise meinen Rat hören möchtest, gib ihr etwas von Zuhause. Lindere ihren Schmerz. So wie ich die Situation einschätze, wird sie erst dann ihre Meinung über Dich überdenken und sich für etwas Neues öffnen." Alexander drückt die halb gerauchte Zigarette aus und steht auf. „Ich denke, da könntest Du recht haben. Ich werde mit den Jungs sprechen. Doch zuvor habe ich noch eine Rechnung mit ihr zu begleichen. Wir sehen uns." Er schiebt sein Telefon in die Hosentasche und wendet sich ab. „Übertreibe es nicht, Brüderchen!"

Jennifer kauert in ihrem Sessel am Fenster und versinkt in ihren Gedanken: „Warum hat das nur nicht funktioniert? Ich komm hier nie raus!" Traurigkeit macht sich in ihr breit. Nach dem ekelhaften Erlebnis mit dem Whiskey erinnert sie sich einigermaßen verschwommen an die Stunden mit Steffen. Jetzt ärgert sie sich über sich selbst, dass sie nicht an den Bruder in Funktion als Arzt gedacht hat. War ja naheliegend, dass er als Erstes geholt wird. Heute plagen sie noch immer eine leichte Übelkeit und rasende Kopfschmerzen. Trotz einer hohen Dosis Aspirin, wollen sie einfach nicht verschwinden. Sie hört, wie hinter ihr die Zimmertür geöffnet und dann wieder geschlossen wird.

„Du wirst in naher Zukunft keinen Alkohol mehr von mir bekommen, Kleines." Alexander lehnt mit dem Rücken an der Zimmertür. Seine graue Stoffhose spannt leicht um seine muskulösen Oberschenkel. Die schwarzen Businessschuhe, der schwarze Gürtel und das schwarze Hemd passen perfekt zum Gesamtensemble. Insbesondere sein Hemd, mit hochgerafften Ärmeln und den obersten, offenen Knöpfen, betont seine körperliche Fitness äußerst elegant.

„Keine Sorge, mir schmeckt er auch nicht mehr." Jennifer legt das Kinn auf ihre Knie und blickt weiter aus dem Fenster hinaus.

„Okay, Kleines. Wenn Du dieses Gespräch auf diese Art mit mir führen möchtest, bitte sehr." Alexander räuspert sich. Er greift in seinen Hosenbund und legt seine Beretta auf die Konsole neben der Tür. „Du erinnerst Dich sicherlich, was ich Dir über die Wahrnehmung von Konsequenzen erzählt habe. Zwar verstößt der übermäßige Alkoholkonsum nicht direkt gegen eine meiner Regeln, jedoch bin ich mir absolut sicher, dass Du damit auch etwas anderes bezwecken wolltest. Unabhängig davon war Dein Verhalten absolut leichtfertig, unnötig und noch darüber hinaus unentschuldbar." Alexander legt gelassen seine Uhr und seine Armbänder neben die Beretta. Seine Stimme schwingt bedrohlich zu Jennifer herüber. „Ich folge der Devise: Wer nicht hören will, muss fühlen. Und da Du trotz all meiner Bemühungen nicht hören willst, werde ich Dir jetzt den Hintern versohlen, sodass Du eine Woche lang nicht sitzen kannst. Komm her zu mir!" Alexander winkt sie mit dem rechten Zeigefinger heran. Jennifer dreht sich augenblicklich zu ihm um und reißt die Augen auf. „Niemals!" „Ich zähle bis drei, mach es nicht noch schlimmer! Eins." *Pause.* Jennifers Hände krallen sich in der Armlehne fest. „Zwei." *Pause.* Alexanders Augen blicken streng zu ihr herüber. Seine Muskeln zucken. *Sie will es also auf die harte Tour.* „Drei." Mit schnellen Schritten ist er bei ihr. Sie springt kreischend vom Stuhl auf und versucht einen Haken zu schlagen, um an ihm vorbei zukommen. Alexander kann jedoch gerade noch rechtzeitig ihren Arm packen und sie zu sich heranziehen.

Leicht wie eine Feder wirft er sie über seine Schulter und trägt sie zum Bett. Jennifers Arme und Beine schlagen wild um sich. Ihre Schreie müssen im ganzen Haus zu hören sein. „Neeeeein! Lass mich sofort runter! Du dreckiges Arschloch! Ich hasse Dich!" Ihr Gezeter hilft allerdings nicht das Geringste. Zielstrebig setzt er sich auf ihr Bett und lässt sie mit geübten Handgriffen über seine Beine rutschen. „Bitte, mach das nicht. Bitte!" Ruckartig versucht sie, sich loszureißen, doch er greift ihre Handgelenke und fixiert sie augenblicklich mit seiner linken Hand auf ihrem Rücken. Ihr langen Haare folgen wild den rebellierenden Kopfbewegungen. „Ich hatte Dich gewarnt, Du hast meine Warnung ignoriert. Jetzt lebe mit den Konsequenzen." Jennifer unterdrückt eine Antwort und beißt sich auf die Lippe. So war noch nie zuvor jemand mit ihr umgegangen. Gewalt ist ihr nichts Unbekanntes, doch diese Situation hat eine andere Wirkung auf sie. Ihr Peiniger degradiert sie zu einem ungezogenen Kind, welches Bestrafung als klassische Erziehungsmaßnahme erfahren muss.

Alexander greift ihr mit der freien Hand an den Hosenbund und zieht ihr die Jogginghose bis in die Kniekehlen. Sofort steigt Jennifer die Röte ins Gesicht. *Das kann doch wohl nicht sein Ernst sein!* „Biiiiiettte, aufhööören! Ich werde das auch niiiiiie wieder machen! Hiiiiilfeeee!" „Schrei so laut, wie Du nur willst. Hier wird Dir keiner helfen." Mit einem weiteren Griff befördert er auch ihren roten Spitzen-Tanga hinunter. Sachte berührt er ihre wohlgeformten Pobacken. Aus Jennifers

Kehle dringt ein leises Wimmern. Die Luft zwischen den beiden ist wie elektrisiert. Mit einem Bein fixiert er sie in der gewünschten Position. „Bist Du bereit?!" Sofort verkrampft sie sich und drückt sich gegen seinen fesselnden Griff. Gegen seine Muskelkraft hat sie jedoch keine Chance. Ohne eine Antwort abzuwarten, holt Alexander aus und versenkt den ersten Schlag auf ihren wunderschönen Hintern. Klatsch. „Aaaaah!" Auf den ersten Hieb folgen im rhythmischen Tempo gleich die Nächsten. Klatsch. Klatsch. Klatsch. Er beginnt zunächst mit weniger harten Schlägen, die sich dann langsam in der Härte steigern. Jennifer quittiert jeden einzelnen von ihnen mit einem lauten Aufschrei. Tränen rinnen ihr sintflutartig aus den Augen. Immer wieder saust seine Hand auf ihren entblößten Hintern hinab. Klatsch. Klatsch. Ihr Po färbt sich bereits rosarot. Doch Alexander hört nicht auf.

Jennifer verliert jegliches Zeitgefühl. Nach einer gefühlten Ewigkeit lockert er den Griff um ihre Handgelenke. „Wirst Du meine Anordnungen in Zukunft ernst nehmen?" Seine Stimme dringt streng an sie heran. Ein weiterer Hieb saust auf ihren Hintern hinab. Klatsch. „Auuuuaaaaa!" „Ich habe Dich etwas gefragt und verlange eine Antwort. Wirst Du meine Anordnungen in

Zukunft ernst nehmen?“ *Ernstnehmen, nicht befolgen.* „Ja!“ Ihre Stimme nähert sich einem heiseren Krächzen. „Wirst Du in Zukunft besser auf Dich acht geben?“ Jennifer jammert leise auf, doch antwortet schnell: „Ja!“ „Braves Mädchen.“ Alexander lässt sie los und gibt ihr die Möglichkeit aufzustehen. Jennifer wankt, ihre Beine zittern. Hilfsbereit reicht er ihr die Hand als Stütze. „Fass mich nicht an!“ Jennifer reißt beide Arme hoch. Voller Scham und zutiefst gekränkt greift sie nach ihren Hosen und zieht sie hoch. Ein stechendes Brennen durchfährt ihren Körper. Er hat wahrlich ganze Arbeit geleistet.

Verstört sieht sie in sein Gesicht. Sein Blick ist weich und seine Lippen umspielt ein Lächeln. „Du hast heute eine wichtige Lektion gelernt, Kleines.“ Er steht auf und nimmt sich seine Sachen von der Konsole. Langsam legt er den Schmuck an. „Ich verstehe, dass Du jetzt etwas Zeit für Dich brauchst. Ich möchte jedoch, dass Du weißt, ich bin nicht mehr böse auf Dich. Nach einer Bestrafung sind wir immer quitt miteinander.“ Er schiebt seine Beretta ein und verlässt den Raum. Jennifer stürzt sich völlig aufgelöst auf ihr Bett und weint bitterlich.

Kapitel 14

»Alte Vertrautheit und neue Wunden.«

Dienstag, 07:25 Uhr

Jennifer erwacht aus dem Schlaf und fühlt sich einfach nur furchtbar. Ihr Hintern brennt wie Feuer. Die halbe Nacht hat sie sich quer durch das Bett gewälzt, auf der Suche nach einer gemütlichen und schmerzfreien Schlafposition. Auf Knien dreht sie sich aus dem Bett hinaus, dabei fällt ihr Blick auf die Nachttischkonsole: Ein Glas Wasser, zwei Tabletten, eine Tube Creme, eine Karte und ihr Blackberry. *Ihr Blackberry!* „Was hat das zu bedeuten?!" Jennifer greift, ohne zu zögern, nach ihrem Handy und schaltet es ein. Das vertraute Bild mit ihren Eltern leuchtet auf dem Display auf. Tränen steigen ihr in die Augen. Das Handy befindet sich im Flugzeugmodus. „Ist das eine Falle?!" Jennifer dreht sich irritiert im Raum um, doch sie ist vollkommen alleine. Sie greift zur Karte und fängt zu lesen an: *„Kleines,* *nimm die Tabletten und creme Dir Deinen Po mit der Salbe ein. Das wird Deine Schmerzen lindern. Betrachte das Handy als Zeichen meines guten Willens, missbrauche es nicht. Wir werden heute Abend zusammen essen, um 19:00 Uhr im Esszimmer. Ich möchte, dass Du das weiße Spitzenkleid anziehst. Sei pünktlich."* Jennifer lässt die Karte fallen und setzt sich zurück auf's Bett. „Aa-ah!" Ruckartig springt sie wieder hoch, ihre Blessuren hatte sie ganz vergessen. Stehend tippt sie auf dem Handy herum, schaltet den Flugzeugmodus aus und wartet gespannt.

Ping. Ping. Ping. Jennifer liest die erste Nachricht von Emma: *„Schätzchen, ist alles in Ordnung bei Dir? Melde Dich bitte, ich mach mir Sorgen." Ping. „Schätzchen, also so langsam werde ich echt sauer. Machst Du nun auch Urlaub von mir? Ich muss Dir unbedingt etwas erzählen, ruf mich doch mal an. Hab Dich lieb."*

Ping. „Hallo Töchterchen, offensichtlich bist Du wieder fleißig am Arbeiten. Wolltest Du nicht zu Besuch kommen? Dad und ich fahren nächste Woche für zwei Wochen in den Urlaub. Lass uns danach telefonieren. Machs gut und hab viel Spaß!" Die Nachricht ihrer Mutter, bereitet ihr einen Kloß im Hals.

Ping. „Jennifer, melde Dich bitte bei mir, wenn Du zurück in München bist. Es gibt ein paar Veränderungen, die womöglich auch Deinem Veränderungsinteresse entsprechen. Es eilt aber nicht, genieße Deinen Urlaub." Jennifer versteht nicht, welche Veränderungen ihr Chef meint. Ob er nun doch eine neue, qualifizierte Mitarbeiterin eingestellt hat?

Ping. „Fräulein, weglaufen wird Dich nicht weiterbringen. Früher oder später wirst Du mit mir reden müssen. Lass uns den Streit aus der Welt schaffen. Ich liebe Dich. T.“Jennifer gefriert das Blut in den Adern.

Jennifer läuft durch das Zimmer und versucht ihre Gedanken zu ordnen: „Wen soll ich bloß anrufen? Was sage ich? *Hallo, Hilfe ich wurde entführt. Nein, tut mir leid, ich weiß nicht, wo ich bin.* Das bringt doch alles nichts! Verdammt!“ Ein lautes Geräusch vor der Tür lässt sie aufschrecken. Die Bewegung von Schatten kann sie unter dem Türspalt erkennen. „Emma ist die Einzige, die mir helfen kann!“ Eilig tippt sie die Kurzwahl ihrer Freundin ins Telefon. Tuut-tuuut-tuuut... „Jenny, Schätzen! Endlich! Ich dachte schon, Du sprichst gar nicht mehr mit mir. Du pass auf, wir steigen gleich ins Flugzeug. Ein riesiger Auftraggeber hat unsere Ausstellung nach China beordert. Ist das nicht toll?!“ Jennifer kommt gar nicht zu Wort, ihre Freundin redet, wie ein Wasserfall. „Du, Emma. Bei der Vernissage ist etwas passiert, dass ich Dir erzählen muss...“. „Schätzchen, ich weiß. Thomas ist mir spät abends noch in die Arme gelaufen. Ich habe fast einen Herzinfarkt bekommen. Tut mir echt leid, dass ich nicht an seine Firma gedacht habe. Sorry. Ich habe alle Sicherheitsmänner alarmiert und wollte ihn schon vom Gelände schmeißen, aber Ruben unser Portier meinte, Du seist schon weg. Da hast Du echt noch mal Glück gehabt, er war echt sauer. Du, ich muss los, die rufen gerade zum letzten Boarding auf. Wir quatschen, sobald ich angekommen bin, ja?! Grüß Deine Eltern von mir. Hab Dich lieb, Schätzchen!“ *Aufgelegt. Scheiße!* „Mensch, Emma!“ Jennifer schmeißt ihr Handy wütend aufs Bett.

Nach einer langen Dusche entscheidet sich Jennifer für einen Tag in der Sonne. Warum soll sie sich freiwillig im Zimmer einsperren, wenn draußen wundervolles Wetter ist? Natürlich hat sie die Tabletten und die Creme von ihm genommen, doch jeder einzelne Schritt quält sie. Die Reibung an ihrem Hintern ist kaum auszuhalten. Im unteren Flur begegnet sie dem blonden Hausmädchen. „Bonjour, Mademoiselle. Kann ich Ihnen etwas zum Frühstück bringen?“ „Einen Latte Macchiato und eine Kleinigkeit zum Essen, bitte. Ist es in Ordnung, wenn ich auf die Terrasse gehe?“ „Aber natürlich, Mademoiselle. Ich bringe es Ihnen gleich dorthin.“ „Danke.“ *Mal gucken, wann die Kleine zu ihrem Chef rennt und Jennifers Aufenthaltsort verrät.* Jennifer entscheidet sich für eine liegende Position auf den Sonnenliegen. Mindestens vier Sicherheitsmänner sind auf der Terrasse verteilt und beobachten die Umgebung. Die Temperaturen sind perfekt. Sie zieht ihr Shirt aus und rückt das Bikinioberteil zurecht. Lockere Sommershorts verbergen gut, was er am Vorabend mit ihr angestellt hat. Jennifer schießt erneut die Röte ins Gesicht, wenn sie nur daran denkt. Eine heiße Welle durchflutet ihr Innerstes. Das Mädchen kommt zu ihr und stellt ein Tablett mit Frühstück auf den kleinen Tisch neben ihr. „Vielen Dank." „Ne pas de problème, Mademoiselle." Jennifer liegt auf dem Bauch und scrollt in ihrem Handy umher. Social Media, Internet, es ist alles frei.

„Du solltest Dich mit Sonnencreme einreiben, bevor Du Dich so lange in die Sonne legst, Kleines." Jennifer fährt abrupt hoch, sie muss eingeschlafen sein. Die Sonne steht in der absoluten Mittagshöhe. „Ach herrje! Hast Du mich erschreckt!" „Laura, apporte-moi un écran du solaire!" Alexander steht im hellen Anzug vor ihrem Kopfende und setzt seine Sonnenbrille auf die Nase. Fast zeitgleich erscheint das Hausmädchen mit einer Tube Sonnenmilch und reicht sie ihm. „Darf ich?" Jennifer schnaubt durch die Nase. „Gestern hast Du doch auch nicht gefragt."

Sie rafft ihre Haare zusammen und dreht den Kopf zur Seite. Soll er ihr doch den Rücken eincremen. Alexander überhört die freche Bemerkung und setzt sich an ihre Seite. Mit geübten Handgriffen verteilt er ihr sanft die Lotion auf Rücken, Armen und Beinen.

„Gefällt Dir mein Geschenk?“ „Hmmhmm.“ Jennifer hat keine Lust, sich mit ihm zu unterhalten, zu tief sitzt noch die Scham über den vorherigen Abend. Alexander überlegt, ob er ihr einen sanften Klaps auf den Hintern geben soll. Doch er entscheidet sich dagegen. Es juckt ihm in den Fingern. Am liebsten würde er seinen Nachmittagstermin absagen und Zeit mit ihr verbringen.

Die erste Phase nach einer Bestrafung ist in der Regel immer die Heißeste. Gefühle, die sich überschlagen und Emotionen, die ausbrechen. Jennifer gefällt ihm. Ihr Körper ist anmutig und sexy. Ihr Charakter ist ausgeprägt, aber leicht zerbrechlich. *Daran muss er noch arbeiten.* Ihre Willensstärke und Temperament turnen ihn an. Zaghaft streicht er ihr eine kleine Strähne aus dem Nacken. Nur eine kleine Berührung, und das Blut strömt ihm in den Lendenbereich. *Du bist noch nicht soweit, Kleines.*

„Ich habe noch einen Termin. Wenn Du etwas brauchst, frag nach Laura. Wir sehen uns heute Abend zum Essen.“ Alexander erhebt sich und blickt sie über seine Sonnenbrille hinweg an. „Ach, und Kleines?“ Jennifer dreht den Kopf in seine Richtung und schweigt. „Du solltest die nächsten zwei bis drei Tage auf das Schwimmen verzichten.“ Mit einem Augenzwinkern setzt er die Brille ab und geht zurück in sein Haus.

Gegen siebzehn Uhr geht Jennifer zurück auf ihr Zimmer. Der Nachmittag verlief ruhig und ohne weitere Störungen. Sie durchblätterte die Nachrichten ihrer Familie, ihrer Freunde und ihres Ex-Freundes. Ihrer Mutter schrieb sie eine kurze Nachricht, dass sich alles sehr spontan geändert habe und sie unbedingt mit ihr sprechen müsse. Sobald sie wieder Zuhause seien, mögen sie sie bitte anrufen. Eine weitere Nachricht ging an Emma. Sie wünschte ihr viel Erfolg und bat um dringende Rückmeldung. Ihrem Chef sendete sie keine Nachricht, ebenso keine an Thomas.

Fünf Minuten vor sieben klopft Steffen an Jennifers Zimmertür und tritt ein. „Hey, kleine Lady. Ist alles gut bei Dir?“ Jennifer betrachtet sich im großen Spiegel. Das weiße Spitzenkleid sieht traumhaft schön aus. Ihre Haare hat sie locker mit einer Haarspange hochgesteckt. Zwei einzelne Strähne fallen ihr wellig ins Gesicht. Makellose, weiße Pumps und ein silbernes Armband runden ihr Ensemble gekonnt ab. Wenn da nur nicht die beklemmende Enge wäre. Das Kleid ist sehr figurbetont geschnitten, jedoch zeigt es keinen Zentimeter zu viel Haut. Das Dekolleté ist mit aufwendiger Spitze verziert, die in einem dreiviertel Ärmel endet. Der Stoff vom eingenähten Unterkleid reibt lediglich unangenehm an ihrem geschundenen Hintern. Der feine Tanga tut sein Übriges. *Dieser verdammte Mistkerl hat dieses Kleid mit Absicht verlangt!*

„Ich überlege, ob ich mir nicht doch lieber ein anderes Kleid anziehen soll", murmelt Jennifer ihm zu. Steffen sieht sie verzaubert an. „Warum? Du siehst wunderschön aus. Es steht Dir wirklich ausgezeichnet. Und außerdem, mein Bruder verabscheut Unpünktlichkeit. Lass uns runter gehen." Er reicht ihr elegant seinen Arm und motiviert sie zum Gehen. „Du bist bei dem Essen dabei?" „Ja, kleine Lady. Ab und zu bereite ich meinem Bruder die Freude und nehme seine Einladung an. Die Küche ist einfach tausendmal besser, als meine eigenen Kochkünste." Er lacht herzlich auf.

Steffen ist schon ein eigenartiger Mensch. Obwohl es optisch nur wenige, genetische Parallelen zwischen ihm und Alexander gibt, sieht er nicht minder gut aus. Als Arzt ist er bestimmt heiß begehrt. Jedoch zweifelt Jennifer ein klein wenig an seinem menschlichen Charakter. Steffen strahlt etwas Düsteres aus. Seine Augenringe und sein markantes Gesicht wirken gefährlich. Die Schusswaffe, die auch er bei sich trägt, verstärkt das Bild eines gefährlichen Mannes. Dennoch ist er immer freundlich und hilfsbereit zu ihr. Noch. *Ob die beiden Brüder wohl ein stilles Abkommen zwischen einander haben?*

Alexander erwartet seine Gäste elegant gekleidet vor dem Esszimmer. Jennifer atmet tief durch und hofft, dass Steffen ihre Unsicherheit an seinem Arm nicht spürt. *Doch.* Freundschaftlich legt er seine linke Hand auf ihren Griff. „Guten Abend, Bruderherz. Wie lautet die Etikette heute Abend? Möchtest Du es lieber streng und steif oder dürfen wir uns ein wenig entspannen und amüsieren?“ *Er versucht, das Eis für sie zu brechen, ganz eindeutig.* Alexander und Jennifer sehen sich direkt in die Augen. „Guten Abend, Kleines.“ Er hält ihr seine Hand hin. Zögerlich ergreift sie sie und lässt sich in den imposanten Raum führen. Mit einem kurzen Nicken erwidert sie seinen Gruß. *Irgendwie fühlt sie sich, wie auf dem Weg zur Schlachtbank.* Alexander geleitet Jennifer zu einem

Sessel zu seiner Rechten, zieht ihren Stuhl zurück und lässt sie Platz nehmen. Unwillkürlich zuckt sie bei der Berührung des Stoffes zusammen. Alexanders Mundwinkel umspielen ein verschmitztes Lächeln, doch er sagt kein Wort. Steffen nimmt gegenüber von Jennifer Platz. Selbstverständlich ist für Alexander der Stuhl am Kopfende reserviert.

Der lange Tisch ist schlicht und dennoch sehr stilvoll eingedeckt. Große Kerzenleuchter versprühen ein beinahe festliches Ambiente. Glasschüsseln mit diversen, essbaren Kleinigkeiten befinden sich sorgfältig angeordnet in der Mitte des Tisches. Ein älterer Mann tritt an die Herrschaften heran und fragt Alexander nach dem Getränkewunsch. „Apportez-nous le bon vin. Pour la dame un verre d'eau, s'il vous plâit." „Qui, monsieur." Wenige Augenblicke später bringt der freundliche Butler Wein für die Herren und Wasser für die Dame. Jennifer beißt sich auf die Unterlippe. „Wie ich schon sagte, Du wirst in nächster Zeit keinen Alkohol von mir bekommen." Alexanders Mundwinkel zucken und er prostet den beiden würdevoll zu.

Im Verlauf des Abends wird Jennifer klar, warum Alexander seinen Bruder zu dem Essen eingeladen hat. Steffen versteht es perfekt, peinliche Schweigeminuten zu überspielen und in der Konversation zwischen Alexander und Jennifer zu vermitteln. Zum Hauptgang geraten die beiden in einen angespannten Schlagabtausch über das heutige Mitarbeiterverhalten in Großkonzernen: Jennifer erinnert zahlreiche Situationen aus ihrer Projektarbeit, in der immer wieder Mitarbeiter den Wert der Wirtschaftlichkeit nicht erkennen wollen und Firmengelder für persönliche Zwecke verwenden. Ihrer Meinung nach ruht dieses Verhalten auf dem mangelnden, privaten Lebensumstand und der fehlenden Mitarbeitermotivation durch die Arbeitgeber. Alexander kritisiert zwar ebenso die Zweckentfremdung von Firmengeldern, jedoch fokussiert sich seine These eher auf die fehlende Führungsstärke der Arbeitgeber und deren schwache Hierarchie. Noch ehe das Wortgefecht zwischen den beiden eskaliert, keilt Steffen gekonnt dazwischen: „Also, wenn ihr meine bescheidene Meinung zu dem Thema wissen wollt, dann fühlt Euch frei mich danach zu fragen. Als Arbeitgeber von mehreren Ärzten und Besitzer einer Privatklinik, kann auch ich etwas zu diesem Gespräch beitragen." Er greift zum Weinglas und genehmigt sich genüsslich einen großen Schluck. Ein stolzes Lächeln macht sich auf seinem Gesicht breit.

Nach dem Hauptgang fällt es Jennifer zunehmend schwerer, auf dem weich gepolsterten Stuhl, ruhig sitzen zu bleiben. Ihr heiß glühender Hintern fühlt sich an, als wäre er mit dem Stoff des Kleides nahtlos verschmolzen. Unleidlich rutscht sie vorsichtig hin und her. Alexander entgehen ihre Schwierigkeiten nicht. Die Situation erregt ihn. Herausfordernd lehnt er sich zurück und beobachtet sie mit wachem Blick. Eine Augenbraue zieht er gekonnt hoch. Jennifer steigt erneut die Röte ins Gesicht und sie versucht, ein Gespräch mit Steffen anzufangen. „Was für ein Arzt bist Du eigentlich? Ich meine, in welcher Fachrichtung bist Du aktiv?“ Steffen beginnt ihr die diversen Tätigkeitsfelder der Chirurgie, also seinem Metier, nahezubringen. Immer wieder wechselt Jennifers Blick für Sekunden von Steffen zu Alexander. Am liebsten würde sie aufspringen und durch den Raum laufen.

Nach dem Dessert lässt Alexander noch einen Digestif für seinen Bruder und sich kommen. Der Butler trägt eine nagelneue Flasche seines Lieblings Whiskeys und zwei eisgekühlte Gläser an den Tisch heran. Sofort steigt Übelkeit in Jennifer hoch. Ihre Gesichtsfarbe wird kreideweiß. „Offensichtlich hat Dir mein Lieblingsgetränk nicht sonderlich gut geschmeckt, Kleines.“ Er blickt sie dramatisch an. „Möchtest Du noch einmal davon probieren?“ Alexander hält ihr sein Glas hin. Jennifer blickt ihn trotzig an. „N-E-I-N, D-A-N-K-E!“ Sie betont jede einzelne Silbe mit so viel Stärke, wie sie nur kann. „Braves Mädchen.“ Alexander wendet sich lächelnd seinem Bruder zu.

„Steffen, ich freue mich, dass Du heute Abend bei uns sein konntest. Doch nun wollen wir uns verabschieden. Ich habe Morgen einen vollen Terminkalender und Du sicherlich auch. Ich lasse Deinen Wagen vorfahren. Wenn Du möchtest, bringen Dich meine Männer nach Hause. Wir sehen uns dann die Tage. A bientôt.“ Alexander erhebt sich und Steffen tut es ihm gleich. „Au revoir, meine Lieben. Macht Euch noch einen schönen Abend.“ Vielsagend zwinkert er Jennifer zu, ehe er den Raum verlässt.

Alexander reicht Jennifer die Hand und erlöst sie von ihren Qualen. Mit der freien Hand nestelt sie an ihrem Rock herum und versucht die unangenehmen Verschmelzungen zu lösen. „Du hast Dich tapfer geschlagen, Kleines. Komm, ich bringe Dich auf Dein Zimmer.“ Eine Hitzewelle durchströmt ihren Körper. Eine leichte Feuchte macht sich zwischen ihren Beinen breit. *Das kann doch wohl nicht wahr sein, jetzt macht mich der Kerl auch noch an!* Jennifers Körper spannt sich an. Sie droht die Nerven erneut zu verlieren. Alexander öffnet ihre Zimmertür und stellt sich in den Türrahmen. Es ist gerade noch so viel Platz, dass sie sich an ihm vorbei drängen könnte. Vorsichtig streicht er ihr eine Haarsträhne nach hinten. „Du bist wirklich eine sehr attraktive Frau, Jennifer.“ Ihr stockt der Atem. Gänsehaut breitet sich auf ihr aus. Seine Augen blicken sie fest an. Ihr Puls wird schneller. Er greift zärtlich mit seiner Hand an ihren Hals und drückt sie von hinten an sich heran. Nur noch ein Papierfetzen würde zwischen die beiden passen. Jennifer unterdrückt jegliche Gegenwehr. Sie kann den Blick von seinen Augen einfach nicht abwenden. „Vous êtes merveilleusement réel de tomber amoureux de.“ Alexander öffnet seinen Mund und küsst sie leidenschaftlich. Intensiv. Seine Zunge dringt sanft und dennoch fordernd in sie ein. Mit gekonnten Bewegungen erobert er jede noch so erogene Zone in ihrem Inneren. Jennifer schließt die Augen und gibt sich ihm hin. Langsam löst sich Alexander von ihr. Er legt seinen Zeigefinger unter ihr Kinn und wartet, bis sie ihre Augen wieder öffnet. „Wir beide machen Morgenfrüh einen Ausflug. Zieh etwas Elegantes, aber Bequemes an. Wir gehen in die Stadt. Ich erwarte Dich um halb zehn unten.

Schlaf schön, Kleines.“ Mit einem kleinen Kuss auf ihre Stirn gibt er die Tür frei und lässt sie alleine. Jennifers Gefühle fahren Achterbahn.

Kapitel 15

»Strafe muss sein.«

Mittwoch, 09:20 Uhr

Jennifer reißt die Augen auf. *Ping. „Hallo Schätzchen, es ist traumhaft schön hier! Und Du wirst es nicht glauben, ich habe einen feschen Typen kennengelernt. Bin in zwei Monaten zurück, vermisse Dich. hdl.“* Emma. Sie sieht auf ihr Handy und erschrickt beim Anblick der Uhrzeit. *Scheiße!* Im Eiltempo springt sie aus dem Bett und rennt ins Bad. Wie war das noch? Alexander hasst Unpünktlichkeit. Eine kurze Katzenwäsche später steht sie vor dem Kleiderschrank und sucht nach etwas Passendem zum Anziehen. „Was wollte er auch noch? Etwas Elegantes, aber Bequemes? Scheiße! Wie soll ich das denn nun wieder machen?!“ Jennifer flucht vor sich hin. Ihre Wahl fällt schließlich auf ein lockeres Kleid mit floralen Elementen. Der Rock ist leicht asymmetrisch, dazu ein paar hohe Sandalen mit Korksole. „Das müsste gehen.“ Eilig schlüpft sie in die Kleidung. Die Schmerzen an ihrem Hinterteil sind immer noch gut spürbar. Noch schnell ein prüfender Blick in den Spiegel und dann auf ihr Handy. Zwanzig vor zehn. *Scheiße!*

Jennifer tritt vorsichtig die Treppe hinunter. Alexander sitzt im Eingangsbereich und liest in seinem Handy. Seine Beine sind bequem überschlagen. Sein Fuß wippt. *Scheiße, nicht der auch noch!* „Hallo, es tut mir leid, ich habe verschlafen", reumütig bleibt sie vor ihm stehen. Alexander blickt zu ihr auf. Sein Gesichtsausdruck gleicht einer Maske. Sie hat keine Ahnung, was er von ihr denkt oder was als Nächstes passieren wird. Alexander erhebt sich und umgreift ihren Nacken. Eine Schockstarre durchfährt Jennifers Körper. Sie hasst es, am Hals angefasst zu werden. Seine Berührung ist beängstigend und zugleich elektrisierend. „Du hast also verschlafen, mein Kleines. Lässt Du mich noch einmal auf Deine Anwesenheit warten, werde ich Deinem Sinn für Pünktlichkeit wohl auf die Sprünge helfen müssen." Forsch drückt er Jennifer einen Kuss auf den Mund, doch sie erwidert den Kuss nicht. Diese grobe Machtdemonstration hat für sie nichts mit den zärtlichen Momenten zweier Menschen zu tun.

Alexander nimmt Jennifers Hand und tritt mit ihr durch die Eingangstür heraus. Vor ihr stehen seine drei SUV's. Das Wachpersonal wartet bereits an der offenen Autotür. „Ich dachte mir, Du hättest vielleicht Lust auf eine Shoppingtour, Kleines." Jennifer steht der Mund offen. „Ist das Dein Ernst? Du lässt mich hier raus?" Alexander lächelt sie an. „Ja, heute erlaube ich Dir, in meiner Begleitung, das Haus zu verlassen, Kleines. Lass uns einfach einen schönen Vormittag genießen." Sichtlich irritiert steigt Jennifer in den mattschwarzen Range Rover ein. Alexander folgt ihr und sein Sicherheitsmann schließt die Tür. Wenige Augenblicke später setzen sich die Fahrzeuge in Bewegung und fahren die Auffahrt hinunter. Ein großes Sicherheitstor verbirgt sich hinter der ersten Biegung. Nahezu automatisch öffnet es sich und die Kolonne folgt den landestypischen Serpentinen. Die Aussicht ist bezaubernd. Das türkisblaue Wasser im Genfer See steht im perfekten Kontrast zu dem begrünten Berghang.

Circa dreißig Minuten nach der Abfahrt erreichen Jennifer und Alexander die nächstgelegene Ortschaft Versoix. *Für einen Fluchtversuch aus der Villa benötigt Jennifer definitiv ein Auto.* Auf einem öffentlichen Parkplatz kommen die Fahrzeuge zum Stehen und der Chauffeur öffnet Jennifer die Tür. Alexander nimmt den Platz neben ihr ein. Flankiert oder besser gesagt, verfolgt vom Sicherheitspersonal laufen die beiden durch die alten Straßen. Überforderung macht sich in ihr breit. „Was ist los mit Dir, Kleines?" Alexander greift ihre Hand und bleibt stehen. Fürsorglich sieht er sie an. „Ich - ich verstehe nicht, was Du hier tust." Zärtlich streichelt er ihre Wange. „Kleines, Du machst Dir wirklich zu viele Gedanken. Ich möchte Dir eine Freude bereiten, das ist alles. Sieh Dich um, hier findest Du die besten Designer der ganzen Welt. Geh hinein und kauf Dir etwas Schönes." Jennifer sieht ihm schockiert in die Augen. „Bist Du wahnsinnig, das kann ich mir nie und nimmer leisten! Ich verdiene nicht so viel!" Alexander lacht herzlich auf. „Kleines, ich verdiene genug Geld. Hab einfach Spaß und mach Dir darum keine Gedanken." „Wo ist der Haken? Du wirst doch sicherlich eine Gegenleistung von mir verlangen." Jennifer legt den Kopf schief und sieht ihm fest in die Augen. Er legt den Finger unter ihr Kinn und wispert: „Keine Gegenleistung. Hab einfach Spaß."

Gut und gerne zwanzig Geschäfte durchforstet die Gruppe in den darauffolgenden Stunden. Anfänglich ist Jennifer noch zurückhaltend und vorsichtig beim Auswählen neuer Kleidung. Doch der dritte Designerladen entspricht genau ihrem Geschmack. Hemmungslos greift sie zu. Alexander sitzt entspannt in einem Loungesessel und beobachtet fasziniert ihr Strahlen im Gesicht.

Als letztes Geschäft erwählt Alexander ein Spezialgeschäft für Dessous: „Du benötigst auch die passende Unterwäsche für Deine neuen Kleider.“ Bestimmend greift er ihre Hand und führt sie hinein. In fließendem Französisch bittet er die Bedienung um ausgewählte Modelle in Jennifers Größe. Unverzüglich holt die Dame das Gewünschte herbei und bietet sie Jennifer zur Anprobe an. Die Kinnlade klappt ihr herunter. „Nein. Das trage ich nicht!“ Entrüstung liegt in ihrer Stimme. Ihre Finger umspielen einen BH, der mehr für Stunden im Bett, als für den alltäglichen Gebrauch geeignet zu sein scheint. „Also verlangst Du doch eine Gegenleistung von mir! Ich wusste es!“ Wütend sieht sie ihn an. Die Bedienung zieht sich dezent zurück. Alexander tippt bedrohlich langsam mit dem Finger an sein Handy. „Kleines, probier es an!“ „Nein!“ Jennifer schleudert den BH auf den Tresen der Kassiererin. Ohne zu zögern, packt Alexander sie am Handgelenk, greift sich den BH und marschiert mit ihr in die Umkleidekabine. Mit einem Ruck stößt er sie mit dem Rücken an die Wand. „Aua! Was soll das? Lass mich hier sofort raus!" Seine Augen funkeln sie böse an. Seine Nasenflügel beben. Er hält ihr den BH direkt vor das Gesicht. „Wenn ich sage, Du probierst das an, dann tust Du das gefälligst auch!" „Ich bin nicht Dein Bettspielzeug! Zieh das einer anderen Nutte an!" Alexander holt aus und verpasst ihr eine Ohrfeige. Sein Schlag war nicht sonderlich hart, doch unverhofft. Tränen steigen ihr unmittelbar in die Augen. „Erstens, provozier mich nicht! Zweitens, bezeichne Dich niemals wieder als meine Nutte!" Warnend erhebt er den Finger. Jennifer legt die Hand auf ihre glühende Wange. Ein Kampf der Gefühle tobt in ihr. „Zieh das jetzt an! Die Bedienung wird Dir helfen." Er wirft den BH auf ein Sitzmöbel und verlässt die Kabine. Kurz darauf klopft die Dame aus dem Laden zaghaft an die Tür.

Nach dem Vorfall im Dessousgeschäft hat Jennifer keine Lust mehr an einer Fortführung der Einkaufstour. Alexander entscheidet, den Vormittag bei einem späten Mittagessen zu beenden. Auf einer schönen Terrasse nahe der Seepromenade nehmen die beiden einander gegenüber Platz. Zwei Sicherheitsmänner setzen sich im Hintergrund nieder. Alexander tippt konzentriert auf seinem Handy. Seine Sonnenbrille verwehrt ihr den Blick auf seine Augen. Jennifer ist aufgewühlt. Der Vorfall in seiner Villa, der erneute Gewaltakt, die Zärtlichkeit am Vorabend. *Dieser Mann ist eine tickende Zeitbombe.* Sie beobachtet ihr Umfeld und wägt ihre Chancen für einen Fluchtversuch ab. Der Kellner unterbricht den schweigsamen Moment und bringt eine Auswahl verschiedenster Antipasti und einen großen Krug alkoholfreier Sangria. Der Tisch ist voll beladen. „Einen Augenblick bitte, Kleines. Ich bin gleich für Dich da." Konzentriert tippt er weiter in seinem Mobiltelefon, das ist Jennifers Chance. Sie umfasst die Tischkante und wirft den kleinen Tisch mit aller Kraft in Alexanders Richtung um. Das Klirren des Geschirrs lässt die Gäste an den umliegenden Tischen aufschrecken. Alexander fährt wutentbrannt vom Stuhl auf. „Was verdammt,...?!" Ein Teil der Speisen und Sangria haben ihn getroffen. Jennifer wartet nicht auf seine Reaktion und rennt los. Seine Sicherheitsmänner setzen zur Verfolgungsjagd an. „Stopp! Das erledige ich selbst!" Jennifer hört gerade noch seine bedrohliche Stimme, ehe sie die Stufen zur Uferbefestigung runter rennt. Schon wieder muss sie ihre Laufkünste mit hohen Hacken unter

Beweis stellen. Sie verflucht innerlich ihren Modegeschmack, daran muss sie wirklich etwas ändern.

Schwer atmend hält sie in einer Seitengasse an, sie versucht ihre Gedanken zu ordnen. „Okay, wo muss ich hin?" Zitternd fischt sie nach ihrem Handy und versucht die Tasten zu entsperren. „Hast Du Dich verlaufen, Kleines?" *Scheiße!* Mit langsamen Schritten kommt er von rechts auf sie zu. Panisch sieht sie sich nach links um und... „Das würde ich an Deiner Stelle lassen." *Nein, die Zeit für fremdbestimmte Entscheidungen ist vorüber.* Jennifer rennt los, dicht gefolgt von Alexander. Der kleine Seitengang endet in einer Sackgasse. „Verdammt!" Jennifer schreit panisch auf. In dem Moment spürt sie seinen festen Griff an ihrem Arm. „Zwing mich nicht, Dir weh zu tun, Kleines! Meine Gutmütigkeit hast Du für heute genug ausgereizt!" „Lass mich los, bitte." Sie fleht ihn an, Tränen rinnen aus ihren Augen. Alexander zerrt sie herum und marschiert den Weg zurück. „Hör auf, Dich wie ein kleines Kind zu benehmen, dann muss ich Dich auch nicht wie ein solches behandeln. Wir fahren jetzt zurück. Du gehst entweder freiwillig mit oder ich bringe Dich dazu!" Jennifer stolpert heulend hinter ihm her. Seine Hand hält ihren linken Oberarm fest umschlossen. „Bitte, warte.... ich kann nicht so schnell.“ Alexander verlangsamt seine Schritte augenblicklich. *Zuvorkommend, obwohl er wütend ist. Dieses Entgegenkommen würde ihr Thomas niemals zeigen.*

Die Autofahrt vergeht schweigend. Jennifer sitzt auf der Beifahrerseite und bemüht sich ihn nicht anzusehen. Seine schwere Atmung zeigt ihr, dass er mit seiner Selbstbeherrschung kämpft. In ihrem Magen breitet sich ein flaues Gefühl aus. Der Range Rover hält direkt vor der Eingangstür. „Apportez les sacs dans votre chambre!“ Alexander steigt ohne Weiteres aus und geht auf die andere Seite des Wagens. Schwungvoll reißt er ihre Tür auf und packt sie am Arm. „Mitkommen, Kleines!“ Jennifer stolpert aus dem Auto heraus. Richtungsweisend schiebt er sie vor sich her in sein Haus, die Treppe hinauf und in ihr Zimmer. Mit einem leichten Stoß schubst er sie hinein, ehe er die Tür hinter sich ins Schloss schmeißt. „Vous êtes irrespectueux! Que dois-je faire de toi? Devrais-je te frapper comme ton ex?“ Alexander öffnet seine Gürtelschnalle und reißt den Gürtel aus den Schlaufen heraus. Jennifers Gesichtsfarbe wird aschfahl. *Sie muss hier raus.* Hastig springt sie am Bett vorbei und rennt in das Badezimmer.

„Hiergeblieben, ich bin noch nicht fertig mit Dir!“ Schwungvoll wirft sie die Tür zu, schließt ab und kauert sich dahinter. Ihr Körper zittert, wie Espenlaub. „Geh weg!" Jennifers Stärke in ihrer Stimme zerbricht inmitten dieser Worte. Alexander steht auf der anderen Seite der Tür, doch er fasst sie nicht an. „Öffne die Tür, Jennifer, oder..." „Oder was? Du schlägst mich doch so oder so!" Alexander hält für einen kurzen Moment inne. „Kleines, öffne die Tür. Ich verspreche, dass ich Dich nicht anfassen werde." Jennifer überlegt, welche Alternativen sie hat. Wenn sie die Tür nicht öffnet, wird ihn das sicherlich noch mehr reizen und er hat eindeutig die besseren Karten. Mit seinen Halbaffen wird er die Tür binnen Sekunden aufgebrochen haben. Einen anderen Ausgang gibt es nicht. Sie steht langsam auf, dreht den Schlüssel zurück und weicht rücklings zurück an die Waschbecken. Alexander öffnet die Tür und kommt herein. Er ist wütend, aber beherrscht. In seiner linken Hand hält er immer noch den zusammengelegten Gürtel. Jennifers Blick ist einzig und allein auf den Gürtel gerichtet. Sie hat bereits beim ersten Zusammentreffen die markante Gürtelschnalle bewundert. Zwei diagonale Zierstreifen verleihen dem glänzenden Schwarz etwas Edles. Doch zugleich fröstelte es auch in ihr. Zu tief sitzt der Schmerz, den sie durch Thomas und seinem

Gürtel erfahren musste. „Braves Kind." Alexander folgt ihrem Blick und sieht an sich herunter. *Das ist also ihr Problem: Sie hat Angst, dass Alexander sie mit dem Gürtel malträtiert.* „Es fällt mir wahrlich schwer, Dein Verhalten zu begreifen." Er schwingt die Gürtelschlaufe hoch und lässt sie in seine rechte Handfläche knallen. Jennifers Augen folgen der Bewegung. Beim Knall zuckt sie unkontrolliert zusammen. Ein Lächeln umspielt seine Lippen, er tritt einen Schritt näher an sie heran. „Du hast versprochen mich nicht anzufassen!" Mit großen Augen sieht sie ihn an. Alexander bleibt abrupt stehen. „Das werde ich auch nicht, Kleines. Noch mal, ich bin nicht er. Auch wenn mir noch nicht alles klar ist, jetzt gerade lese ich Dich, wie ein offenes Buch. Hier." Er hält ihr seinen Gürtel hin. „Nimm ihn." Zögerlich nimmt sie den breiten Ledergürtel an sich. „Braves Kind." Er blickt auf seine Uhr. „Nun gut, da Du Dich heute unbedingt wie ein trotziges Kind aufführen musstest, werde ich meine Pläne für den restlichen Tag ändern müssen." Alexander beginnt sein Hemd aufzuknöpfen. Jennifer stockt der Atem. *Er ist sauer, ganz eindeutig.* „Eigentlich wollte ich Dich heute Abend zu einer schönen Bootsfeier ausführen, doch da ich mir Deines Benehmens nicht sicher sein kann, bleibst Du hier." Er wirft sein Hemd in die

Dusche und öffnet seine Hose. Elegant schlüpft er aus den Schuhen und streift die Hose herunter, die er ebenfalls auf den Fußboden der Dusche befördert. „Du wirst meine Wäsche waschen. Ich will keinen Fleck mehr darin finden." Warnend zeigt er auf seinen Kleiderhaufen. „Und wehe, Du bittest mein Personal darum." Er dreht die Handinnenfläche nach oben und bittet stumm um seinen Gürtel. „Dann gnade Dir Gott. Du weißt, ich finde es heraus!" Mit einem letzten finsteren Blick nimmt er seinen Gürtel und marschiert mit schwarzen Boxershorts bekleidet aus dem Zimmer.

Kapitel 16

»Wer zuletzt lacht, lacht am besten.«

Sonntag, 20:15 Uhr

Die letzten Tage verliefen ohne besondere Ereignisse. Jennifer verbrachte lange Zeit an seinem karierten Hemd, um die Sangria Flecken zu entfernen. Laura brachte ihr alles Notwendige für die Reinigungsprozedur und bot auch ihre Hilfe an, doch einen weiteren Wutausbruch wollte Jennifer vorerst nicht riskieren. Die Kontrolle seiner Kleidung vollzog Alexander am darauffolgenden Nachmittag. *So muss es also den Soldaten ergehen, wenn die Stuben auf den Kopf gestellt werden.* Die Spannung zwischen den beiden war zum Greifen nah. Schlussendlich war sie mit dem Ergebnis ihrer Arbeit zufrieden und Alexander auch.

Jennifer liegt entspannt auf dem Sofa im Erdgeschoss und hat den Fernseher laufen. Gedankenverloren scrollt sie durch ihre Nachrichten und liest im Social Media Account ihrer besten Freundin. Emma hat sie seit dem kurzen Telefonat am Flughafen nicht angerufen, sondern lediglich kurze Nachrichten geschrieben. Enttäuschung macht sich breit. „Hallo, Kleines. Darf ich mich zu Dir setzen?“ Jennifer nickt und rutscht ein Stück zur Seite. „Alexander?“ „Ja, Kleines?“ Jennifer klemmt ihr Handy zwischen sich und der Sofakante ein und sieht ihn felsenfest an. „Ich möchte zurück nach München.“ Alexander atmet hörbar langsam aus. „Das Thema hatten wir schon...“ „Warte! Bitte hör mir nur einen Moment zu.“ Jennifer formt mit beiden Händen ein Stoßgebet gen ihrem Peiniger. Er zieh eine Augenbraue hoch und sieht sie skeptisch an. *Jetzt will die Kleine also mit ihm verhandeln.* „Ich möchte gar nicht mit Dir über diese eigenartige Konstellation hier sprechen. Es geht mir vielmehr um etwas anderes. Du bist den ganzen Tag mit Deinen Geschäften beschäftigt, aber was ist mit mir? Ich langweile mich. Ich brauche meine Aufgabe im Leben zurück, Alexander. Etwas, dass mich mit Leib und Seele erfreut. Ich möchte wieder arbeiten.“ „Du möchtest wieder nach München und dort arbeiten, verstehe ich Dich richtig?“ Seine Mimik bleibt fachmännisch professionell. Jennifer kann sie nicht deuten. „Ja und nein. Also ja, ich muss wieder nach München. Mein Chef hat mir geschrieben, dass es Veränderungspläne in der Firma gibt und, dass wir persönlich über die Neuentwicklungen sprechen sollten. Das heißt aber nicht, dass ich da bleiben muss. Rein theoretisch könntest Du mich ja auch nach München begleiten und dann fahren wir nach den Gesprächen wieder hier her zurück.“ *Ein kluger Schachzug. Erst mal wieder auf sicheres Terrain kommen.* „Sagtest Du nicht, Du wolltest sowieso unsere Agentur für ein kommendes Event beauftragen? Das wäre doch die beste Gelegenheit, um ein Projekt-Kick-Off abzuhalten.“ „Du bittest also um die Teilnahme an einer Geschäftsreise?“ Auf Jennifers Gesicht breitet sich ein Lächeln aus. *Bingo, er hat angebissen!* „Ja, das könnte man so formulieren.“ Alexander steht auf, schaltet den Fernseher aus und läuft langsam im Raum herum. Sein Blick ist fest auf sie gerichtet. „Du unterbreitest mir also das Angebot, das Du im Namen und im Auftrag Deines Arbeitgebers meine Veranstaltung realisierst. Die einzig denkbare Position für Dich wäre in Form der Projektleiterin. Sehe ich das richtig?“ „Ja, genau. Wie mein Chef sicherlich erwähnte, kenne ich unser System so gut wie kein Anderer und wenn ich hier bei Dir bin, habe ich auch zeitgleich die direkte Verbindung zu Dir für alle administrativen Angelegenheiten. Etwas Besseres kann es doch gar nicht für Dich als Kunde geben." Jennifer strahlt über beide Ohren. „Ein kleines Problem gibt es da allerdings, Kleines." „Welches?" Jennifers Kampfgeist ist zum Leben erwacht. „Die Wirtschaftlichkeit von Geschäftsreisen in Bezug auf Mitarbeiter. Du erinnerst Dich an unser Gespräch von neulich?" Sie runzelt die Stirn und überlegt eifrig. „Ja, natürlich. Doch ich verstehe nicht? Du hättest die Reise vor meiner Entführung doch so oder so angetreten. Und wenn ich Dich jetzt begleite, dann ist das lediglich eine Person mehr. Die Kosten dürften durch Dein Sicherheitsbedürfnis mir gegenüber jawohl abgedeckt sein." „Es geht mir auch weniger um die Kosten Deiner Teilnahme an der Reise, Kleines. Es ist doch viel lukrativer für mich, die Reise eines Mitarbeiters zu finanzieren, als die Reise von sieben." Jennifer kann seinen Gedankengängen nicht folgen. „Also willst Du alleine nach München oder sendest Du Deinen Berater?" „Streng ein wenig mehr Dein Köpfchen an, Kleines." *Hat sich Alexander bereits für ein anderes Unternehmen entschieden?* „Bitte sag mir, wie Du das genau meinst." „Als neuer Inhaber Deines Arbeitgebers bestimme ich, wann und wo Besprechungen abgehalten werden. Und ob Du je wieder im Projektteam arbeiten wirst, entscheide ebenfalls ich. Also, stell

Dich gut mit mir, Kleines." Jennifer bekommt kein Wort über die Lippen, der Schock sitzt tief. Sie packt ihr Handy und rennt auf ihr Zimmer. Soll er ihr doch folgen, der kranke Mistkerl!

Oben angekommen, tippt sie eine Nachricht an ihren Chef: *„Hast Du die Firma verkauft? Stimmt es, dass Alexander Herzog der neue Inhaber ist?!"* Einen Augenblick später klingelt ihr Telefon: „Hallo Jennifer, ja die Übernahme war vor ein paar Wochen. Ich wollte es Dir nach Deinem Urlaub erklären, aber Alexander meinte, er würde mit Dir persönlich sprechen wollen. Und als die Anweisung kam, Deine Kündigung zu vernichten, ging ich davon aus, dass Ihr Euch geeinigt habt. Ich wusste nicht, dass Ihr Euch persönlich kennt." Jennifers Synapsen können die Informationen gar nicht so schnell verarbeiten. „Ich habe diesen Mann vor der Vernissage noch nie in meinem Leben gesehen! Er hat mich einfach mitgenommen und in die Schweiz verfrachtet, wie ein Stück Vieh!" Jennifer brüllt in ihr Telefon. Zorn und Frust machen sich breit. „Jennifer, Dein Privatleben ist Deine Angelegenheit. Ich kann Dir dabei nicht helfen. Für die Firma war es so das Beste. Wir haben jetzt ganz neue Möglichkeiten, um in die weitere Softwareentwicklung zu investieren. Auch sein Netzwerk bringt uns zahlreiche neue

Großkunden. Und ehrlich gesagt hast auch Du einen Glücksgriff in meinen Augen gemacht. Immerhin fungierst Du jetzt als seine rechte Hand. Das wolltest Du doch immer." „Das stimmt nicht! Ich wollte immer Deine bestmögliche Entlastung. Was habe ich nicht alles von Dir weggehalten?! Egal ob im Büro oder während des Feierabends, Du konntest Dich immer auf mich verlassen!" „Dann sieh das Positive in der neuen Situation, Jennifer. Jetzt kannst Du ihm die bestmögliche Entlastung zukommen lassen und wir arbeiten Dir weiterhin zu. So grundlegend ändert sich für Dich nun wirklich nichts." Jennifer seufzt leise ins Telefon. „Hör mal, ich muss jetzt Schluss machen. Wir sprechen uns, machs gut!" *Aufgelegt.* Jennifer starrt hypnotisiert auf ihr Telefon. Dieser Mann drängt sich immer mehr in ihr Leben.

Kapitel 17

»Gigantische Wellen des Umbruchs brechen über sie herein.«

Dienstag, 12:25 Uhr

Jennifer betrachtet ihre Situation immer mehr als aussichtslos. Alexander Herzog zieht sie zunehmend stärker in seinen Bann. Ein mächtiger Unternehmer, jung, attraktiv und darüber hinaus auch noch faszinierend in seinem Charakter. Faszinierend? Ja, genau. Jennifer kann sich nicht vollständig einer ablehnenden Haltung hingeben. Dieser Mann entspricht viel zu sehr ihrem maskulinen Traumbild.

Alexander gibt Jennifer seit dem Gespräch am Sonntagabend etwas Luft zu atmen. Er weiß, dass die Veränderung in ihrer Firma ihr zusätzlich den Boden unter den Füßen weggerissen hat. Sein Berater deckte kurz nach Jennifers Ankunft in der Schweiz einige interessante Details über den Geschäftsführer auf. Für einen Unternehmer, wie Alexander, ein gefundenes Fressen. Konrad

Schultz leitete alle Gespräche und sorgte mit dem notwendigen Druck für einen gelungenen Einkauf der Firma. Alexander übernahm sofort die Leitung aller geschäftlichen Aktivitäten, jedoch entmündigte er den alten Geschäftsführer nicht vollkommen. Er agierte vielmehr aus dem Hintergrund heraus. Gleich in den ersten Tagen seiner Amtszeit ließ er sich alle Unterlagen über Jennifer Gruber geben. Er erteilte die Anweisung, ihre Kündigung zu vernichten und änderte ihren Beschäftigungsmodus in Form seiner Assistentin ab. Ursprünglich folgte er dem Plan, ihr sensibler von der Umstrukturierung zu berichten. Doch die Direktheit im Gespräch entsprach mehr seinem natürlichen Wesen.

Jennifer läuft aufgewühlt in ihrem Zimmer umher. „Entführt und gefangen in dem Haus meines Chefs, na herzlichen Glückwunsch!“ Seit dem Gespräch am Sonntagabend hat sie Alexander nicht mehr gesehen. Sie überlegt fieberhaft, wie sie die neue Situation zu ihrem Vorteil nutzen soll. Jennifer spricht mit sich selbst: „Kann das mein Leben sein? Arbeitend als persönliche Assistentin an einem Luxusort mitten in der Schweiz? Abgekapselt von all dem Bekannten? Ein Leben ohne meine Freunde und ohne meine Familie?“ Angst macht sich in ihr breit. “Ganz zu schweigen von seinen gewalttätigen Ausbrüchen! Ein Chef, der rücksichtslos seine Mitarbeiterin verprügelt, ich kann es einfach nicht fassen!" Jennifer haut mit der Faust auf eine Kommode.

Alexander steht in seinem Esszimmer und hält eine Ansprache vor einer sechsköpfigen Gruppe von einflussreichen Männern. Normalerweise hält er Besprechungen dieser Art in seinem Nebengebäude ab, das ausschließlich zur beruflichen Nutzung erbaut wurde. Ein imposantes Haus, ebenso modern und stilvoll, wie sein Haupthaus, nur wenige Meter entfernt. Der einzige, offensichtliche Unterschied ist, dass im Nebengebäude deutlich weniger Glas verbaut wurde. Denn auch dunkle Geschäfte gehören zu seiner Arbeit dazu. Glas ist da wahrlich das falsche Baumittel.

Alexanders Blick fällt durch die Fensterscheibe raus auf die Terrasse. Jennifer tritt anmutig in die Sonne hinaus. Ihr Körper ist bekleidet mit einem hauchdünnen, schwarzen Bikini und einem gehäkelten Longshirt in kanariengelb. Auf Anhieb regt sich die Blutzirkulation in seinem männlichen Geschlecht. Eigentlich sollte er die Vorhänge zuziehen, doch so lange seine Geschäftspartner seinen Worten folgen, sieht er dafür keinen akuten Handlungsbedarf. Irgendwie ist er auch neugierig auf sie und sieht sie gerne an.

Jennifers Innerstes kämpft einen gigantischen Kampf. Ihre Sinne schreien nach Alkohol, Spaß und ein paar Stunden Freiheit. Sie setzt sich ihre Sonnenbrille auf und sieht sich auf der Terrasse um. Ihre Bewegung stockt kurz, als sie Alexander im Esszimmer stehen sieht. Er scheint ein wichtiges Gespräch mit ein paar fremden Männern zu führen. *Er wirkt so geschäftsmäßig auf sie.* Jennifers Magen krampft sich zusammen. Unbeeindruckt von irgendwelchen Zuschauern marschiert sie zur angrenzenden Bar und nimmt sich einen süßlichen Riesling heraus. Flugs leert sie auch schon das erste Glas. Bei dem Zweiten lässt sie es langsamer angehen. An einem erneuten Zusammenbruch ist sie nicht interessiert.

Jennifer tritt an eine Stereoanlage heran und durchstöbert Alexanders Musiksammlung. Mit geübten Handgriffen startet sie einen bekannten Elektriksound namens Tsunami und dreht die Lautstärke voll auf. Sie stellt das Lied auf Endlosschleife ein. *Wenn man vier Jahre seines Lebens mit einem Hobby-DJ verbracht hat, dann ist die Bedienung von Soundanlagen keine Herausforderung mehr.* Mit Weinflasche und Weinglas tänzelt Jennifer zu den Sonnenliegen zurück. Im Augenwinkel sieht sie, wie Alexander ihr immer mal wieder zusieht. Scheinbar unbeeindruckt konzentriert sich ihr

Chef weiter auf seine Besprechung. Sie zieht sich ihr Longshirt über den Kopf und nimmt einen kräftigen Schluck vom Wein. Wie elektrisiert tänzelt sie auf der Terrasse umher. Ihr Körper bewegt sich rhythmisch im Takt der Musik. Heiß. Erotisch. Provokant.

Alexander kämpft mit seiner Selbstbeherrschung. Durch die große Fensterfront hat er uneingeschränkte Sicht auf die Ereignisse auf der Terrasse. Konrad Schultz sitzt ihm zur Rechten und blickt zwischen ihm und Jennifer hin und her. Selbst die geladenen Gäste nehmen jetzt von der anheizenden Tanzeinlage Notiz. „Sir, möchten Sie, dass ich eingreife?“ „Nein, Konrad. Ich werde mich selbst darum kümmern. Geleiten Sie die Herren doch bitte zu den Autos. Ich denke, wir verlegen unser Gespräch nach Versoix. Fahren Sie ruhig schon mal vor, ich komme dann nach.“ Die Herren schieben ihre Unterlagen zusammen und erheben sich. Wenige Minuten später steht Alexander alleine in seinem Esszimmer und sieht durch die Fensterscheibe. Der dumpfe Elektrosound dringt an seine Ohren. Er ballt seine Hände zu Fäusten.

Jennifers Körper schwingt elegant und anmutig zum Bass, als urplötzlich die Musik ausgeschaltet wird. Sie fährt vor Schreck zusammen.

Alexander steht wenige Meter von ihr entfernt, seine markante Sonnenbrille verdeckt seine Augen, seine Hände liegen in den Hosentaschen. „Verhält sich so eine gute Assistentin, wenn ihr Chef das Geschäft des Jahres verhandelt?" Seine Stimme ist bedrohlich dunkel. Jennifer greift nach ihrem Weinglas und trinkt einen Schluck. „Du bist doch selbst schuld. Hättest Du mich nicht entführt und mir mein gesamtes Leben weggenommen, müsste ich mich jetzt hier nicht langweilen!" Mit wenigen Schritten steht er direkt vor ihr. „Wenn Du meinst, Dich hier zur Schau stellen zu müssen, dann hättest Du bei Deinem Exfreund bleiben sollen!" Alexanders Muskeln zucken gefährlich unter seinem Hemd, seine Stimme gleicht einem gefährlichen Knurren. Die Worte haben Jennifer tief getroffen. Ihr Kampf mit sich selbst eskaliert. Sie holt sekundenschnell aus und zentriert ihm eine kräftige Ohrfeige auf seine linke Wange. „Was fällt Dir ein, so mit mir zu reden! Ich hasse Dich!" Alexanders Sonnenbrille ist durch den Schlag zu Boden geschleudert worden. Er hebt sie gefährlich langsam auf. Ein Kratzer ziert zentimeterlang das verspiegelte Glas. „Herzlichen Glückwunsch, Kleines. Du hast gerade ein Sondermodell meines Lieblingsdesigners zerstört." Langsam schiebt er den Bügel durch die

Knopfreihe seines Hemdes. In Jennifer zündet eine Bombe. Sie kann es nicht fassen weniger Wert zu sein, als eine gottverdammte Sonnenbrille. Sie holt erneut zum Schlag aus, doch dieses Mal blockt er gekonnt ihren Angriff ab. Seine Hand umfasst fest ihr Handgelenk. „Noch einmal wirst Du mich nicht schlagen." Sein Blick ist fest auf ihre Augen gerichtet. Jennifer versucht ihren Arm wegzureißen, kratzt und schlägt nach ihm. Das Weinglas fällt klirrend zu Boden. „Lass mich sofort los!" „Nein, Kleines. Wir werden das jetzt klären, ein für alle Mal!" Gekonnt wirft er sie über seine Schulter und marschiert ins Haus. Jennifer führt sich wie eine Furie auf, aber er beachtet sie nicht.

Im obersten Stockwerk angekommen dreht Alexander mit seiner immer noch kämpfenden Begleitung nicht zu ihrem Zimmer ab, sondern öffnet eine gegenüberliegende Tür. Es ist sein Schlafzimmer. Die Inneneinrichtung ist passend zu den anderen Räumen im Haus gestaltet und dennoch wirkt es deutlich imposanter. Der Blick auf seinen privaten Wasserfall, der Ausblick auf den See, ein in der Wand eingelassener Kamin, sowie das gekonnte Zusammenspiel von Mobiliar und Technik könnten jeden Fremden neidisch werden lassen. Auch Jennifer ist einen kurzen

Moment sprachlos, ehe sie erneut gegen sein Verhalten rebelliert. „Lass mich sofort runter!“ Augenblicklich wirft Alexander sie mühelos auf sein Bett. Mit einer Hand fixiert er ihre Handgelenke, während er mit der Anderen ein paar gewöhnliche Handschellen aus der Nachttischschublade zieht. Kurz drauf liegt Jennifer gefesselt unter ihm. Er steigt vom Bett und tritt einen Schritt zurück. Jennifer versucht sofort vom Bett aufzustehen. „Liegenbleiben, sonst werde ich ungemütlich!“ Alexander erhebt mahnend den Finger.

Er dreht sich zu einer kleinen Sitzgruppe um und schenkt sich einen Whiskey ein. Eiswürfel aus Stein klirren im Glas. Gefahrvoll wendet er sich ihr zu und stellt einen Fuß auf die Matratze, direkt neben ihre Beine. Bedächtig zieht er seine Sonnenbrille heraus. „Kleines, Du hast ein Talent dafür Dinge zu zerstören. Meine Dinge.“ Langsam dreht er den Bügel seiner Brille zwischen den Fingern. „Das werde ich Dir nicht länger ungestraft durchgehen lassen. Wie ich schon einmal sagte, Du wirst lernen die Konsequenzen Deines Handelns zu übernehmen. Deine Rebellion mir gegenüber muss ein Ende finden. Die Frage ist nur, wie wir das in Dein hübsches Köpfchen reinbekommen?“ Jennifer funkelt ihn wütend an.

Alexander wirft seine defekte Sonnenbrille auf den Nachttisch und baut sich breitbeinig vor dem Bett auf. Mit fließenden Bewegungen und ohne den Blick von ihr abzuwenden öffnet er seinen Gürtel und zieht ihn aus der Hose. Augenblicklich schreit Jennifer auf und versucht vom Bett zu kommen. „Wohooo, Kleines!“ Sofort ist er da und drückt sie mit seinem Körpergewicht in die Liegeposition zurück. Er schlingt den Gürtel durch die Handschellen und fixiert ihre Arme am Kopfende seines Bettes. Jennifer brüllt, so laut sie kann, um Hilfe. Unbeeindruckt von ihrem Gezeter legt Alexander seine Beretta zur Seite, zieht sein Hemd aus und greift nach seinem Whiskeyglas. Jede einzelne Muskelregung ist jetzt auf seinem Körper erkennbar. „Wollen wir mal sehen, dass wir Dein erhitztes Gemüt ein wenig abgekühlt bekommen. Was meinst Du dazu, Kleines?“ Sarkasmus und Beherrschtheit schwingen in seiner Drohung mit. Er nimmt einen quadratischen Stein in den Mund und stellt sein Glas beiseite. Jennifer windet sich schreiend auf dem Bett. Ihr figurbetonter Bikini macht ihn heiß. Mit zwei Fingern nimmt Alexander den eiskalten Stein aus dem Mund und legt ihn ihr sanft auf den Bauchnabel.

Jennifer stockt der Atem, ihr Schreien erstickt. Behäbig fahren seine Finger hinab zu ihrem Höschen. Sie schließt die Augen und krümmt sich unter der aufwühlenden Berührung. Er kann die Hitze durch den dünnen Stoff spüren, die sich in ihrem Schoß ausbreitet. „Bitte!“ Ein Flehen liegt in ihrer Stimme. Sein Mund ist ganz nah an ihrem Ohr. „Lebe mit den Konsequenzen, Kleines.“ Alexander streift mit seiner Nase an ihrer Wange entlang und beißt ihr zärtlich in den Hals. Zeitgleich beginnt er mit kreisenden Bewegungen an ihrer Scham. Jennifer drückt die Beine automatisch zusammen. „Nicht... Ich habe noch nie...“, Jennifer versagt die Stimme. „Shhhht!“ Alexander verlagert sein Gewicht und schiebt seine freie Hand unter ihr Bikinioberteil und knetet vorsichtig ihre rechte Brust. Jennifer stöhnt beunruhigt auf. Fast umgehend bringt er ihre Laute durch einen intensiven Kuss zum Schweigen. Seine Zunge stimuliert jede erogene Zone in ihrem Mund. Jennifer öffnet ihre Augen und sieht ihm direkt in die Augen. Ein strahlender Glanz liegt auf seiner braunen Iris. *Die dunkle Vergangenheit erscheint ihr so unglaublich fern.* Alexander schiebt sanft seine Hand unter ihr Bikinihöschen und drückt seine Finger fordernd an ihre Klitoris. Er fühlt die Feuchte zwischen ihren Beinen. „Öffne Dich mir.“ Leise dringt seine Stimme an ihr Ohr. Ihr Blick hat sich in seinen Augen verloren.

Gekonnt kneift er ihr in die Brustwarze. Mit einem minimalen Schmerzenslaut schleudert es sie zurück in die reale Welt. Seine Berührungen bringen sie zum Zerbersten, schließlich entspannt sie ihre Beine. *Die perfekte Einladung für Alexander.* Gierig dringen zwei seiner Finger tief in ihre Mitte ein. Jennifer wirft den Kopf nach hinten und drückt den Rücken durch. Der Eiswürfel rutscht zur Seite herab. Alexander zieht seine Finger langsam wieder aus ihr heraus, erhebt sich vom Bett und greift nach ihren Fußgelenken. Mit einer ruckartigen Bewegung zieht er sie über die Bettkante hinaus und dreht sie auf den Bauch. Ein Stöhnen entweicht ihrer Kehle. Ihre Füße stehen fest auf dem Boden, ihre fixierten Arme spannen über ihrem Kopf. Mit geübtem Handgriff zieht er ihr das Höschen vom Po herab und fährt mit seiner Hand durch ihre Ritze. Seine Finger massieren zärtlich ihre feuchte Spalte, sein Penis drückt fordernd gegen seine Hose. Sachte drückt er ihre Beine mit seinen Knien auseinander und öffnet seinen Reißverschluss. Ein leises Raunen entweicht ihr, gedämpft durch seine Bettdecke. „Entspann Dich, Kleines." Fürsorglich legt er ihr seine linke Hand auf den Hintern und bewegt sich mit dem Mund hinab an ihre feuchte Spalte. Seine Zunge dringt tief in sie ein.

Ein Schauer durchfährt ihren Körper, während er intensiv ihren Schambereich zu lecken beginnt. Gänsehaut breitet sich auf Jennifer aus. Kurz bevor sie die Kontrolle zu verlieren scheint, schiebt Alexander seine Hand ihren Rücken hinauf. Kurz darauf spürt sie seine Eichel zwischen ihren Schamlippen. Sie reckt ihm flehend ihre Hüften entgegen. Mit einem eindringlichen Stoß dringt er in ihr Innerstes hinein. Ihr Blick fällt auf seine kaputte Sonnenbrille auf dem Nachttisch. *Ein markantes Symbol in ihrer Rebellion. Doch die Zeit zum Kämpfen ist für Jennifer vorüber.*

Alexander gleitet zunächst langsam in ihr ein und aus. Er will ihr Zeit geben, um sich seiner Bewegung anzupassen. Ihre Enge umschließt perfekt sein männliches Geschlecht. Langsam, aber stetig erhöht er den Druck auf sie. Seine linke Hand ruht auf ihrem Rücken. Ihre Haare kitzeln seinen Handrücken. Inmitten eines tiefen Stoßes greift er fest in ihren Haarschopf und zieht ihren Kopf ein kleines Stück nach hinten. Jennifer entweicht ein überraschtes Stöhnen. Seine rechte Hand verpasst ihr augenblicklich einen festen Schlag auf ihre Pobacke. Der Zeitpunkt, um das Tempo zu erhöhen, ist gekommen. Mit festem Stand zwischen ihren Beinen bewegt sich Alexander geübt hin und her. Jennifers Körper wippt im Rhythmus mit, ihr lustvolles Stöhnen wird immer lauter. *Seit ihrer Provokation auf der Vernissage sehnte er sich diesen Augenblick herbei. So lange hat er auf diesen besonderen Moment gewartet.*

Alexander hat das Gefühl, sein Glied wächst mit jeder Bewegung in ihr. Das Blut pulsiert in seinen Adern. Fast zeitgleich krampft sich Jennifers Innerstes um seinen Penis und entreißt ihm auch den letzten Samentropfen.

Nach einem letzten Stoß löst er seine Hand von ihren Haaren und entzieht sich ihren Hüften. Er zieht seine Hose hoch und schlüpft in sein Hemd hinein, ehe er an das Kopfende seines Bettes tritt und ihre Fesseln löst. Während sie ihren Körper unter seine Bettdecke schiebt, fädelt er geschickt seinen Gürtel in die Hose und richtet seine Kleidung. „Konrad?" Alexander klemmt sein Handy zwischen Schulter und Ohr, während er sich einen neuen Whiskey einschenkt und seine Beretta zurück in den Hosenbund schiebt. Jennifer beobachtet ihn mit aufgewühlten Gefühlen. „Ja, es hat leider etwas länger gedauert. Wo seid Ihr? Alles klar, ich bin gleich da." Er nimmt einen Schluck und sieht sie bestimmt, aber liebevoll an. „Was Deine Strafe für Deine erneute Provokation mir gegenüber angeht, sind wir quitt. Über den Schaden an meiner Brille und Deine Missachtung betreffend Deines Alkoholkonsumes, darüber werden wir uns noch unterhalten müssen. Doch jetzt muss ich meinen Geschäftsabschluss über die Bühne bringen." Alexander greift nach ihrem Kinn und drückt ihr einen Kuss auf die Stirn. „Ich freue mich auf heute Abend, Kleines."

Alexander steigt in sein weißes Mercedes Cabriolet ein und rast die Auffahrt hinunter. Er startet seine Musikbibliothek und sucht nach dem passenden Song. *Tsunami.*

Kapitel 18

»Wir sind nicht schwarz oder weiß. Grau steht uns gut.«

Dienstag, 21:40 Uhr

Alexander steht inmitten seiner Geschäftspartner und genehmigt sich einen letzten Absacker. Die Verhandlungen haben länger gedauert, als ursprünglich angenommen. Doch das Geschäft wurde zu seiner Zufriedenheit abgeschlossen. *Genauso, wie der Zwischenfall am frühen Nachmittag.*

„Oui? Steffen, mon frère! Que-puis-je faire pour vous?“ Alexander geht telefonierend ein paar Schritte zur Seite. „Ich komme, bleib bei ihr!“ Beunruhigt beendet er das Telefonat und holt seine Autoschlüssel hervor. „Meine Herren, ich danke Ihnen für Ihre Zeit am heutigen Tag. Die Geschäfte verlangen meine Anwesenheit in der Villa, ich muss mich daher bei Ihnen entschuldigen. Genießen Sie den Abend! Konrad, monté dans la voiture!“ Ohne zu zögern, folgt Konrad Schultz der Anweisung seines Arbeitgebers und steigt in den Mercedes. In weniger als dreißig Minuten rast der Wagen vor die Eingangstür.

„Steffen, was ist passiert?!" Alexander stürzt aufgebracht in die Eingangshalle. „Beruhige Dich, Alex! Es ist alles in Ordnung." Steffen stoppt seinen Bruder und packt ihn am Arm. „Sie schläft. Ich habe ihr etwas zur Beruhigung gegeben. Wir müssen uns unterhalten, komm." Alexander setzt sich an den Bartresen auf der Terrasse und sieht seinen Bruder erwartungsvoll an. Konrad schenkt allen einen Drink ein. „Laura hat angerufen. Jennifer lag zitternd und krampfend auf ihrem Bett. Sie reagierte auf keinerlei Ansprache." *Alexander muss sich daran erinnern, Laura für die Nichteinhaltung der Meldekette zur Rechenschaft zu ziehen.* „Wieso? Ich verstehe nicht? Als ich gegangen bin, war doch noch alles in Ordnung!" Alexander steckt sich eine Zigarette an. „Ich kam direkt von der Klinik hierher. Alex, sie sah wirklich nicht gut aus. Ich vermute, sie ist in einen Schockzustand gefallen. Irgendetwas muss sie extrem aufgewühlt haben. Hast Du eine Idee, was das gewesen sein könnte?" Alexander sieht seinem Bruder fest in die Augen und bläst den Rauch nach oben weg. Steffen versteht ihn auch ohne Worte. „Hör mal, Brüderchen. Wir sind hier unter uns. Tu was immer Du für richtig hältst, aber ich kann Dir nur dann wirklich helfen, wenn Du mit mir offen sprichst."

„Konrad, würden Sie bitte zusammenfassen, aus welcher Situation wir Jennifer hierher geholt haben?" Sein Berater setzt das Glas ab und atmet tief durch. „Fräulein Gruber befand sich in einer sehr desolaten Situation. Ihr Leben war bestimmt von unbefriedigender Arbeit und einem äußerst herrischen Lebensgefährten. Unsere Recherchen ergaben, dass keine der beiden Umstände zum persönlichen Vorteil von Fräulein Gruber führen würde. Dabei mangelte es ihr nicht an Intelligenz. Es war eher so, dass beide mächtigen Partner, ihr Chef und ihr Lebensgefährte, einen äußerst dominanten Einfluss auf sie hatten. Erschwerend hinzu kam die gefährliche Gewaltbereitschaft ihres Lebensgefährten. Thomas Voss kontrollierte jede Minute in ihrem Leben. Brach sie aus seinem vorgegebenen Muster aus, brach er sie mit brutaler Härte. Im wahrsten Sinne des Wortes, wenn ich das mal so sagen darf. Ich persönlich wohnte einem persönlichen Konflikt zwischen den beiden bei und erschrak, wie wenig Gegenwehr von ihr ausging. Das war definitiv nicht die Frau Gruber, die wir hier heute beherbergen."

Steffen knackt mit den Knöcheln in seiner Hand und blickt von Herrn Schultz zu seinem

Bruder. „Und Du erkennst nicht, warum dieses Mädchen hier zusammenbricht?“ „Mon petit frére, je te préviens.“ „Droh mir nicht, Bruderherz. Schlag mir gleich eine rein, wenn es Dir danach besser geht.“ Alexander drückt langsam die Zigarette aus. „Sie ist stärker, als Du glaubst, Steffen. Erinnere Dich an unser Gespräch vor ein paar Tagen, genau an dieser Stelle hier. Ihren Arbeitgeber habe ich aufgekauft. Wenn sie soweit ist, kann sie die Karriere machen, für die sie bestimmt ist. Das Problem ist ihr Exfreund. Das Schwein war all die Jahre schlau genug, um genau die Sachen zu verheimlichen, die sie heute belasten. Ich jongliere auf einem Minenfeld, um ihr zu neuer Stärke zu verhelfen, mein Lieber. Nur leider komme ich dabei nicht umhin, ihr vor unangenehmen Situationen die Augen öffnen zu müssen. Verdrängung wird ihr nicht weiterhelfen. Das solltest Du als Arzt wissen.“

Steffen kennt seinen großen Bruder sehr gut. Er würde niemals ungerechtfertigt Gewalt anwenden, es verbirgt sich immer ein ehrwürdiger Vorsatz dahinter. Das haben die beiden von ihrem Vater gelernt.

„Alex, ich mach mir Sorgen um sie. Sie wird den Boden gänzlich unter den Füßen verlieren, wenn sie nicht bald einen Halt findet. Ich denke,

Du solltest ihr einen Therapeuten besorgen. Sie muss ihre psychosomatischen Beschwerden in den Griff bekommen." „Ich werde ihr den Halt geben, den sie benötigt." „Ach guck einer an, Du hast ernsthafte Gefühle für sie!" „Was dagegen?" Ein Grinsen macht sich auf Steffens Gesicht breit. „Absolut nicht, nein. Aber jetzt wird mir so einiges klar. Habt ihr heute das erste Mal miteinander geschlafen?" Alexanders Muskeln zucken gefährlich. „Ich wüsste nicht, was Dich das angeht." Konrad Schultz folgt dem Gespräch der beiden Männer schweigend. „Eine Menge, mein Lieber. Du hast mich als ihr Arzt zu Rate gezogen und ich muss genauso verstehen, wie Du, was sie bewegt. Wenn Ihr beide heute, wie auch immer, das erste Mal miteinander Sex hattet - dann wäre das eine plausible Erklärung für ihren Zusammenbruch. Du bist nicht länger der brutale Entführer, der sie ihres Lebens beraubt hat. Du mutierst zu ihrem Beschützer. Also dem Mann, dem Sie vertrauen und den sie vielleicht irgendwann einmal lieben kann. Vielleicht sieht sie aber auch den zweiten Thomas Voss in Dir." Alexander sieht seinen Bruder fragend an. „In ihr tobt ein seelischer Kampf, Alex. Gewalt und Dominierung hat sie bislang nur im negativen Kontext erfahren. Dazu passte Deine Entführerrolle perfekt. Doch jetzt entwickelt auch sie positive Gefühle für Dich und das passt nicht in ihr bekanntes Schema. Die einzige bekannte Parallele, ist ihr Exfreund. Etwas, mit dem sie versuchte abzuschließen. Ihr Körper kapituliert unter der Überforderung und riegelt ab, um gravierende Schäden zu vermeiden." Konrad reicht seinem Chef einen weiteren Drink.

„Und was empfiehlt ihr Arzt für die nächste Zukunft?" Steffen bittet Konrad ebenfalls um einen Drink und gibt seinem Bruder lächelnd seine Antwort: „Ich kenne Dich lang genug, um zu wissen, dass Du weder nur das eine noch das andere sein kannst. Von daher rate ich Dir, zieh klare Grenzen zwischen gewaltsamen und liebevollen Akten. Sie braucht Halt und klare Strukturen, damit ihre Seele heilen kann. Damit solltest Du Dich eigentlich gut auskennen." Steffen zwinkert seinem Bruder zu und trinkt einen Schluck.

Gut eine Stunde später betritt Alexander langsam ihr Zimmer und setzt sich auf ihre Bettkante. Jennifer schläft friedlich neben ihm. Eine kleine Regung verrät ihm, dass sie wach wird. Zärtlich fährt er ihr mit seinem Finger über die Wange. „Meine Kleine, was machst Du nur für Sachen?" Seine Worte sind nicht lauter, als ein Flüstern. Jennifer dreht den Kopf und öffnet ihre Augen.

Ein Schleier liegt auf ihrem Blick, das Beruhigungsmittel wirkt noch immer. „Alexander, bitte nicht schlagen... bitte nicht." Jennifer zieht ihre Hände zum Gesicht hoch und verkrampft augenblicklich. „Shhht! Ist schon gut, meine Kleine. Ich tu Dir nichts." Besorgt sieht er sie an, doch Jennifer fallen bereits die Augen wieder zu.

Kapitel 19

»Lässt sich die Gefangenschaft verhandeln?«

Mittwoch, 08:00 Uhr

Laura klopft lautstark an Jennifers Tür und tritt mit einem Frühstückstablett hinein. „Guten Morgen, Mademoiselle. Ich bringe Ihnen Ihr Frühstück und eine Nachricht von Monsieur Herzog. Er wünscht, Sie um Punkt neun Uhr in seinem Esszimmer zu sprechen. Sie sollten keinesfalls zu spät kommen, Mademoiselle. Der Herr erfreut sich heute keiner guten Laune." Lauras Wangen sind unnatürlich stark gerötet. Noch ehe Jennifer ihr eine Antwort zukommen lassen kann, ist Laura auch schon wieder aus dem Zimmer verschwunden.

Jennifer findet auf dem Tablett einen kulinarischen Gruß aus ihrer Zweitheimat und ein paar Kopfschmerztabletten. „Gott sei Dank, was hat der Kerl mir gestern nur wieder gespritzt?!" Sie hat Probleme, sich an die gestrigen Ereignisse zu erinnern, dennoch ist ihr eine äußerst intime Situation mit Alexander hundertprozentig bewusst.

Um zwei Minuten vor neun schreitet Jennifer die Treppe im Hausflur hinunter und biegt zum Esszimmer ab. Ihr Herz klopft aufgeregt. Zögerlich schiebt sie die Tür zum Zimmer auf. Den Anblick hat sie nicht erwartet. Das Zimmer erstrahlt noch immer im geschäftsmäßigen Flair vom vorherigen Tag. Alexander lehnt mit seinem Gesäß am vordersten Kopfende des langen Tisches und hat die Arme vor der Brust verschränkt. Mit strengem Blick sieht er sie an. Hinter ihm liegen diverse Papiere auf dem Tisch, Vorhänge dunkeln den Raum leicht ab. Jennifer steht der Mund offen und sie bewegt sich nicht.

„Du bist pünktlich, sehr schön. Nun, komm rein und schließe die Tür.“ Alexander sieht sie abwartend an. Wie parallelisiert schiebt sie die Tür hinter sich zu und tritt einen Schritt näher an ihn heran. *In seinem blauen, makellosen Anzug sieht er nicht nur professionell, sondern auch traumhaft gut aus.* Jennifer senkt instinktiv den Blick. „Wie Du mir selbst mitteiltest, langweilst Du Dich hier. Als Dein neuer Arbeitgeber kann ich das aus wirtschaftlicher Sichtweise natürlich nicht zulassen. Immerhin bezahlt Dir das Unternehmen weiterhin Dein Gehalt“, während er spricht wendet er sich ab, läuft durch den Raum und schiebt seine Hände in die Hosentaschen. Am anderen Ende des Tisches bleibt Alexander stehen und sieht sie an. Jennifer blickt ihm direkt in die Augen. „Möchtest Du Dich davon überzeugen? Hier sind Deine Abrechnungen." Er schiebt eine Auswahl an Papiere zu ihr herüber. „Alexander, was passiert hier grade?" Jennifers Stimme ist zittrig, aber ihre Augen sind weiterhin fest auf ihn gerichtet. „Ich werde klare Verhältnisse zwischen uns schaffen, Kleines." Seine Stimme ist geschäftsmäßig fest. „Du bekleidest ein Angestelltenverhältnis in einem meiner Betriebe. In der Funktion als meine persönliche Assistentin hast Du Aufgaben, genießt mein Vertrauen und ich bezahle Dich dafür. Die Anpassung Deiner Stellenbeschreibung hat Konrad bereits auf meine Anweisung hin erstellt. Lies sie Dir gut durch. Wenn Du sie freigibst, wird Konrad Deinen ehemaligen Chef über alles weitere informieren." Zwei seiner Finger schieben eine schwarze Dokumentenmappe nach vorne. *Genau die zwei Finger, die gestern noch tief in ihr verschwunden waren.*

„Des Weiteren möchte ich Dich an meine drei Regeln erinnern. Sie gelten für Dich sowohl im Privaten als auch im Beruflichen. Solange Du keinen vollständigen Einblick in meine Geschäfte hast, halten sie Dich am Leben. Das hört sich vielleicht im ersten Moment etwas dramatisch an, doch mein Leben war schon immer extrem." Alexander tritt an Jennifer heran und setzt sich entspannt auf die Tischkante. Ein Bein schwingt locker in der Luft. „Kleines, ich weiß nicht genau, wie ich es sagen soll. Ich habe Dich gerne hier. Das zwischen uns gestern empfand ich als etwas Besonderes. Ich würde mir wünschen, wenn sich daraus mehr entwickelt." *Macht er ihr gerade eine Liebeserklärung?* Jennifer blickt ihn versteinert an. „Aber mein Leben besteht aus Regeln, Kleines. Und damit wirst Du Dich wohl oder übel arrangieren müssen. Ausnahmen gibt es nicht. Und genau das bringt mich zu meinem letzten Punkt für heute: Dein gestriges Fehlverhalten." Alexander steht auf und tritt an das Fenster heran. Sein Blick ist auf den Punkt gerichtet, an dem sie gestern noch so erotisch tanzte. „Entgegen meines Verbotes hast Du Dich an meinem Alkoholvorrat bedient." Jennifer findet ihre Stimme wieder. „Das ist doch ein Witz jetzt, oder? Ich habe mir lediglich eine Flasche Wein genommen, da ist doch nichts passiert?!" Alexander atmet hörbar aus. „Es geht nicht darum, ob etwas passiert ist. Du hast Dich nicht an meine Anweisung gehalten. Das ist der Punkt. Hättest Du mich vorher danach gefragt, wäre es absolut kein Thema gewesen." Jennifer starrt ihn entsetzt an. „Ich bin es außerdem leid Warnungen über das Zerstören meiner Habseligkeiten auszusprechen." Alexander dreht sich um und sieht sie an. „Und was erwartest Du jetzt von mir? Soll ich auf den Knien rumrutschen und mich entschuldigen?" Ein Lächeln umspielt seine Mundwinkel. *Die Vorstellung, dass sie vor ihm auf dem Boden kniet, gefällt ihm.* „Ein interessanter Vorschlag, Kleines. Doch etwas zu milde, meinst Du nicht auch?" Die Frage ist ironisch gemeint. Dennoch gefällt Alexander ihre Einstellung, dass sie umgehend eine passende Lösung für ein Problem parat hat. „Ich habe da etwas anderes im Sinn. Zieh Deine Hosen aus und lege Dich mit dem Oberkörper auf den Tisch!" „Wie bitte?! Das ist nicht Dein Ernst." Jennifer fällt die Kinnlade herunter. „Doch das ist mein Ernst und wie Du bereits gelernt haben solltest, umso mehr Du Dich dagegen wehrst, umso schlimmer wird es werden." Alexander verschränkt erneut die Arme und beobachtet sie. Jennifer wünscht sich kilometerweit weg. „Sechs Schläge, für jedes Vergehen drei. Ich denke, das wirst Du aushalten." Jennifers Körper durchfährt ein elektrischer Stromschlag. Sexuelle Erregung vermischt sich in ihr mit einer großen Portion Schamgefühl. „Ich zähle bis drei.

Liegst Du dann noch immer nicht über dem Tisch, bringe ich Dich höchstpersönlich in diese Position und schlage Deinen wunderschönen Hintern grün und blau. Eins.“ Jennifer rührt sich nicht. Nervös wägt sie ihre Optionen ab. „Zwei.“ Verzweiflung macht sich in ihr breit. Alexanders Zeigefinger tippt bedrohlich gegen seine Taille. Er setzt zur nächsten Zahl an, als: „Scheiße! Ja, ist ja schon gut!“ Jennifer streift mit einer Handbewegung ihre Shorts und ihren Slip gen Fußboden und tritt an den Tisch heran. Vorsichtig legt sie ihren Oberkörper auf der harten Holzplatte ab. Den Kopf wendet sie von ihm ab. Sie will ihn jetzt nicht ansehen, zu groß ist die Demütigung. „Braves, Kind.“ Alexander tritt von hinten an sie heran und legt ihr zärtlich die Hand auf den nackten Hintern. „Sechs Schläge. Du wirst jeden einzelnen laut mitzählen, hast Du mich verstanden?“ „Ja, jetzt bring es endlich hinter uns!“ Wütend schnaubt Jennifer durch die Nase aus. Alexanders Linke ruht sanft auf ihrem unteren Rücken, ein leichter Druck soll ihr trotz alledem ein Gefühl von Geborgenheit vermitteln. Mit seiner rechten Hand holt er aus und schlägt sie unmittelbar auf die Pobacke. Klatsch. Jennifers Körper zuckt mehr vor Schreck, als vor Schmerz zusammen. „Eins“, presst Jennifer durch zusammengebissenen Zähnen hervor. Klatsch. „Zwei." Klatsch. „Drei." Ein schmerzerfülltes Stöhnen entweicht ihren Lippen. Ihre gereizte Haut brennt fürchterlich. „Vergehen Nummer eins wäre damit geschafft, Kleines. Kommen wir zu Deiner Zerstörungslust." Mit deutlich mehr Kraft holt Alexander aus und lässt seine Hand auf ihren rosaroten Hintern sausen. Klatsch. „Aaaa-ah!", ein spitzer Aufschrei entweicht Jennifer augenblicklich. „Mitzählen!" Seine Drohung ist unmissverständlich. „Vier." Tränen steigen ihr in die Augen. Klatsch. „Fünf." Tapfer beißt sie die Zähne zusammen. Klatsch. „Auaaaa!" Jennifers Fingernägel krallen sich in die Tischkante. Schnell ruft sie ein „Sechs" hinterher. Alexander streichelt sanft ihre geröteten Pobacken. „Du hast es geschafft, gut gemacht. Ich hoffe, Du wirst in Zukunft mehr über Dein Handeln nachdenken, Kleines." Er löst die Berührung und tritt an die Seite des Tisches zurück. „Und noch etwas Kleines: In einem Wiederholungsfall verschärfe ich das Strafmaß deutlich. Gib also acht auf Dich."

Später am Abend liegt Jennifer bäuchlings auf dem Sofa im Wohnzimmer. Zwar läuft der Fernseher, doch ihre Aufmerksamkeit ist vollkommen fokussiert auf die schwarze Dokumentenmappe mit ihren Arbeitspapieren. „Hey, Kleines. Wie geht es Dir?“ Alexander lehnt an der Rückenlehne und beugt sich interessiert zu ihr herunter. Jennifer sieht ihm kurz in die Augen, knurrt eine unmissverständliche Antwort und liest weiter in den Dokumenten. Alexander verkneift sich ein Lachen. „Spielst Du jetzt etwa die beleidigte Leberwurst?“ Er zieht sein Sacco aus, knöpft die obersten Knöpfe auf und lässt sich direkt neben der Dokumentenmappe auf sein Sofa fallen. Jennifer bemüht sich, ihn nicht anzusehen und konzentriert sich weiter auf die Details in den Vertragsparagraphen. „Hey, Kleines!“ Behutsam legt er ihr seinen Finger unter das Kinn und zwingt sie, ihn anzusehen. Ihre strahlendbraunen Augen faszinieren ihn. Ihre vollen, zartrosafarbenen Lippen lassen das Blut in ihm pulsieren. Alexander schiebt sich langsam an sie heran und berührt zärtlich ihren Mund mit seinen Lippen. Mit einer vorsichtigen Bewegung dringt seine Zunge kurz in sie ein und streichelt ihre erogene Zone. Mit einem sanften Druck löst er sich kurz darauf von ihr. „Hmmm, Du schmeckst sehr gut, Kleines.“ Jennifer öffnet ihre Augen und beißt sich auf die Unterlippe. „Also, wie geht es Dir? Und dieses Mal bitte so, dass ich es auch verstehe.“ Jennifer legt die Papiere aus der Hand und richtet sich auf. Sie zuckt leicht zusammen, als ihr

Hintern auf das Leder der Couch drückt. „Abgesehen davon, dass mein Hinterteil, wie Feuer brennt, geht es mir gut. Danke.“ Ein spitzer Unterton liegt in ihrer Stimme. „Gut, das freut mich zu hören. Sinn und Zweck einer Bestrafung ist auch, dass sie dem Leidtragenden möglichst lange in Erinnerung bleibt.“

Alexander lehnt sich zurück, breitet seine Arme auf der Rückenlehne aus und legt die Füße auf den Couchtisch. „Du liest Deine Arbeitspapiere, wie ich sehe. Hast Du Fragen?“ Jennifer überlegt, ob sie seine Einstellung zum Thema Bestrafung kommentieren soll. Sie entscheidet sich jedoch, ihre Meinung für ein anderes Mal aufzusparen. „Ja, ich habe tatsächlich ein paar Anmerkungen und Fragen. Alleine der Punkt zum Thema Arbeitszeit umfasst hier eine Klausel...“ Alexander unterbricht sie freundlich aber bestimmt. „Einen Augenblick bitte. Ich habe einen langen Tag hinter mir und würde wirklich sehr gerne entspannt den Abend mit Dir genießen. Konrad hat sich sehr viel Mühe gegeben, die Unterlagen zu erstellen.“ „Heißt das, Du weißt gar nicht, was er da rein geschrieben hat?“ Belustigt sieht er sie von der Seite an. „Nur weil er die Papiere erstellt hat, heißt es nicht, dass ich den Inhalt nicht kenne. Ich vertraue meinem

Personal und dennoch nehme ich mir hier und da das Recht heraus, ihre Arbeiten zu kontrollieren. Gerade, wenn es um Dich geht, mein Kleines." Jennifer sitzt regungslos da und sieht ihn verwundert an. „Okay, dann überspringe ich mal ein paar Punkte und frage direkt. Warum zur Hölle hast Du diese Summe als mein Gehalt eintragen lassen?" Jennifer blättert wild durch den Papierstapel und hält Alexander den besagten Abschnitt unter die Nase. Lächelnd sieht er sie an. „Möchtest Du mit mir über ein höheres Gehalt verhandeln?" Jennifer ist schockiert. „Gott bewahre, nein! Das ist mehr als dreimal so viel, wie ich bisher verdient habe. Ich möchte meine alte Summe wieder eingetragen haben!" Jetzt ist es an Alexander, den Schockierten zu mimen. „Bitte was möchtest Du?" „Ich möchte mein altes Gehalt wiederhaben." Jennifer sieht ihm fest in die Augen. „Mein Gehalt sollte in einem angemessenen Verhältnis zu meiner Arbeit stehen, findest Du nicht? Ich arbeite seit Wochen nicht und als Dank gibst Du mir auch noch eine Gehaltserhöhung von mehr als dreihundert Prozent? Tut mir leid, aber das ist alles andere als seriös." Alexander setzt seinen professionellen Blick auf und sieht ihr direkt in die Augen. „Du warst in den letzten Wochen beurlaubt. Bei Deinem überfüllten Arbeitszeitkonto ist das mehr als gerechtfertigt. Und sobald Du wieder Deine Arbeit aufnimmst, fungierst Du in neuer Position, als meine persönliche Assistentin. Das ist nicht nur eine Gehaltserhöhung, sondern auch eine Beförderung. Deine Stellenbeschreibung wurde vollkommen neu definiert. Du trägst mehr Verantwortung und gehst auch zeitgleich neue Verpflichtungen ein. Ich halte diese Summe für äußerst angemessen. Und jetzt lass es gut sein, bitte. Nimm Dir die Zeit, die Du brauchst, und arbeite die Unterlagen in Ruhe durch. Ich werde Konrad bitten, dass er Dich Morgennachmittag dabei unterstützt. Aber jetzt möchte ich bitte etwas entspannen.“ Er schiebt ihre Unterlagen zusammen und legt sie zur Seite. „Komm her zu mir, lass uns einfach etwas fernsehen.“ Alexander lehnt sich zurück und klopft sanft auf seine Oberschenkel. Einem alten Ehepaar gleich, rutscht Jennifer an ihn heran und legt den Kopf auf seinen Schoß. Zärtlich krault er ihre Haare.

Kapitel 20

»Gefangen zwischen Kontrolle und Vertrauen.«

Donnerstag, 06:25 Uhr

„Guten Morgen, Kleines. Komm, steh auf. Ich Habe eine Überraschung für Dich." Alexander sitz auf Jennifers Bettkante und lehnt sich zärtlich über sie. Mit einem sanften Kuss auf die Stirn erwacht Jennifer aus ihrem Schlafzustand. Sie blinzelt angestrengt und versucht einen klaren Gedanken zu fassen. „Hey, was ist los? Wie spät ist es?" Unbeholfen angelt sie nach ihrem Handy. „Es ist gleich halb sieben. Komm schon, Kleines. Steh auf. Ich möchte Dir etwas zeigen, bevor ich zu meinem ersten Termin los muss." Alexander steht vom Bett auf und reicht ihr seine Hand. „Warte, ich muss mir doch was anziehen." „Nein, komm schon." Er greift sie und zieht sie mit sich mit. Sichtlich schlaftrunken strumpelt Jennifer ihm hinterher. Nur im Nachthemd bekleidet steht Jennifer vor der geschlossenen Hauseingangstür und sieht Alexander irritiert an. Im perfekt sitzenden Geschäftsoutfit strahlt er sie an und öffnet die Tür. Jennifers Blick fällt auf einen seiner schwarzen BMW's, der direkt vor der Tür geparkt wurde. „Und was ist nun die Überraschung?" „Sieh hin, Kleines." Die hintere Tür auf der Beifahrerseite öffnet sich und auf Hochglanz polierte Männerschuhe betreten den Fußboden, ehe vier kleine Hundepfoten sich dazu gesellen. Mit großen, tapsigen Sprüngen rennt kurz darauf ein Hundewelpe auf Jennifer zu. „Ooooh, wie niedlich!" Jennifer hockt sich sofort hin und schließt den kleinen Hund in ihre Arme. Mit seiner langen Zunge fährt er ihr eifrig durch das Gesicht. „Gefällt er Dir? Es ist eine Deutsche Dogge. Ich dachte mir, er kann Dir gegen die Langeweile und auch gegen eine mögliche Einsamkeit helfen." Jennifer kullern die Tränen aus den Augen. „Er ist toll, Dankeschön! Ich wollte schon immer einen Hund haben." Alexander legt ihr die Hand auf den Rücken und gibt ihr einen gefühlvollen Kuss auf die Wange. „Kümmer Dich gut um ihn, Kleines. Ich muss jetzt los. Konrad wird heute Nachmittag die Unterlagen mit Dir durchgehen. Wir sehen uns erst heute Abend. Hab viel Spaß."

Die kleine Dogge hält Jennifer die meiste Zeit des Tages munter auf Trab. Bevor Alexander mit dem BMW vom Hof gefahren ist, lud sein Sicherheitsmann noch einen großen Korb mit Hundezubehör aus. Es ist unglaublich, wie viele Dinge zu einer Erstausstattung gehören. Der Welpe stolpert eilig hinter Jennifer hinterher, egal wohin sie auch geht. Sogar als Jennifer unter der Dusche steht, marschiert ihr der Hund eifrig hinterher. Alleine gelassen zu werden, scheint nicht seine Stärke zu sein. Und er liebt das Wasser. Eine kleine Wasserschlacht entfacht in den ersten Stunden zwischen den beiden. Eifrig rubbelt Jennifer das schwarz-weiße Fell mit dem Handtuch trocken und sieht ihn verliebt an: „Was bist Du nur für ein hübscher Kerl. Hey, Deine Augen haben ja sogar zwei unterschiedliche Farben. Gott, bist Du süüüüüß!“ Es ist das erste Mal seit Wochen, dass Jennifers Herz frei und unendlich glücklich erstrahlt.

Am Nachmittag sitzen Jennifer und Konrad Schultz gemeinsam auf der Terrasse und sprechen über die Inhalte ihrer Arbeitspapiere. Jennifer erkennt, dass Alexander im Grunde ein ganz vernünftiger Arbeitgeber ist. Zwar stellt die neue Stellenbeschreibung einige Anforderungen an Jennifer, dennoch zeigt er ihr zeitgleich auch ein großzügiges Entgegenkommen. Sie fragt sich, ob das nicht doch eine gute Zukunft für sie werden könnte, und sieht dem kleinen Hund zu. Der Welpe stolpert eifrig mit einem Spielzeugtau über die Terrasse. Tapsig poltern seine proportional übergroßen Pfoten über die Steinfliesen. „Konrad, was für Pläne hat Herr Herzog in Bezug auf meinen Wohnort?“ Konrad Schultz lehnt sich entspannt zurück, er wirkt durch und durch professionell. „Ich denke, er sieht Ihren Wohnort hier.“ „Heißt das, er wird mich weiterhin hier gefangen halten? Dann ist das Arbeitsverhältnis nichts mehr als nur Lug und Trug?“ „Sie missverstehen mich, Liebes. Sie fungieren als persönliche Assistentin von Monsieur Herzog. Wie Ihnen bereits aufgefallen sein sollte, sein Arbeitstag ist nicht immer fest geregelt.“ „Aber mein Leben ist in München! Und auch das gesamte Team ist dort. Warum lässt er mich nicht dort leben und meinen Job machen?“ Konrad Schultz beugt sich nach vorne und stützt die Ellenbogen auf den Knien ab. „Ich sage Ihnen jetzt etwas als Freund und nicht in meiner Funktion als Berater. Jennifer, Sie haben echtes Glück, dass er Sie an seine Seite lässt. Ja, zugegeben, Ihr Zusammentreffen war nicht unbedingt der Traum einer jungen Frau, doch erinnern Sie sich an Ihre vorherige Partnerschaft. Sogar ich sehe, dass sich zwischen Ihnen beiden etwas entwickelt. Hören Sie auf meinen Rat und genießen Sie es." „Ich soll meine Gefangenschaft genießen? Ist das Ihr Ernst?" „Sie sind hier nicht wirklich gefangen. Nicht mehr." „Das heißt, ich kann jetzt sofort durch die Tür marschieren und das Haus verlassen? Kann gehen, wohin ich will?" Konrad Schultz lächelt sie väterlich an. „Nein, so meinte ich das nicht. Sprechen Sie mit Alexander. Er wird Sie gehen lassen, da bin ich sicher." Jennifer sieht ihm fest entschlossen in die Augen. „Gut, dann geben Sie mir seine Nummer. Ich rufe ihn an." „Seine Nummer ist bereits in ihrem Handy eingespeichert."

Die kleine Dogge springt eilig auf das Sitzkissen neben Jennifer und kuschelt sich an. Es klingelt. „Hallo, Kleines." „Alexander, ich möchte das Haus verlassen." Stille in der Leitung. „Hallo, hörst Du mich?" „Ja, ich höre Dich. Meinst Du nicht, der Zeitpunkt für dieses Gespräch ist etwas ungünstig?" Jennifer bleibt standhaft. „Nein, ich finde nicht. Würdest Du mich hier nicht einsperren, müssten wir dieses Gespräch überhaupt nicht führen." „Also gut, wo möchtest Du denn hin?" Jennifer überlegt eifrig nach einer geeigneten Antwort. Wenn sie ihm jetzt »Flughafen« als Antwort gibt, wird er umgehend alle Türen abriegeln lassen. „Ich weiß es noch nicht genau. Ich möchte aber raus und mal etwas anderes sehen." Alexander atmet hörbar tief aus. „Meinetwegen, aber Kleines? Du erinnerst Dich an Regel Nummer zwei? Versprich mir, dass Du keine Dummheiten machst.“ „Versprochen. Ciao!“ Jennifer legt auf und strahlt Konrad Schultz an. Just in diesem Moment klingelt sein Telefon. „Oui, Monsieur? D'accord. Je m'en occupe personnellement.“ Er legt auf und sieht Jennifer zufrieden an. „Nun, wo möchten Sie hin, Madame?“

Früh am Abend fährt Alexanders SUV auf den Hof und kommt direkt vor dem Hauseingang zum Stehen. Alexander steigt aus und dreht sich zu einer hinteren Ecke am Haus um. Schon während der Fahrt zum Haus hinauf fiel sein Blick auf zwei seiner Sicherheitsmänner, die auf einem Rasenstück Position bezogen haben. Jennifer spielt ihnen zu Füßen mit dem kleinen Hund. *Sie ist noch da.* Langsam läuft er auf die Gruppe zu. „Hey, Du bist schon zurück?“ Jennifer steht auf und sieht ihn strahlend an. „Hallo, Kleines.“ Alexander legt sanft seine Hände an ihren Hals und zieht sie zu einem intensiven Kuss zu sich heran. *Danach hat er sich so lange gesehnt.* Er greift nach ihrer Hand und nimmt sie mit in sein Haus.

Kaum im Hausflur angekommen umschlingt Alexander Jennifers Hüften und beginnt sie inbrünstig zu küssen. Jennifer erwidert diesen

Kuss und schlingt ihre Beine um ihn. Stark und ohne Mühe trägt er sie die Treppe zu seinem Schlafzimmer hinauf. „Lass uns duschen gehen“, haucht Alexander in einer kurzen, gefühlvollen Pause. Wenig später stehen sie in seinem Badezimmer unter seiner Dusche. Mit einem Stoß drückt er Jennifers Rücken an die Fliesenwand und dreht den Wasserstrahl der Regenbrause an. Lauwarmes Wasser tränkt die Kleidung der beiden augenblicklich. Seine Hände gleiten über ihren Körper. Fordernd zieht er ihr die Kleidung aus. Alexanders Erregung ist deutlich in seiner Hose zu spüren, die Steifheit ihrer Nippel turnt ihn an. „Nimm mich“, raunt Jennifer und setzt ihre Beine auf den Boden. Sie will sich umdrehen, doch Alexander hält sie fest. Ein Griff in ihre Kniekehle und er hebt ihr angewinkeltes Bein hoch. Sein Körper drückt sie weiterhin an die Wand, seine freie Hand öffnet seine Hose. In fließender Bewegung führt er seinen mächtigen Penis an Jennifers Mitte und stößt von unten zu. Ein Keuchen entweicht Jennifers Kehle. Sie umklammert mit ihren Armen Alexanders Nacken, überlässt ihm ihr Gleichgewicht und ihre Sicherheit. Heftig stößt Alexander zu. Sein Blick ist fest auf sie gerichtet. Jennifers Körper wippt im Rhythmus hin und her, ihre Augen sind geschlossen, ihr

Stöhnen regt ihn an. Er spürt das Zucken in ihrem Innersten. Während sie ihren Höhepunkt aus sich herausschreit, stützt er sie stärker, damit sie nicht den Halt verliert. Lustvoll küsst er sie und hat das Gefühl, dass ihr Speichel noch süßer als sonst schmeckt. Nachdem Jennifers Orgasmus abgeklungen ist, entlässt Alexander ihr Bein aus der Fixierung, wobei auch sein Penis aus ihr herausgleitet. Seine Erektion ist noch nicht abgeklungen.

„Bereit für Runde zwei, Kleines?" Zärtlich beißt er ihr in den Nacken und schiebt ihre Beine auf seine Hüften. Verschlungen in einen gierigen Kuss trägt er sie zu seinem Bett und legt sie rücklings darauf ab. Die Verheißung beginnt sofort, als er sich leckend über ihren Körper hinweg schiebt und ihr leise ins Ohr knurrt. Seine Finger kneifen zärtlich ihre Nippel, während er mit seiner Eichel erneut zustößt. Jennifer ist so feucht, dass er mühelos tief in sie eindringt. Jennifer verschließt vor lauter Genuss ihre Augen. *Ihr Verstand driftet in eine andere Welt hinein.* Langsam erhöht er das Tempo und bewegt sein Becken gekonnt, um ihren G-Punkt zu stimulieren. Sein Griff um ihre Brust wird stärker. Er spürt, wie Jennifer versucht, auf seine Bewegung einzugehen. Sie reckt ihm zaghaft die Hüften entgegen und schlingt ihre

Arme erneut um seinen Nacken. Sie sieht ihm direkt in die Augen. Ein Flimmern zuckt durch ihre Iris. Mit einem männlichen Stöhnen stößt Alexander seinen Samen tief in sie hinein, „Merde!“

Nach dem erneuten Liebesspiel hat Jennifer sich unter seine Bettdecke gehüllt. „Dieses Mal lasse ich Dich nicht alleine, Kleines.“ In Jogginghose und mit freiem Oberkörper steht Alexander an seiner Sitzgruppe und schenkt sich einen Whiskey ein. „Ist alles in Ordnung mit Dir?“ Jennifer fröstelt es ein wenig. „Ja, schon. Es ist nur nicht so ganz leicht für mich, weißt Du. Wir springen durch so viele Facetten, das ist irgendwie erschreckend. Du bist mein Entführer, mein Arbeitgeber und jetzt wirst Du auch noch mein Liebhaber. Mitunter machst Du mir Angst und dann bist Du auf einmal ganz anders. Ich weiß nicht, wie ich damit umgehen soll.“ Alexander setzt sich zu ihr ans Bett. „Ich bin nicht Dein Entführer, Kleines. Zugegeben, mein Handeln war etwas drastisch, doch Dein Wohlbefinden steht jederzeit an erster Stelle für mich. Ich will Dir aus Deinem alten Leben heraus helfen. Du sollst stark genug werden, um glücklich sein zu können.“ „Wirst Du mich jemals wieder nach Hause gehen lassen?“ Alexander steht auf und geht zum Fenster. Sein

Blick schweift über die Weiten seines Besitzes. „Ich weiß es nicht."

Kapitel 21

»Schatten der Vergangenheit zerstören das vermeintliche Glück.«

Montag, 07:30 Uhr

Jennifer und Alexander sitzen gemeinsam am Frühstückstisch. Der Welpe liegt schläfrig auf ihrem Schoß. Napoleon hat sie die Dogge getauft. Ein Frühaufsteher ist er wahrlich nicht. „Alex, ich möchte einen Frisör aufsuchen." Alexander blickt von seinem Teller auf und sieht sie an. „Sieh Dir meine Haare an. Ich muss unbedingt etwas daran machen lassen. Mein Ansatz ist schon viel zu groß." Alexander mustert ihre Haare von oben bis unten. Dass der braune Farbton nur gefärbt ist, das wusste er schon von Anfang an. „Klar, kein Problem. Ich sage meinen Leuten, dass sie Dich später nach Versoix fahren sollen. Mein Frisör ist äußerst talentiert, was Frauen angeht." Er steht auf und tritt von hinten an sie heran, greift mit der Linken ihre langen Haare zum Pferdeschwanz zusammen und legt seine rechte Hand gefährlich um ihren schlanken Hals. „Aber das Du mir ja keine Typveränderung machen lässt, Kleines. Ich mag Deine Haare, so wie sie sind." Zärtlich gibt er ihr einen Kuss auf den Schopf. Napoleon wirft ein waches Auge auf ihn.

Am späten Vormittag sitzt Jennifer im schwarzen Range Rover und wird, begleitet von drei Sicherheitsmännern, nach Versoix gefahren. Sie freut sich auf den Frisörbesuch. Kurz vor der Abfahrt bat sie Alexander um ihr Portmonee, damit sie den Frisör auch bezahlen könne. Jedoch verneinte Alexander die Herausgabe. Seine Männer würden die Angelegenheit in seinem Auftrag erledigen. *Und wieder behält er die Kontrolle über ihr Leben.*

Jennifer läuft durch die Gassen der bezaubernden Ortschaft. Alles ist ruhig und friedlich. Sie folgt einem der Sicherheitsmänner, der ihr den Weg zum Frisör zeigt. Zwei weitere Männer sichern ihre Rückendeckung ab. Und dennoch fühlt sich Jennifer merkwürdig. Irgendetwas ist anders. Vor dem Geschäft angekommen dreht sich der Sicherheitsmann zu ihr um, „Wir sind da, Mademoiselle. Allerdings ein wenig zu früh. Monsieur Herzog hat extra um einen privaten Termin gebeten, der Maître wird sicherlich gleich hier sein." „Kein Problem, dann sehe ich mir in der

Zwischenzeit ein wenig die umliegenden Schaufenster an." Jennifer lächelt ihn an und bewegt sich im Bummeltempo von einem Geschäft zum Anderen. Die Auslage eines Juweliers weckt ihr Interesse. Eine feine Kette mit einer diamantenbesetzten Hundepfote fällt ihr ins Auge. *Der kleine Napoleon ist ihr ganz schön ans Herz gewachsen.* Plötzlich erschrickt sie vor einer Bewegung in der Schaufensterreflexion. Ruckartig dreht sie sich um, doch die Gasse ist bis auf ein altes Pärchen und ein paar spielende Kinder unauffällig. Nur die Sicherheitsmänner stehen an ihrer Seite. „Ich glaube, ich werde paranoid." „Wie meinen, Mademoiselle?" „Ach, schon gut. Ich dachte, ich hätte etwas gesehen."

Ein paar Stunden später sitzt Jennifer mit eingefärbtem Kopf unter der Frisörhaube und blättert desinteressiert in einem Frauenmagazin. Gedämpft durch das Rauschen der Haube hört sie, wie der Ladenbesitzer einen Kunden an der Tür abwimmelt. Entfernt dringt eine vertraute Stimme an ihr Ohr. Gänsehaut breitet sich auf ihrer Haut aus. *Nein, das kann er einfach nicht sein.* Unruhe breitet sich in ihr aus. Immer wieder sieht Jennifer zum Schaufenster hinaus und zum Sicherheitspersonal von Alexander. Die Männer haben es sich auf einer Sofaecke gemütlich gemacht und lesen ebenfalls entspannt in Zeitschriften. Die weiteren Stunden vergehen quälend langsam.

Gegen siebzehn Uhr verlässt Jennifer mit ihren Begleitern das Frisörgeschäft und begibt sich auf den Weg zurück zum Auto. Nervös blickt sie um sich herum. Sie wird das Gefühl nicht los, beobachtet zu werden. Erleichtert atmet sie auf, als der junge Mann vom Sicherheitspersonal die Autotür hinter ihr schließt. Doch gerade, als sich der Wagen in Bewegung setzt, fällt ihr Blick auf einen Mann, der nur wenige hundert Meter entfernt steht: Thomas. Seine braunen Augen sind fest auf sie gerichtet. Jennifer entfährt ein panischer Schrei. „Alles in Ordnung, Mademoiselle?“ Jennifer sieht den Fahrer nicht an. „Ja, bitte bringen Sie mich hier weg.“

Der Wagen hält gerade vor dem Haupteingang, als Alexander die Haustür öffnet und sie freudig erwartet. Jennifer wartet nicht auf das Personal, sondern reißt eigenständig die Autotür auf und rennt die Stufen hoch. „Hallo Kleines.“ Freundlich setzt er zu einer herzlichen Begrüßung an. Jennifer hebt umgehend die Arme hoch und eilt an Alexander vorbei. „Fass mich nicht an!“ Irritiert blickt Alexander von ihr zu seinem Sicherheitspersonal: „Qu’est-il arrivé?“ „Nous ne le savons pas." Jennifers Verhalten reißt Alexander aus der jüngsten Vertrautheit heraus. Fassungslos und sichtlich irritiert geht er ihr nach. Er betritt gerade ihr Zimmer, als Jennifer wutentbrannt die gesamte Dekoration von der Kommode fegt. Laut scheppernd krachen die teuren Accessoires zu Boden. Die kostspielige Designerlampe auf ihrem Nachtisch hat sie ebenfalls bereits zu Boden geworfen. *Scheiße!* „Hör sofort auf damit, sonst..." „Sonst was?" Jennifer faucht ihn aufgebracht an. „Sonst werde ich Dich hier und jetzt sofort übers Knie legen!" Seine Muskeln zucken gefährlich. „Jaaaaa, genau. Schlagen, das können Sie! Ich sage Ihnen mal etwas! Sie sind kein Deut besser, als die anderen Dreckskerle in meinem Leben. Ich hasse Sie!" Mit einem saftigen Knall fliegt die Stein-Skulptur mit dem Maskengesicht quer durch den Raum gen Fenster. Sie wendet sich von Alexander ab und fixiert das nächste Objekt ihrer Wut.

Mit wenigen Schritten ist er an Jennifers Seite. Alexander dreht ihr die Arme auf den Rücken und manövriert sie herrisch über den Sessel am Fenster. „Ich habe Dich gewarnt, Kleines." Mit einem Ruck liegt sie bäuchlings über der Rückenlehne, während er ihr die Hosen herunter reißt. „Diese Strafe soll Dich ein für alle Mal davon abhalten mutwillig Sachen zu zerstören. Normalerweise bestrafe ich niemanden mit dem Gürtel, doch bei Dir werde ich dieses Mal eine Ausnahme machen. Es reicht mir, endgültig!" Mit pulsierendem Klopfen in ihren Ohren hört sie, wie Alexander seinen schwarzen Ledergürtel aus der Hose zieht. Ein heißes Fauchen der Luft kündigt den ersten Schlag an. Klatsch. Sofort schießen ihr die Tränen in die Augen und sie schreit auf. In schneller Folge kommen nun neun weitere Schläge. Klatsch. Klatsch. Klatsch. Klatsch. Klatsch. Klatsch. Klatsch. Klatsch. Klatsch. Jeder schlimmer, als der Vorherige. Jennifer weint laut und zerrt an seinem festen Griff, doch Alexander lässt sich nicht beirren. Nach dem zehnten Schlag legt er eine kurze Pause ein, doch hält sie weiter eisern fest. „Willst Du mir jetzt endlich sagen, warum Du hier alles zerstörst?!" *Das ist ihre letzte Chance.* Seine Wut kocht in ihm und nagt schwer an seiner Selbstbeherrschung. „Nein!" Alexander holt gekonnt aus und lässt sechs weitere Schläge gezielt auf ihren Hintern sausen. Klatsch. Klatsch. Klatsch. Klatsch. Klatsch. Klatsch. Der Riemen beißt sich mit jedem Schlag schmerzvoll in ihr Fleisch.

Alexander muss aufpassen. Vielleicht ist es an der Zeit die Taktik zu wechseln. Wenn er ihr solange den Hintern versohlt, bis sie den Mund aufmacht, kann das gefährlich ausgehen. „Ich höre!“ Keine vernünftige Antwort dringt aus Jennifers Weinen heraus. Alexander legt seine Hand auf ihren geschundenen Hintern und streicht ihr kurz durch ihre Schamlippen. „Red mit mir, Kleines!“ Seine Fingerkuppen umkreisen ihre Klitoris. Er spürt den Druck von ihrem Rücken und lässt sie sich aufrichten. Mit tränenüberflutetem Gesicht sieht Jennifer ihm zornig in die Augen. „Verschwinden Sie aus meinem Leben!“ Ungehalten spuckt sie ihm mitten ins Gesicht. Alexander reagiert augenblicklich: Straff bindet er ihr die Hände mit dem Gürtel zusammen und befördert sie rücklings auf ihr Bett. Ihr Kopf kippt an der Bettkante herunter. Jennifer stöhnt und wimmert über die unangenehme Berührung und zerrt an ihren Fesseln. Aus dem Augenwinkel nimmt sie wahr, wie Alexander seine Hose öffnet und sein erigierter Penis ihr entgegen ragt. *Unbehagen macht sich in ihr breit.* Fest packt Alexander ihre frisch frisierten Haare und zieht sie zu sich heran. „Öffne den Mund!“ Schlagartig wird Jennifer klar, was gleich passieren würde. Neuer Widerstand regt sich in ihr. „Nein, bitte!“, fleht sie. *Bitte sei nicht, wie er.* „Tu, was ich sage!“ Diese Stimme duldet keinen Widerspruch.

Weinend öffnet sie ihren Mund einen Spalt breit. „Wenn Du zubeißt, ziehe ich Dir das Fell über die Ohren!“ Unnachgiebig setzt Alexander seinen Penis an ihre Lippen und schiebt ihn tief hinein. *Doch. Er ist wie er. Kein Deut besser.* Ein Würgen durchfährt ihren Körper, neue Tränen laufen ihr die Wangen runter. Langsam bewegt sich Alexander in ihrem Rachen hin und her. Sein Griff in ihren Haaren hält ihren Kopf fest in der gewünschten Position. Nach einer gefühlten Ewigkeit kommt Alexander mit einem impulsiven Stoß zum Höhepunkt. Jennifer erschrickt leicht, als er sich in ihrem Mund ergießt. Ein salziger Geschmack macht sich auf ihrer Zunge breit. „Schluck es runter!“ Jennifer schließt die Augen und würgt das ekelige Zeug hinunter. Er zieht sich aus ihr zurück und löst seinen Griff in den Haaren. Sofort rollt Jennifer zur Seite herum und hustet sich ihre Seele aus dem Leib.

„Gib mir Deine Hände.“ Alexander steht breitbeinig vor dem Bett und schließt gerade seine Hose. Widerstrebend erhebt sich Jennifer und hält ihm ihre Hände erschöpft hin. Mit finsterem Blick löst er seinen Gürtel von ihren Handgelenken. „Jetzt sag mir endlich, was passiert ist.“ Seine Stimme ist bedrohlich ruhig. „Nichts!“, schnaubt sie ihm aufgebracht entgegen. Jennifer bringt es einfach nicht über die Lippen. Die Verbindung zu Thomas ist einfach zu stark. Tobende Angst macht sich in ihr breit. *Er wird sie umbringen.* „Lüg mich nicht an! Willst Du, dass ich Dich so lange mit dem Gürtel schlage, bis Dir das Blut herunter läuft?!" Angespannt legt er den Riemen in seiner Hand zusammen. Jennifer kippt weinend zur Seite und verkriecht sich in eine embryonale Haltung. „Du wirst dieses Zimmer nicht verlassen, ehe ich weiß, was passiert ist. Haben wir uns verstanden?!" Alexander geht, ohne ihre Antwort abzuwarten, durch den Raum und öffnet die Zimmertür. Napoleon springt augenblicklich herein und galoppiert zum Bett. Mit einem unbeholfenen Sprung landet die Dogge auf der Matratze und stürmt zu seinem Frauchen. Ganz fest drückt er sich an sie.

Kapitel 22

»Machtprobe.«

Dienstag, 08:30 Uhr

Alexander betritt ruhig Jennifers Zimmer, sein Blick fällt auf die Scherben auf dem Fußboden. Jennifer liegt eingerollt in ihrem Bett und blickt starr gegen die Wand. Obwohl sie wach ist, sieht sie ihn nicht an. „Möchtest Du mir nun endlich erklären, was gestern passiert ist?“ Alexander lehnt entspannt mit dem Rücken an der Wand, sein Blick ist fest auf sie geheftet. Schweigsame Minuten vergehen. „Also gut, wenn Du noch immer nicht mit mir reden willst, dann werde ich Dich weiter hier einsperren.“ Alexander geht zurück zur Zimmertür und ruft nach dem Hundewelpen: „Napoleon, komm her.“ Verschlafen langsam torkelt der Kleine vom Bett herunter. „Du hast zwei Optionen, Kleines. Entweder springst Du über Deinen Schatten, räumst den Dreck hier auf und redest mit mir oder Du wartest solange, bis ich eine Entscheidung über Dich fälle. Du hast die Wahl. Entscheide Dich klug." Alexander nimmt den Hund und schließt die Tür hinter sich.

„Sir, konnten Sie etwas von Mademoiselle Gruber erfahren?" Konrad Schultz erwartet Alexander im Flur. „Leider nein, Konrad. Sie will einfach nicht mit mir darüber reden. Was sagen die Sicherheitsmänner, die sie begleitet haben? Ist denen nichts Ungewöhnliches aufgefallen?" „Bedaure, Sir. Lediglich der Fahrer meinte, dass Mademoiselle Gruber recht schnell zur Villa zurückwollte, als sie eingestiegen waren. Jedoch sah er keinen offensichtlichen Grund dafür." Alexander sieht ihn nachdenklich an. „Soll ich Ihren Bruder anrufen, Sir?" „Nein, danke. Ich werde das dieses Mal selbst in die Hand nehmen. Sie kann nicht ewig schweigen. Sagen Sie Laura, die Tür bleibt verschlossen. Sie bekommt kein Essen, kein Trinken. Niemand öffnet diese Tür außer mir. Wollen wir doch mal sehen, wer den stärkeren Willen von uns hat." Konrad nickt schweigend und wendet sich ab.

Kapitel 23

»Fatale Fehler und ihre Konsequenzen.«

Donnerstag, 17:25 Uhr

Laura klopft zaghaft an Jennifers Zimmertür und tritt langsam herein. „Guten Abend, Mademoiselle.“ Jennifer liegt noch immer traumatisiert in ihrem Bett. Ein Berg von Taschentüchern liegt vor ihr auf dem Boden. „Mademoiselle, Sie sehen gar nicht gut aus, wenn ich das sagen darf. Kommen Sie, lassen Sie uns Sie ein wenig hübsch machen.“ Laura greift nach der Bettdecke. „Nein, verschwinden Sie!“ Das Mädchen hält in der Bewegung inne und sieht Jennifer mitleidig an. „Mademoiselle, ich möchte Ihnen nur helfen. Monsieur Herzog wünscht Sie heute Abend zu sehen. Ich soll Ihnen ein Kleid herauslegen und Ihnen helfen, sich ausgehfertig zu machen.“ Jennifer sieht Laura wütend an und faucht: „Sagen Sie ihm, dass ich einen Teufel tun werde.“ „Monsieur hat mit dieser Reaktion bereits gerechnet und angeordnet, dass ich zwei Kollegen zur Hilfe hole. Bitte Mademoiselle, erzürnen Sie ihn nicht noch mehr. Es ist besser, wenn man seinen Anweisungen folge leistet, glauben Sie mir." Jennifer sieht Laura direkt an. Mit einem Mal, erinnert sie sich an den einen Morgen, als Laura von Alexanders schlechter Laune sprach. *Ob er mit seinem Personal auch so grobschlächtig umgeht?* Jennifer macht sich Sorgen, dass die junge Blondine Ärger bekommt, wenn sie ihre Arbeit nicht vernünftig ausführt. Das wäre zumindest ein plausibler Grund, um der Bitte des Mädchens nachzugeben. Alles Weitere kann sie direkt mit Alexander klären.

Knapp zwei Stunden vergehen, bis Laura mit ihrem Ergebnis zufrieden ist. „Ihre Haare sind wunderschön, Mademoiselle. Il Maître hat ein Wunder vollbracht." Laura strahlt sie an. Jennifer steht vor dem großen Spiegel im Schlafzimmer und betrachtet sich von oben bis unten. Ihr wird speiübel. Wieder steckt sie in einem feuerroten Abendkleid. Dunkle Erinnerungen erwachen in ihr zum Leben. *Ein dunkles Ohmen zeichnet sich ab.* „Ich lasse Sie jetzt alleine, Mademoiselle. Monsieur wird Sie zur rechten Zeit persönlich abholen." Mit einem freundschaftlichen Augenzwinkern verlässt sie den Raum und Jennifer bleibt alleine zurück.

„Willst Du jetzt mit mir reden, Kleines?" Jennifer schreckt aus ihren Gedanken auf. Alexander steht hinter ihr und beobachtet, wie sie schweigend aus dem Fenster starrt. „Nein, lass mich allein!" Ihr Blick ruht förmlich auf der Hofauffahrt. *Wie hat er sie nur gefunden?!* „Wie ich sehe, hast Du Deine Wahl getroffen. Na schön. Ich habe ein Geschenk für Dich." Alexander nimmt die Hände hinter dem Rücken hervor und legt Jennifer ein glänzendes Halscollier um ihren schlanken Hals. Es ist keineswegs ein Schmuckcollier, sondern viel mehr ein Collier für eine dominante Machtdemonstration seinerseits. Der stabile Metallriemen ist innenseitig gespickt mit kleinen, abgerundeten Dornen. Am Verschluss im Nackenbereich ist eine Zugkette mit eingelassener Verlängerung angebracht. Jennifer zuckt instinktiv zusammen und versucht sich gegen das Anlegen zur Wehr zu setzen. Alexanders Griff ist jedoch schneller und auch fester. „Auaaa! Was ist das?" „Das Kleines, wird heute Abend dafür sorgen, dass Du meinen Wünschen Folge leistest." Er übt zur Demonstration einen leichten Druck auf die Kette aus. „Aaaaah", panisch reißt Jennifer an dem Halsring. Alexanders Hand spannt sich an.

„Du wirst lernen meinen Anweisungen zu gehorchen. Steh auf!" Zögerlich erhebt sich Jennifer vom Sessel und sieht Alexander direkt in die Augen. Tränen laufen ihr die Wangen hinunter. Gerade nach dem Vorfall in Paris verbindet Jennifer viel Negatives mit Berührungen an ihrem Hals. Thomas erschreckende Veränderung hat tiefe Narben auf ihrer Seele hinterlassen.

Besorgt, aber autoritär wischt Alexander die Tränen mit seinem Daumen ab. „Wie ich schon sagte, es ist besser, wenn Du Dich fügst. Komm, wir gehen." Alexander führt Jennifer hinab zum Hauseingang. Sein Sicherheitspersonal sowie seine Geländewagen warten in perfekter Montur auf die beiden.

Jennifer überkommt Panik, sie krallt ihre Hände um den Halsring und wirft sich zu Boden. Alexander bleibt abrupt stehen. „Neeeein! Ich gehe nicht mit! Lass mich hier, biiiittte!", fleht sie ihn aufgebracht an. Leise Würgelaute entweichen ihrer Kehle. Ohne ihr Flehen mithilfe von Worten einer Antwort zu würdigen, tritt er an sie heran, zerrt sie an den Armen hoch und wirft sie sich mühelos über die Schulter. Diktatorisch trägt er sie zum Fahrzeug und setzt sie auf den Rücksitz. Er selbst nimmt kurz darauf an ihrer Seite Platz.

Die Fahrzeuge fahren seine lange Auffahrt hinab und rasen die Serpentinen entlang. Jennifer würdigt Alexander keines Blickes, leise weint sie vor sich hin. *Hat sie denn noch nicht genug durchgemacht?* „Wir werden gleich eine Auswahl guter Geschäftspartner von mir treffen. Als meine persönliche Assistentin wirst Du in den nächsten Monaten einige wichtige Themen mit ihnen zu besprechen haben. Du solltest also auf ein angemessenes Benehmen deinerseits achten." „Bitte bring mich zurück. Ich will das nicht!" „Kleines, entweder kannst Du das jetzt so haben, dass ich Dich auf allen Vieren hinter mir herschleife, oder aber Du nimmst Deine hübschen Beine in die Hand und verhältst Dich, wie eine würdige Assistentin." *Er appelliert an ihre Berufsehre.* Jennifer schluckt schwer. Sie sieht nur einen Ausweg, um aus dieser Geschichte herauszukommen. „Alexander, bitte lass uns umkehren. Ich habe ihn gesehen, er ist hier." Mit geschwollenen und geröteten Augen sieht sie ihn am Rande der Verzweiflung an. „Wen hast Du gesehen, Kleines?" „Thomas, meinen Exfreund. Er hat mich beim Frisör gesehen..." Jennifers Stimme versagt mitten im Satz. Krokodilstränen laufen ihr aus den Augen. „Hey, Kleines. Red mit mir, ich kann Dir helfen." Alexander hat die Kette vom Halsband längst losgelassen und dreht sachte ihren Kopf zu sich. Die Vertrautheit zwischen den beiden erwacht zu neuem Leben. „Was ist am Montag in Versoix passiert?“ Jennifer fängt zu stammeln an: „Ich hatte das Gefühl, jemand verfolgt mich und dann auf einmal war da eine bekannte Stimme, die in den Laden wollte, als mir gerade die Haare gemacht wurden. Hast Du bitte ein Taschentuch für mich?“ Alexander greift nach seinem Einstecktuch und gibt es ihr würdevoll. Ein lauter Schnäuzer durchbricht die Stille im Wagen. „Dann habe ich ihn auf dem Parkplatz erkannt, als ich gerade in den Wagen eingestiegen bin. Er stand nur wenige Meter von uns entfernt. Sein Blick... er war so düster.... ich weiß, dass er noch nicht aufgegeben hat... Alex, er wird mir fürchterlich weh tun. Ich weiß es!“

Mit einem Mal sieht Alexander das vollständige Bild vor seinem inneren Auge. Ihre erneute Zerstörungswut und ihre Verzweiflung sind Formen einer Panikattacke gewesen. Scheinbar ist das Band des Vertrauens noch zu schwach zwischen ihnen beiden, sodass Jennifer dachte, mit ihm nicht reden zu können. Wenn sie doch nur wüsste: Kurz nach Ihrer Ankunft hat er ihr Handy mit einer Spionage- und Filtersoftware bespielen lassen. Seine Sicherheitsmänner haben auf seine

Anweisung hin alle Textnachrichten ihres brutalen Exfreundes abgefangen, ebenso wurden seine Anrufe geblockt und alle Mailboxnachrichten gelöscht. Alexander ist ausführlich informiert über seine Absichten und seine Wutausbrüche. Dieser Mann stellt definitiv eine Gefahr für sie dar.

„Ich wünschte, Du hättest gleich mit mir darüber gesprochen, Kleines.“ Jennifer verlassen die letzten Kraftreserven und sie fällt ihm weinend auf den Schoß. „S'il te plaît, arrête! Immédiatement! Nous rentrons à la villa.“

Knapp zwanzig Minuten später trägt Alexander Jennifer auf beiden Armen in sein Wohnzimmer und legt sie auf dem Sofa ab. Der kleine Napoleon springt eilig an ihre Seite. Seine Sicherheitsmänner, die sie am Montag begleitet haben, und Konrad stehen bereit und warten auf seine Anweisungen. „Ist einem von Ihnen die Zielperson namens Thomas Voss aufgefallen?“ Mit strengem Blick beobachtet Alexander seine Mitarbeiter. „Non, Monsieur.“ „Gut oder soll ich eher sagen, nicht gut. Wenn sie behauptet ihn gesehen zu haben und sich so verhält, wie sie es die vergangenen Tage getan hat, dann glaube ich ihr. Thomas Voss ist in Versoix angekommen. Doch ich frage mich, wie ist das möglich?! Konrad, kann er über die Vernissage eine Verbindung zu mir geschlussfolgert haben?" „Non, Sir. Mademoiselle Grubers Freundin war die einzige Person mit einem gleichen Nenner zu Ihnen. Sie befindet sich nach wie vor in Asien und hat einen unauffälligen Kontakt zu Mademoiselle." Alexander läuft unruhig im Raum umher. „Alex, das ist nicht ganz richtig..." Jennifer bricht den Satz augenblicklich ab, als Alexander sie finster ansieht. „Rede, Kleines!" „Thomas' Eventfirma war für die Abwicklung der Vernissage zuständig. Zwar war er meines Wissens nach nicht zeitgleich zu uns anwesend, aber seine Leute waren es. Ich habe mit ihm noch Kontakt gehabt, kurz bevor ich mit Konrad vor der Toilette sprach. Er wusste genau, was ich trug und wie ich geschminkt war."

Auf der Stelle erkennt Jennifer die düstere Seite in Alexander Herzog. Sein ganzer Körper ist zum Zerreißen gespannt, ein Wutausbruch steht kurz bevor. Diese Information war eine Überraschung für ihn. Eine Überraschung, die in den Händen eines Mannes seines Formates tödlich enden kann. Mit einem schnellen Handgriff zieht Alexander seine Beretta aus dem Hosenbund und richtet die pechschwarze Waffe auf den Kopf von Konrad Schultz. „Und darüber erfahre ich kein Wort von meinem Sicherheitschef? Parle moi ou je vais te tuer!" Jennifer stockt der Atem. Keiner der Männer zuckt auch nur mit der Wimper. „Je suis désolé, Monsieur. C'est une erreur impardonnable." Konrads Schultzs Gesichtsfarbe ist aschfahl. Alexander wägt ab, ob der Tod von Konrad Schultz zu seinem Vorteil ist. Der Mann begleitet ihn seit Anbeginn seiner Karriere und ist stets ein treuer und fachlich kompetenter Partner an seiner Seite. Doch bei Gott, er will jemand für diese Inkompetenz büßen lassen.

Alexander greift sich mit dem Daumen und Mittelfinger seiner linken Hand bedächtig an den Nasenrücken. „Finden Sie heraus, wo er ist! Ich will wissen, was er vorhat. Und Konrad, Sie sorgen mir persönlich dafür, dass dieser Mann keine Sekunde mehr in Jennifers Nähe kommt!"

„Komm mit mir, Kleines." Alexander steht vor seinem Sofa und reicht Jennifer die Hand. Zögerlich nimmt sie sie an und folgt ihm in sein Zimmer. „Alex, meinst Du Deine Leute werden ihn finden?" Nach dem Schockmoment im Wohnzimmer aktivierte Konrad Schultz alle Sicherheitsmänner um Alexander herum und entsendete Suchtrupps. Befragungen in Hotels und von vertrauten Kontaktpersonen sollten parallel zur digitalen Überwachung erste Ergebnisse liefern. „Ich bin sicher, Konrad wird alles dafür Nötige tun." Alexander lässt sich erschöpft auf seinen

Loungesessel fallen und drückt die Schultern durch. „Du kennst ihn schon lange, oder?" „Ja, Kleines. Konrad begleitet mich schon fast mein ganzes Leben. Er hat bereits für meinen Vater gearbeitet. Im Bereich Wirtschaft ist er ein echtes Genie. Als ich dann mein eigenes Imperium aufbaute, stellte Vater ihn mir als rechte Hand zur Seite." „Dein Vater ist auch ein Geschäftsmann?" „Mein Vater ist Wirtschaftsjurist. Aber nun lass uns mit dem Thema aufhören, Kleines. Ich bin müde und bekomme Kopfschmerzen." Wieder kneift Alexander sich den Nasenrücken und dreht den Kopf im Nacken. Sein Blick fällt auf Jennifer, die nach wie vor wenige Meter von der Tür entfernt steht. „Geh ruhig ins Bad, Kleines. Nebenan ist mein Ankleidezimmer. Nimm Dir, was Du brauchst." Alexander greift zum Whiskey und schenkt sich ein großzügiges Glas ein.

Jennifer tritt aus dem Badezimmer heraus. Ihre Wahl ist auf ein übergroßes T-Shirt von Alexander gefallen. Sie ist froh, zumindest das elegante Kleid vom Leib zu haben. *Seid Paris vermeidet sie es tunlichst rote Kleidung zu tragen.* Das metallene Halsband konnte Jennifer nicht ablegen. Der Verschluss ist für sie unerreichbar.

Alexander sitzt noch immer auf dem Sessel. Sein Kopf ist auf seinen rechten Arm gestützt, seine Augen sind geschlossen. Er hat sein Jackett ausgezogen und das Hemd aufgeknöpft, sowie die Ärmel hochgeschoben. Jennifer durchstößt ein Gefühl der Zufriedenheit. Sie fühlt sich in seiner Anwesenheit geborgen. *Kein Mensch ist nur weiß oder schwarz.* Mit langsamen Schritten tritt sie barfuß an Alexander heran und bleibt an seinem Rücken stehen. Er reagiert nicht auf sie. Mit einem sanften Griff fasst Jennifer zielstrebig an seinen verspannten Nackenbereich. Ihre Daumen beginnen an den empfindlichen Druckpunkten unter dem Hemd zu kreisen. Ein leises Stöhnen entweicht seiner Kehle. Sie selbst kennt den plagenden Schmerz von Verspannungen im Kopf- und Nackenbereich. Mit gekonnten Bewegungen und leichtem Druck verschafft sie ihm einen Hauch von Linderung. „Oooh, Kleines." Alexander gibt sich ihrer Berührung voll und ganz hin.

Nach ein paar Minuten der Erleichterung greift Alexander nach Jennifers Hand und zieht sie zu sich herum. Sie kommt auf seinem Schoß zu sitzen. „Komm her, Kleines." Ihr schlanker Körper drückt an seine nackte Brust. Seine Hände schieben sich zärtlich unter sein T-Shirt, streicheln sie und entblößen sie, damit er jeden Quadratzentimeter ihrer nackten Haut küssen kann. Genießerisch schließt Jennifer die Augen, um sich voll und ganz der kribbelnden Lust hinzugeben. Wohlig räkelt sie sich unter seinen Liebkosungen und wirft ihren Kopf nach hinten. Ihr gefällt sein herbes und zeitgleich süßes Aftershave. Auf Jennifers Haut breitet sich eine Gänsehaut aus, als Alexander nun auch noch beginnt seine Lippen und Zunge einzusetzen. Ein leises Seufzen entweicht ihrem Mund. Jennifer spürt kleine Lustblitze, die von ihrem Busen direkt in ihren Schambereich zucken. Automatisch öffnet sie ihm ihre Schenkel. Doch statt dieser offensiven Einladung zu folgen, streichelt Alexander weiter ihre Brust, ihren Bauch und ihre Oberschenkel. Seine Lippen wandern hoch zu ihrem Ohr. „Heute nicht, Kleines." Seine Worte sind nicht lauter als ein Flüstern. Mit beiden Händen greift er nach dem Verschluss des Halsbandes und öffnet den Verschluss. Sachte lässt er es zu Boden gleiten und küsst zärtlich ihren Hals. Jennifer blickt ihn verschwommen an: „Warum?" „Shhht!" Alexander umgreift ihren Körper und trägt sie zu seinem Bett. Behutsam legt er sie hin und deckt ihren zarten Körper zu. „Du hast genug durchgemacht in den letzten Tagen. Schlaf jetzt, ich passe auf Dich auf."

Kapitel 24

»Liebe gibt es nicht ohne die Dornen der Verdammnis.«

Freitag, 07:45 Uhr

Jennifer erwacht im warmen Bett von Alexander. Verschlafen blickt sie um sich herum. Sie kann ihn nirgendwo entdecken. „Alex, hallo? Bist Du da?“ Der Raum bleibt totenstill. Jennifer nimmt den schläfrigen Hundekörper auf den Arm und schlendert barfuß durch das Zimmer. Sie blickt aus dem Fenster und entdeckt Alexander auf der Terrasse. Telefonierend läuft er auf und ab.

„Hey, hallo.“ Mit einem müden Lächeln betritt Jennifer die Terrasse und begrüßt den starken Mann an ihrer Seite. „Guten Morgen, Kleines.“ Alexanders Blick mustert sie von unten bis oben. Überrascht zieht er eine Augenbraue hoch. Jennifer hat sich nicht umgezogen. Mit zerzausten Haaren und Napoleon auf dem Arm, steht sie nur mit seinem T-Shirt bekleidet vor ihm. Sein Sicherheitspersonal steht professionell im Hintergrund und wacht über sein Anwesen. „Möchtest Du Dir nicht etwas anderes anziehen, Kleines?“ Jennifer sieht ihn irritiert an: „Wie bitte?“ Alexander tritt fürsorglich an sie heran, umarmt sie und gibt ihr einen leichten Kuss auf die Stirn. „Kleines, wir möchten doch beide nicht, dass Du meine Männer durcheinander bringst. Sie sollen die Umgebung im Auge behalten. Dein hübscher Körper lenkt da nur ab.“ Streng sieht er an ihr hinab. Die Dogge stellt die Ohren auf und legt den Kopf schief. Gerade so, als wolle sie etwas zu dem Thema beitragen. „Entschuldige bitte. Ich bin aufgewacht und Du warst nicht da“, betreten sieht Jennifer zu Boden. „Entspann Dich, es ist alles gut. Komm, gib mir den Kleinen. Dann nehme ich ihn mit runter und lasse ihn Gassi gehen. Du solltest Dich aber wirklich umziehen. Im Laufe des Tages bekommen wir weiteres Sicherheitspersonal. Ich möchte nicht, dass das ihr erster Eindruck von Dir sein wird.“ Alexander haut Jennifer sanft auf den Hintern und läuft mit Napoleon zur Tür. „Wir sehen uns wohl heute Abend erst, ich muss einiges organisieren. Mach Dir einen schönen Tag.“

Knapp eine Stunde später öffnet Laura nach einem zaghaften Anklopfen die Tür zu Alexanders Schlafzimmer und lässt Napoleon hinein. Sofort geht Jennifer in die Hocke und hebt die Schlabberbacke zu ihrem Gesicht hoch. „Ah, hier sind Sie, Mademoiselle. Der Kleine ist ein ganz schöner Wirbelwind, er hat überall nach Ihnen gesucht.“ „Dankeschön, Laura.“ „Kann ich Ihnen etwas bringen, Mademoiselle? Möchten Sie etwas frühstücken?“ „Nein, danke. Ich möchte nur etwas Ruhe zum Nachdenken. Vielen Dank.“ Mit einem zustimmenden Kopfnicken entfernt sich Laura aus der Tür. Kurz darauf trägt Jennifer den Hund in ihr Schlafzimmer und setzt sich auf ihren Lieblingssessel am Fenster. Von hier aus hat sie den besten Blick über die traumhaft schöne Landschaft und Alexanders Anwesen. *Die Stunden vergehen, wie im Flug.*

„Napoleon, was meinst Du? Soll ich Dich mal raus lassen?“ Der Welpe hopst eilig von seinem Kissen, schwungvoll schleudern seine übergroßen Pfoten es knapp zwei Meter weiter. „Hey langsam, mein kleiner Schatz.“ Jennifer lacht herzlich auf und geht mit ihm freudig zur Haustür hinunter. Doch ehe sie die Türklinke berührt, durchfährt sie ein eigenartiges Gefühl. Sie verharrt an der geschlossenen Haustür und versteinert. Napoleon sitzt abwartend neben ihr und mustert sie neugierig. „Bonjour, Mademoiselle. Kann ich Ihnen behilflich sein?" Konrad Schultz tritt in Jennifers Schatten. Augenblicklich zuckt Jennifer erschrocken zusammen. „Ach Du meine Güte! Bitte entschuldigen Sie. Was haben Sie gesagt?" Konrad Schultz lächelt sie freundlich an. „Ich fragte, ob ich Ihnen irgendwie behilflich sein kann." „Oh, nein danke. Vielen Dank. Ich wollte nur eben den Hund rauslassen und irgendwie... ich weiß auch nicht." „Sie brauchen sich wirklich keine Sorgen machen, Mademoiselle Gruber. Wir haben das Sicherheitspersonal fast verdreifacht. Das gesamte Anwesen wird lückenlos überwacht. Gehen Sie ruhig hinaus." Er greift zur Türklinke und öffnet ihr die Tür, wie ein Gentleman. Napoleon stürzt hastig in die Sonne hinaus. Jennifer tritt einen Schritt auf den Absatz hinaus und lässt den Blick über die Auffahrt schweifen. Links und rechts von der Tür stehen zwei Sicherheitsmänner und scheinen keinerlei Notiz von ihr zu nehmen. Konrad Schultz tritt neben sie und setzt seine Sonnenbrille auf. „Es wird alles gut, vertrauen Sie mir." Mit einem Nicken zum Abschied wendet er sich von ihr ab und geht in Richtung Nebengebäude.

Die Minuten vergehen schweigend. Jennifer steht noch immer auf dem Treppenabsatz und wartet auf ihren Hund, der irgendwo in der Nähe den richtigen Platz für sein Geschäft sucht. „Hey,

Naaaaapoooooleon!“ Jennifer pfeift laut und sieht sich nach einer Regung um. „Naaaapoooooleon, hiiiiier. Komm her, mein Kleiner“, doch nichts regt sich am Hauseingang. *Scheiße!* Jennifer tritt suchend die Stufen herab und wendet sich ihrem Lieblingspunkt zu. „Hey, mein Kleiner. Wo steckst Du?“ Gründlich sucht sie den Rasenbereich neben der Villa ab, doch nirgendwo tappst ihr der freundliche kleine Kerl entgegen. Unruhe breitet sich in Jennifer aus. Sie will gerade schon die Suche abbrechen und Alexander zur Hilfe bitten, da fällt ihr etwas Komisches circa einhundert Meter entfernt ins Auge. Vorsichtig geht Jennifer darauf zu. Mit zittrigen Händen hebt sie den Gegenstand vom Boden auf: Eine rote Rose, an die eine kleine Karte geknotet wurde. Ein spitzer Schrei entfährt ihren Lippen, doch sie selbst dämpft den Laut durch ihre eigene Hand auf dem Mund. Mit Tränen in den Augen liest sie die persönliche Nachricht. *„Wenn Du Dein Liebstes wiederbekommen möchtest, dann gib mir das Meine zurück. T.“* Jennifer dreht sich der Magen um. Krampfend kann sie sich gerade noch am Zaun festhalten, bevor sie ihre Galle würgend zu Boden spuckt. Es dauert einen Augenblick, bis Jennifer sich beruhigen kann. *Das Dreckschwein hat ihren Hund entführt!* Zweifellos ist es möglich, den kleinen

Welpen in dem abgelegenen Stück Garten durch die Metallstangen der Umzäunung zu ziehen. In Jennifer tobt ein Kampf der Gefühle: Wut, Sorge, Angst und Hass. Aufgebracht rennt sie mit der Rose in der Hand ins Haus zurück.

Schwungvoll knallt ihre Zimmertür ins Schloss. „Das wirst Du mir büßen!“ Wutentbrannt blickt sie sich selbst im Spiegel an. Jennifer dreht die handbeschriebene Karte von links nach rechts und entdeckt auf der Rückseite eine zweite Notiz: *„Unnamed Road, 1188, Saint-George, 17:00 Uhr.“* Sie tippt hastig die Adresse in ihr Handy und erhält einen Treffer. Eine kleine Pension im Naturschutzgebiet, circa fünfundvierzig Minuten Fahrt von Alexanders Anwesen. Jennifer wählt augenblicklich die Handynummer von Thomas, doch sie erhält kein Freizeichen. „Scheiße! Was mach ich denn jetzt?!?“ Jennifer schleudert ihr Handy auf ihr Bett. Angestrengt versucht sie einen klaren Gedanken zu fassen. „Es hilft nichts, ich muss da hin und dem Drama ein für alle Mal ein Ende bereiten!“ Sie reißt ihren Kleiderschrank auf und holt ein paar legere Kleidungsstücke heraus. Mit wenigen Handgriffen ist ihr voller Haarschopf zum frechen Dutt zusammengerafft und ihr schlanker Körper steckt in dunklen Jeans und T-Shirt. Ehe sie sich aus dem Zimmer schleicht, schiebt sie noch schnell ihr Handy in die Hosentasche. Die Rose lässt Jennifer gedankenverloren auf dem Boden liegen.

Jennifer huscht unbemerkt in Alexanders Zimmer und verschwindet in seinem Ankleidezimmer. Kurz darauf hat Jennifer ihr Outfit mit einem seiner Capps sowie seiner Lieblingssonnenbrille komplettiert. „Konrad, das ist absolut inakzeptabel!“ Alexanders drohende Stimme dringt an Jennifers Ohren. „Sorgen Sie dafür, dass die Männer eine Spur von dem Kerl finden. Irgendetwas muss es doch geben! Involvieren Sie, wenn nötig, die Polizei. Rufen Sie unseren Kontaktmann an.“ Alexander reißt augenblicklich die Tür zu seinem Ankleidezimmer auf und greift nach einem neuen Jackett. Jennifer stockt der Atem, ängstlich drückt sie sich tiefer in die Nische hinter der Tür. Die beiden stehen keine anderthalb Meter auseinander. *Wenn er sie jetzt entdeckt, ist Napoleon verloren.* „Nein, ich habe jetzt noch einen Termin mit Auguste, danach werde ich mich um Jennifer kümmern. Rufen Sie mich sofort an!“ Mit einem bebenden Unterton in der Stimme verlässt Alexander sein Schlafzimmer und lässt Jennifer unentdeckt zurück.

Leichtfüßig und elegant schiebt Jennifer sich nach ein paar Sekunden vorsichtig aus dem

Zimmer heraus und eilt runter in die Garage. Bei der Hausbesichtigung hat Alexander ihr das Betreten der Garage verboten. Seit dem Tag hat sie sich nie dorthin getraut, zu groß war die Angst vor seinen strafenden Konsequenzen. Doch jetzt bedeutet ihr das Wohl ihres kleinen Herzblattes das Meiste in ihrem Leben. Schnell verschafft sie sich einen Überblick. „Wo sind die Schlüssel?!" Jennifers Blick fällt auf ein Schlüsselbrett neben der Tür zum Treppenhaus. Die BMW's sind bereits unterwegs. Alexanders Range Rover, sein Jaguar und das Mercedes Cabriolet stehen noch vor ihr. Ihre Wahl fällt auf das weiße Cabriolet, das Verdeck ist ungünstigerweise noch geöffnet. Jennifer hat nicht viel Zeit, man wird ihr Eindringen in diesen Bereich bald bemerken. Mit rasendem Herzschlag steigt sie ein, drückt den Toröffner und startet den laut grollenden Motor. *Das wird definitiv auf sie aufmerksam machen.* Jennifer legt den Automatikgang ein und tritt augenblicklich das Gaspedal durch. Der Motor heult gefährlich laut auf, ehe der Wagen mit einer rasanten Beschleunigung aus der Vertiefung auf die geschwungene Auffahrt hervorschießt. *Scheiße!*

Alexander steht in unmittelbarer Nähe zur Auffahrt vor dem Nebengebäude und telefoniert. Beim Heulen des Motors blickt er irritiert zur

Tiefgarage. Jennifer gefriert das Blut in den Adern. *Doch jetzt gibt es kein Zurück mehr.* Mit rasanter Beschleunigung lenkt sie den Wagen geschickt an ihm vorbei. Alexander hat keine Chance, so schnell zu reagieren. Allerdings kann sich Jennifer gut in seine Gefühlswelt hineinversetzen. Ein schneller Blick über die Schulter und sie rast auf die Hofausfahrt zu. Glücklicherweise ist das schwere Metalltor nicht verschlossen. Mit einer grüßenden Handbewegung zum Sicherheitsmann jagt sie an ihm vorbei. *Fünfundvierzig Minuten Autofahrt bis zur Finsternis liegen vor ihr.*

Jennifer erschrickt, als ihr Handy neben ihr zu klingeln beginnt. *Scheiße!* „Hallo?" „Halt unverzüglich den Wagen an!" Alexander ist außer sich vor Zorn. „Alex, tut mir leid. Ich kann nicht." Tränen treten ihr in die Augen. „Ich warne Dich! Halt an! Sofort!" Jennifer weint bitterlich. Sie droht die Kontrolle über den Wagen zu verlieren. „Alex, bitte. Ich muss zu ihm. Wenn ich jetzt wieder umdrehe, dann...", sie bricht den Satz mitten drin ab. Zu grausam ist die Vorstellung, was Thomas dem jungen Welpen zufügen würde. Alexander ahnt, dass sie Angst vor seinen Konsequenzen hat: „Ich bin nicht sauer, komm her zu mir und dann reden wir." *Eine weitere Mine auf dem Minenfeld ist detoniert.* Jennifer versteinert unmittelbar nach

Alexanders Aussage. Ihre Tränen versiegen. Diesen Satz hat sie schon einmal gehört, genau den gleichen Wortlaut, genau denselben bebenden Unterton. Kurz darauf hat Thomas einen ihrer Küchenstühle über ihrem Kopf an der Türzarge zerschlagen. Qualvolle Stunden folgten. „Es tut mir leid." Jennifer beendet das Gespräch und wirft ihr Handy aus dem fahrenden Wagen hinaus, die Verbindung bricht ab.

„Scheiße!" Alexander flucht lautstark in sein Telefon und wählt flugs eine andere Kurzwahl. „Konrad, Jennifer ist weg! Orten Sie mein Cabriolet, sie ist auf dem Weg zu diesem Dreckskerl! Mobilisieren Sie die Männer, wir fahren sofort los!" „Sir, j'ai quelque chose pour toi. Ich habe es in Mademoiselle Grubers Zimmer gefunden!" Aufgebracht rennt Laura ihrem Chef entgegen und reicht ihm die rote Rose mit der Karte. Mit einem Mal versteht er, warum Jennifer zu Thomas will. „Merci, Laura!" Alexander reißt sich sein Jackett vom Leib, als sein schwarzer Jaguar mit quietschenden Reifen vor ihm zum stehen kommt. „Aussteigen, ich fahre selbst! Konrad, auf den Beifahrersitz!" Sein Sicherheitschef und Berater kommt eben aus dem Nebengebäude gerannt. Just in dem Moment, als Konrad Schultz die Tür des Wagens schließt, tritt Alexander das Gaspedal durch und folgt dem Kurs des Cabriolets im mörderischen Tempo, dicht gefolgt von seinem Sicherheitspersonal im Range Rover. „Ich weiß, wo sie hin will. Rufen Sie die Jungs aus der Stadt an und schicken Sie sie zu dieser Adresse." *Das wird ein Himmelfahrtskommando.*

Sein treuer Berater telefoniert unentwegt mit den Teams. Alexanders Versuche, Jennifer telefonisch zu erreichen, scheitern immer wieder aufs Neue. Die Verbindung bleibt tot. Alexander schlägt wütend auf das Lenkrad ein. Er ist ein ausgezeichneter Autofahrer. Schnelle Autos waren schon immer sein Laster. Heute zeichnet sich das wieder einmal zu seinem Vorteil aus. In dem Tempo holt er Jennifer schnell ein. „Sir, Team eins und zwei werden in circa vierzig Minuten am Zielort eintreffen." Alexander blickt Konrad finster an. „Wenn ihr auch nur ein Haar gekrümmt wird, mache ich Dich dafür verantwortlich!" „Sir, wir werden sie da wohlbehalten rausholen." Seine Stimme verrät, dass es sich mehr um Hoffnung, als um Zuversicht handelt.

Kapitel 25

»Der Kampf im Zeichen der Rose.«

Freitag, 15:25 Uhr

Jennifer rast auf einen Schotterparkplatz direkt gegenüber von einer einsamen und kleinen Pension. Dahinter erstreckt sich das riesige Gelände des hiesigen Naturschutzgebietes. „Da hast Du Dir wirklich den passenden Ort ausgesucht, Thomas." Jennifer wirft Alexanders Cappy und Sonnenbrille auf den Beifahrersitz und steigt aus dem Wagen aus. Wenige Meter vor dem Hauseingang entdeckt sie einen Wegweiser zu einer kleinen Waldkapelle, daran befestigt eine einzelne rote Rose. *Das Symbol der Liebe zwischen den beiden.* Jennifer reißt aufgebracht die Rose ab und marschiert auf den Wald zu.

Leicht außer Atem kommt Jennifer an der Eingangspforte zum Gotteshaus an. Das Gebäude ist klein und sieht verlassen aus. Drumherum zieren verschiedene Gräber die Umgebung. Eine auffallende Symbolik sticht ihr zwar ins Auge, doch an dem historischen Hintergrund hat sie jetzt kein Interesse. Jennifer will ihren Napoleon wieder in ihre Arme schließen, dafür ist sie bereit alles zu tun. Zielgerichtet tritt sie durch die kleine Pforte, wirft die Rose beiseite und öffnet die schwere Eingangstür. Ein lautes Knarren durchdringt die Stille. Im Inneren blickt Jennifer auf zwei lange Bankreihen, angezündete Kerzen und einen schlichten Altar am Ende des Ganges. Die Kirche ist großteils schmucklos. Lediglich ein paar einzelne Glasvitrinen zeigen historische Artefakte. Mit einem dumpfen Laut fällt die Tür zurück ins Schloss. Jennifer bewegt sich langsam in Richtung Altar.

„Du hattest schon immer Probleme mit der Uhrzeit, Fräulein." Jennifer schreckt vor dem kalten Klang seiner Stimme zurück. Panisch sieht sie sich um. „Setz Dich!" Thomas tritt aus dem Schatten im vorderen Bereich heraus und sieht sie finster an. „Thomas, gib mir sofort meinen Hund zurück!" Trotz der Entfernung erkennt Jennifer jede einzelne Muskelanspannung in seinem Körper. Sein Blick ist fest auf sie gerichtet, seine Arme vor der Brust verschränkt. Sein ärmelloses Shirt passt perfekt zur legeren Jeans. Ein Schauer durchfährt ihren Körper. „Ich wiederhole mich nur ungern, mein Fräulein." Seine Drohung ist unmissverständlich. Jennifer tritt zwei Schritte nach rechts und setzt sich ans Ende einer Sitzbank. „Braves Mädchen, Du hast ja doch nicht alles verlernt." Mit einem süffisanten Lächeln tritt Thomas näher an sie heran. Er stellt seinen Fuß auf die Armlehne neben sie, stützt sich mit den Unterarmen auf seinem Knie ab und sieht sie von oben herab an. „Du siehst gut aus, Liebling." Mit einer zärtlichen Handbewegung wischt er ihr eine Haarsträhne aus dem Gesicht raus. Angewidert dreht Jennifer den Kopf zur Seite. In Zeitlupentempo nimmt Thomas seine Hand zurück. „Du könntest ruhig etwas dankbarer sein." Eiskalt sieht er sie an. Jennifer kämpft mit ihrer Selbstbeherrschung, ihre Atmung geht flach und schnell. „Du bist also gekommen, um mir mein Liebstes zurückzubringen?" Jennifer dreht den Kopf und sieht ihm selbstsicher in die Augen. *Die wunderschönen Augen, die keinen Deut der früheren Magie verloren haben.* „Ich bin gekommen, um meinen Hund wiederzubekommen!" „Ah, die kleine Dogge. Ein frecher kleiner Kerl. Er hat ihn Dir geschenkt, nicht wahr?" Thomas' Muskeln zucken gefährlich. „Das geht Dich nichts mehr an, Thomas! Nun komm schon, Du wolltest mich hier haben und jetzt bin ich hier. Gib ihn mir!" Ihre feste

Stimme droht in ein Flehen abzudriften. „Das kann ich nicht, mein Fräulein. Es ist noch gar nicht so lange her, da habe ich Dich gewarnt. Solltest Du Dich jemals auf einen anderen Mann einlassen, dann werde ich Dich zerstören. Und dieser Hund, sein Hund, war das perfekte Opfer für Deine Entschuldigung." Bedächtig zieht er das kleine Lederhalsband aus seiner Hosentasche und lässt es emotionslos vor ihrem Gesicht zu Boden fallen. Panik bricht in Jennifer aus, sie springt von der Bank auf und schlägt nach ihm. „Neeein! Sag mir, dass Du das nicht getan hast!! Nein, um Gottes Willen, neeein!" Thomas reagiert, als hätte er nur darauf gewartet. Mit gekonntem Griff greift er ihr Handgelenk, wirbelt sie herum und verschränkt ihren Arm hinter ihrem Rücken. Mit seinen Lippen an ihrem Ohr flüstert er: „Du solltest mich gut genug kennen, mein Fräulein. Und das war erst der Anfang." Mit einem groben Stoß befördert er Jennifer zu Boden. *Abgrundtiefer Hass hallt durch die Dunkelheit.* Angst breitet sich in ihr aus. „Habe ich nicht alles für Dich getan? Wem verdankst Du Deinen beruflichen Erfolg? Wer hat Dich bei Deinem Neuanfang in München unterstützt? War ich nicht immer für Dich da?" Wie ein Tierbändiger treibt Thomas Jennifer kriechend zur Wand. „Und wie dankst Du mir das? Du rufst mich an und machst mit mir Schluss!" Er spuckt die letzten Worte förmlich heraus. „Ich habe ein bisschen mehr Dankbarkeit verdient, findest Du nicht auch?" Unsicher rückt Jennifer immer weiter von ihm weg. „Aber Du wirst noch viel Zeit haben, um Deine Fehler wiedergutzumachen." Ein Lächeln zeichnet sich auf seinem Mundwinkel ab. Jennifers Rücken stößt an die Außenmauer der Kirche. „Ich werde niemals zu Dir zurückkehren! Du bist krank, Thomas. Du brauchst Hilfe!"

Kapitel 26

»Wettlauf gegen die Zeit.«

Freitag, 15:42 Uhr

Alexanders Fahrzeuge rasen auf den Schotterplatz neben seinem Cabriolet. Eilig springen seine Leute aus den Autos. Sofort sieht Alexander sein Cappy und die Sonnenbrille auf dem Beifahrersitz liegen. „Sie ist hier, findet sie!" Gekonnt marschiert sein Sicherheitspersonal zur höher gelegenen Pension und stürmt das Haus. Es hat Vorteile, wenn man mit Profis zusammenarbeitet.

Nervös versucht er erneut, ihr Handy anzurufen. „Komm schon, Kleines. Geh ran!" Doch wieder antwortet nur ihre Mailbox. *Scheiße!* „Konrad, hier stimmt etwas nicht! Das ist zu leicht, sie wird nicht in der Pension sein. Was ist hier in der Nähe?" Konrad Schultz ist dem Einsatzkommando nicht gefolgt, sondern bei seinem Chef geblieben. „Sir, circa anderthalb Kilometer von hier ist das alte Ordenshaus der Tempelritter.

Es liegt recht verlassen inmitten des Waldes.“ *Dieser Mann hat stets die Fassung in der Öffentlichkeit bewahrt, dann wird er jetzt einen abgeschiedenen Ort bevorzugen.* „Perfekt! Mitkommen!“ Alexander erblickt den Wegweiser, zieht seine Waffe und läuft los. Dicht gefolgt von seinem Berater, der konstant die Verbindung zum Team aufrechterhält.

Kapitel 27

»Endstation Tod.«

Freitag, 15:50 Uhr

Binnen Sekunden drückt Thomas seinen Körper gegen Jennifer und packt ihren Hals. „Ich brauche Hilfe? SAG DAS NOCH MAL!“ Der Druck in seiner Hand wird mit jedem Wort stärker. Jennifer bekommt keine Luft mehr. Panisch krallt sie ihre Fingernägel in seine Arme. Würgelaute entweichen ihrer Kehle. Ihre Augen sind weit aufgerissen, Tränen trüben ihren Blick. Ohne große Kraftanstrengung schleudert er sie rücklings gegen eine Glasvitrine an der Seite. Mit lautem Gebaren zerspringt das Glas in tausend Teile. Jennifer liegt keuchend im Scherbenhaufen. „Du mein Fräulein, Du wirst mir dafür büßen! Jeden einzelnen gottverdammten Tag, an dem ich nach Dir suchen musste. Jede einzelne unbeantwortete Nachricht. Jede noch so kleine Lüge, die Du mir unterjubeln wolltest!“ Mahnend geht er auf sie zu.

Jennifers Blick fällt auf ein altes Traveller-Messer, das beim Bruch der Vitrine neben sie gefallen ist. Noch ehe Thomas seine Drohung weiter ausführen kann, ergreift Jennifer das Messer und rappelt sich auf. *Ihre Knochen schmerzen.* Wütend sieht sie ihn an und richtet die historische Waffe auf ihn. „Nein, Thomas. Du wirst mich niemals wieder anfassen. Ich habe genug von Dir!“ Thomas bleibt abrupt stehen. Er lacht sie beherrscht aus: „Fräulein, leg das Messer weg. Du verletzt Dich nur selbst.“ Jennifer rührt sich nicht. „Weißt Du, was Dein Problem ist, Thomas? Du glaubst, Du bist der Mittelpunkt meines Lebens. Dem ist schon lange nicht mehr so! Ja, ich habe Dich geliebt. Sehr sogar. Doch dann hast Du Dich verändert. Ich wollte es erst gar nicht wahrhaben, aber Du bist immer brutaler geworden.“ Jennifer unterdrückt ihr schmerzerfülltes Schluchzen. „Du hast mir weh getan, Thomas.“ Tränen laufen ihr aus den Augen. „Und das Schlimme ist, es interessiert Dich noch nicht einmal.“

Sein Lachen verstummt. Behäbig zieht er seinen Gürtel aus seiner Hose heraus, seine Augen sind starr auf sie gerichtet. Jennifer kämpft gegen ihre Erinnerung an. „Leg das Messer weg, Fräulein. Ich sage es Dir nicht noch einmal.“ Mit der Gürtelschlaufe in der Hand tritt er langsam einen

Schritt näher an sie heran. „Es tut mir leid“, blitzartig richtet Jennifer die Waffe gegen sich selbst und stößt zu. Stöhnend sinkt sie zu Boden. Blut breitet sich unter ihrem Körper aus.

Kapitel 28

»Prioritäten setzen heißt die Devise.«

Freitag, 15:58 Uhr

Mit einem lauten Knall wird die Kirchentür aufgestoßen und Alexander steht mit gezogener Waffe im Eingang. Es dauert nur Sekunden und sein Blick fällt auf Jennifer und Thomas. „Hände weg von ihr oder ich schieße!" Donnernd hallt seine Stimme durch die kleine Kirche. Etwas ist komisch an dem sich darbietenden Anblick: Jennifer liegt regungslos am Boden und Thomas bewegt sich eher langsam als grob und gewalttätig. „Ruf einen Krankenwagen, Du Arschloch! Sofort!" Thomas sieht den Eindringling noch nicht einmal an. Alexander ist sichtlich irritiert, senkt seine Waffe jedoch leicht ab. „Konrad, appelle une ambulance!"

Ohne Thomas aus den Augen zu lassen, tritt Alexander an die beiden heran. Dann sieht er das Messer in Jennifers Bauch stecken. Er kann nicht erkennen, ob sie noch atmet. Doch die Blutlache ist bedenklich groß. „Kleines! Was hast Du getan, Du Mistkerl?“ Mit einem überraschenden Sprung nach vorne greift Alexander Thomas an und schlägt ihm die geballte Faust inmitten seines Gesichtes. Ausnahmsweise ist es jetzt einmal an ihm zu Boden zu gehen. Er dreht sich zur Seite um und knackt mit seinem Unterkiefer. „Ich warne Dich, wenn Du wieder aufstehst, bringe ich Dich um!“ Mit unmissverständlicher Klarheit wendet sich Alexander von ihm ab, schiebt seine Beretta in den Hosenbund und beugt sich über Jennifers Körper. „Hey, Kleines. Kannst Du mich hören? Wach auf!“ *Keine Reaktion.*

„Sir, der Krankenwagen kann maximal bis zum Parkplatz fahren. Wir müssen sie runterbringen.“ Zur gleichen Zeit stürmen Alexanders Leute die Kirche. „Nehmt ihn fest und bringt ihn in mein Spielzimmer. Ich will mich später mit ihm befassen.“ Alexander legt Jennifer über seine Arme und trägt sie hastigen Schrittes aus der Kirche. „Konrad, alarmieren Sie meinen Bruder!“

Gute zehn Minuten später erreicht Alexander den Parkplatz vor der Pension. Kein Krankenwagen ist zu sehen. Konrad hält kurzatmig neben Alexander an. „Sir, fahren Sie sie selbst in die Klinik. Die Ambulanz wird nicht rechtzeitig hier sein.“ Vorsichtig legt Alexander Jennifers Körper auf die Rücksitzbank seines Jaguars. „Sie sorgen mir dafür, dass der Mistkerl zu mir gebracht wird. Haben wir uns verstanden?!“ Konrad nickt wortlos. „Und Konrad? Ich hoffe, Sie erinnern sich an meine Warnung im Auto. Wir sprechen uns später!“ Mit einem finsteren Blick steigt Alexander ein und rast davon.

Konrad Schultz dreht sich um und weist das Team an, Thomas in einen der BMW zu setzen. Ein erfahrener Exsoldat tritt an seine Seite. „Wir sollten die Polizei informieren. Der Schaden in dem Ordenshaus wird nicht lange unbemerkt bleiben. Die Blutspuren können wir beseitigen, doch bei dem Rest wird es schwierig. Was meinen Sie?“ Konrad sieht den jungen Mann nachdenklich an. „Ich rufe unseren Kontaktmann an, der wird sich darum kümmern. Haben Sie alle persönlichen Gegenstände der Herrschaften eingesammelt?“ „Ja, Sir. Zwei Kollegen packen sogar das Eigentum von Herrn Voss zusammen, das wir in der Pension gefunden haben.“ „Sehr gut. Bringen Sie ihn in die Räumlichkeiten mit der Sicherheitsstufe drei und lassen Sie ihn nicht aus den Augen. Monsieur Herzog wird sich später persönlich um ihn kümmern. Sein Eigentum bringen Sie auf mein Zimmer.“ Der Mitarbeiter nickt zustimmend, dreht sich um und brüllt seinen Kollegen französische Befehle zu. Konrad Schultz steigt in den Mercedes und fährt los.

Kapitel 29

»Das Leben gibt Dir eine zweite Chance.«

Freitag, 21:27 Uhr

Alexander vergräbt sein Gesicht in den Händen. Seit Stunden wartet er darauf, dass ihn jemand über Jennifers Zustand informiert. Ohne ein Wort zu sagen, setzt sich sein Bruder neben ihn und lehnt den Kopf an die Wand. Seine Augen sind geschlossen.

„Sie bedeutet Dir wirklich viel, Bruderherz. Hm?“ Steffen legt Alexander die Hand auf die Schulter. „Sag mir bitte nur eins, hast Du sie retten können?“ Alexanders Stimme ist kaum hörbar. „Ja, ich denke, das habe ich. Ihr Zustand ist noch kritisch, aber wie ich schon früher sagte: Das Mädchen ist stärker, als Du denkst.“ Alexander atmet hörbar tief aus. „Kann ich zu ihr?“ „Gleich. Ich möchte erst von Dir wissen, was da eigentlich passiert ist?!“ „Ich weiß es nicht, Steffen. Ihr Exfreund hat sie wohl am Montag in der Stadt gesehen und ihr dann heute eine Nachricht zukommen lassen. Ich weiß weder wie, noch warum. Doch Jennifer hat sich Zugang zu den Autos verschafft und ist ohne ein Wort an mir vorbeigerast. Meine Leute konnten sie nicht aufhalten und mit mir reden wollte sie auch nicht. Tja, und dann fand ich sie am Boden liegend in der alten Ordenskirche bei La Boucheronne." Alexander steht auf und reibt sich seinen ramponierten Handrücken. „Soll ich Dir ein Kühlpad bringen lassen?" Steffen sieht ihn besorgt an. „Nein, der Schmerz erinnert mich daran, dass ich noch etwas zu erledigen habe. Doch zuvor will ich zu ihr."

„Hallo, Kleines." Behutsam zieht sich Alexander einen Stuhl neben Jennifers Bett und verschränkt die Arme über der Rückenlehne. Jennifer öffnet langsam die Augen. Mit trübem Blick sieht sie ihn an. „Du hast mir einen ganz schönen Schreck eingejagt, doch nun bist Du wieder in Sicherheit." „Alex, ich..." Die Erinnerungen an die Ereignisse des Tages überfluten Jennifers Gefühle. Tränen treten ihr aus den Augen. Vor Schmerz krampfend dreht sie sich von ihm weg. Die Überwachungsgeräte piepsen in unnormaler Schnelligkeit, kurz darauf kommt Steffen in Begleitung zweier Arzthelferinnen rein. „Alex, komm. Es ist zu früh. Sie braucht Ruhe.“ Fürsorglich begleitet er seinen Bruder aus dem Zimmer. „Ich bleibe heute Nacht bei ihr.“

Kapitel 30

»Vergangene Probleme gehören endgültig beseitigt.«

Samstag, 02:08 Uhr

Alexander betritt mit einem halbvollen Whiskeyglas in der Hand sein Nebengebäude. Die vergangenen Stunden hat er an seiner Bar verbracht und versucht, einen vernünftigen Gedanken zu fassen. Keiner seiner Mitarbeiter hat es gewagt, ihn anzusprechen. Er trägt noch immer die Kleidung vom Freitagnachmittag. Sein aufgeknöpftes Hemd ist befleckt von Jennifers Blut.

Sein Nebengebäude ist ebenso elegant und modern, wie seine Villa selbst. Der deutlichste Unterschied ist jedoch die minimalere Verwendung von Glas. Zwar zieren auch seine Geschäftsräume große Glasfronten, doch dieses Haus verbirgt mehr. Deutlich mehr. Alexander musste früh lernen, dass in der erfolgreichen Geschäftswelt nicht immer alles heiter und fröhlich abgewickelt wird. Neid und Rivalität fordern ihren Tribut. Er entschied sich, dem unwürdigen Treiben früh ein Ende zu bereiten. Menschen in seiner Position verfügen über Einfluss. Mächtigen Einfluss. Nicht jeder Unternehmensinhaber verkauft freiwillig an ihn. Dann heißt es: nachhelfen. Auf die ein oder andere Art und Weise.

Ruhig betritt Alexander sein sogenanntes Spielzimmer. Ein Raum, leicht ungemütlich, komplett aus Stein, mit wenig Komfort und ohne Fenster. In der Mitte des Raumes steht ein großer, runder Tisch. Viel zu imposant für die vier Stühle drum herum. Doch genau darin liegt der Sinn und Zweck. Thomas sitzt auf einem Stuhl mit Blick zur Tür. Handschellen fixieren ihm seine Hände auf dem Rücken. Dort, wo Alexanders Schlag sein Gesicht getroffen hat, ziert ihn eine blutige Platzwunde und ein grün-blaues Hämatom. *Zu Recht.* Wortlos schließt Alexander die Tür hinter sich.

„Ah, der große Macker betritt den Raum!“ Provokativ spuckt Thomas ihm entgegen. „Ist Deine ganze Bude so hässlich? Dann wundert es mich nicht, dass Jennifer von hier weggelaufen ist.“ „Ich an Deiner Stelle, würde mir gut überlegen, was ich sage.“ „Warum? Ich habe keine Angst vor Dir. Du fühlst Dich doch bloß überlegen, weil Deine Leute mir diese Dinger angelegt haben." Thomas drückt den Rücken durch und zerrt an den Fesseln. Alexander stellt sein Whiskeyglas auf dem Tisch ab und krempelt seine Ärmel hoch. „Die Dinger trägst Du, zu Deinem eigenen Schutz." „Pah! Der schlechteste Witz, den ich heute gehört habe." Hasserfüllt sehen sich die Männer an.

„Ich biete Dir zwei Optionen, wie Du aus dieser Situation wieder herauskommst. Dein Verhalten ist nämlich absolut inakzeptabel. Dreist. Krank. Etwas anderes fällt mir dazu nicht ein. Also, zu meinem Angebot: Du wirst mir jetzt ganz genau erzählen, was in dieser Woche zwischen Dir und Jennifer vorgefallen ist. Dann unterzeichnest Du ein Geständnis über Deine Tötungsabsicht gegenüber Jennifer und ich übergebe Dich der hiesigen Polizei." Alexander legt seine Beretta neben das Whiskeyglas. „Option zwei, Du schweigst, ich bringe Dich zum Reden und danach beseitige ich Dich ein für alle Mal." Breitbeinig und mit den Händen in den Hosentaschen wartet Alexander auf seine Reaktion. „Junge, ich sag Dir, wer hier krank ist. Nämlich Du! Entführst meine Freundin und spielst hier den Möchtegern-Gangster. Da kann ich ja nur drüber lachen!" „Wie Du willst." Alexander streift seinen Silberring vom rechten Ringfinger und lässt ihn achtlos auf den Tisch fallen. Mit einem Griff in seine Hosentasche holt er einen Schlagring hervor, streift ihn über seine Knöchel und tritt an Thomas heran. Das Brechen seiner Nase ist bereits beim ersten Schlag zu hören.

Nach den ersten zehn Hieben lässt Alexander von seinem Opfer ab, schiebt seine Waffe von den Fingern und greift nach seinem Reservoir. Locker nimmt er auf dem Tisch, wenige Zentimeter von Thomas entfernt, Platz. Thomas würgt und spuckt sein Blut auf den Boden. Alexander hat früh gelernt eine Waffe richtig zu führen, egal welcher Art. Seine Treffer sind zwar hart und zielgerichtet, dennoch brechen sie das Opfer nicht sofort. „Sag mir, was zwischen Euch vorgefallen ist!" Alexander lässt ihn nicht aus den Augen. „Fick Dich!" *Startschuss für Runde zwei.*

Alexander geht um den Tisch herum, legt seinen Ring an und schiebt seine Beretta zurück in den Hosenbund. Kurz bevor er den Raum verlässt, blickt er ein letztes Mal auf Thomas. Er liegt bewusstlos am Boden. Der Mann hat einen ungebrochenen Willen.

„Steffen? Wie geht es Ihr? Gut. Du musst etwas für mich erledigen. Stell mir eine Einweisung für einen Suizidgefährdeten aus. Thomas Voss, männlich, dreißig Jahre alt, Nationalität

deutsch, gewalttätig und drogenabhängig. Meine Leute haben ihn auf meinem Anwesen gefunden. Er entwendete eine Waffe, doch wir konnten das Schlimmste verhindern. Ja, ich weiß. Regel das! Ich will, dass er niemals wieder da raus kommt."
Müde beendet Alexander das Telefonat und geht ins Haus. Auf seinen Bruder ist Verlass.

Kapitel 31

»Was Dir innewohnt, mach ich mir zu eigen.«

Freitag, 11:17 Uhr

Alexanders Sicherheitsmann lenkt den Range Rover sachte die Hofauffahrt hinauf. Kaum, dass der Wagen steht, öffnet ein Kollege die hintere Beifahrertür. „Bonjour, Mademoiselle." Jennifer steigt leise stöhnend aus dem Wagen aus. Kurz drauf steht Alexander an ihrer Seite. „Alles in Ordnung, Kleines?" Jennifer nickt wortlos. „Dann komm." Freundlich hält er ihr die Hand entgegen. „Bitte lass mich einen Moment hier." Jennifer dreht sich langsam um die eigene Achse und sieht sich genau um. Ein flaues Gefühl breitet sich in ihrem Magen aus. Das letzte Mal, als sie hier stand, verschwand zunächst ihr Hundewelpe und danach raste sie mit dem Cabriolet an Alexander vorbei. Nur wenige Meter entfernt. *Sie hätte ihn beschützen müssen.*

Alexander steht auf dem Treppenabsatz und wartet geduldig auf Jennifer. Steffen hat großartige Leistung vollbracht, um ihr Leben zu retten. Die tiefe Stichverletzung hat nur knapp Jennifers Milz verfehlt. Dafür hat sie jedoch schwere Schäden an ihrem Magen mit inneren Blutungen als Folge verursacht. Während der vergangenen zwei Wochen wurde sie intensiv in der Privatklinik betreut. Steffen verordnete Ruhe und eine langsame Genesung. Alexander kam täglich zu Besuch. Am Anfang war es schwer. Wann immer er Jennifers Zimmer betrat, drehte sie sich weg und sah ihn nicht an. Stumm verweilte er Stunde um Stunde neben ihr. *Dabei fällt ihm das Warten schwer, zu viele Fragen sind unbeantwortet.*

Tränen steigen Jennifer in die Augen. Der Kloß im Hals wird immer größer. In Zeitlupe sackt sie in sich zusammen und weint bitterlich. Alexander nimmt drei Treppenstufen auf einmal und ist augenblicklich bei ihr. „Was hast Du, Kleines?" Sie sagt kein Wort. Alexander hebt sie hoch und trägt sie vorsichtig ins Haus. Auf seinem riesigen Sofa legt er sie ab. „Lasst uns allein!" Alexander geht zu einem kleinen Beistelltisch und schenkt zwei Whiskey ein. „Hier, trink das." Er hält ihr ein Glas hin. „Und jetzt will ich endlich wissen, was passiert ist! Es reicht mir, Dich permanent weinen zu sehen. Das hört jetzt auf!" Alexander gibt ihr etwas mehr Raum. Mit einer Hand in der Hosentasche tritt er weit zurück und trinkt vom Reservoir.

„Er hat Napoleon entführt... er ist tot... ich habe nicht aufgepasst... dann war der Kleine einfach weg..." Leise stotternd kommen Jennifer die ersten Worte über die Lippen. *Mit dem Hund hat er sie also gelockt.* „Ich habe ihn rausgelassen, unten vor der Tür. Als ich nach ihm rief, kam er einfach nicht. Ich suchte natürlich sofort nach ihm, aber alles was ich fand, war diese... diese... diese rote Rose mit einer Karte daran." Alexander lehnt stumm an der Wand und hört ihr zu. „Rote Rosen waren etwas Besonderes zwischen uns, seit dem ersten Tag als Paar. Dann, nach und nach bekam ich nur noch rote Rosen als Wiedergutmachung. Immer dann, wenn er zuvor einen seiner Wutausbrüche hatte. Ich wusste sofort, von wem die Nachricht ist. Das »T.« hätte er sich sparen können." Jennifer leert ihr Glas mit einem Zug. Alexander zieht eine Augenbraue hoch.

„Und warum hast Du mir nichts davon gesagt? Wir hätten sofort meine Leute nach ihm schicken können?!" Alexander seufzt leise vor sich hin. „Ich wusste doch nicht, was ich tun soll! Thomas ist mein Problem, nicht Deins! Ich musste das selbst regeln. Und ich wusste, wenn ich Dir das erzähle, dann lässt Du mich niemals gehen." „Was ja wohl auch eindeutig die bessere Entscheidung gewesen wäre! Sieh Dich doch mal an!" Jennifer schluchzt leise und zieht die Knie näher an sich heran. „Das war er nicht..." Alexander traut kaum seinen Ohren zu glauben, geschockt blickt er sie an. „Wie bitte? Sag das noch mal!" Entsetzt stößt er sich von der Wand ab. „Ich habe mich selbst mit dem Messer verletzt", flüstert Jennifer. Alexander verliert die Beherrschung, mit voller Wucht schleudert er sein Glas quer durch den Raum. „Hast Du den Verstand verloren?!" Seine Stimme gleicht einem Brüllen. Jennifer atmet tief durch und sucht nach ihrer Selbstsicherheit. Mit leicht brüchiger Stimme antwortet sie ihm auf seine ironische Frage: „Nein, ich wollte nur nicht mehr, dass er mir weh tut. Ich wollte, dass es aufhört." Alexander schüttelt fassungslos den Kopf und ringt nach Selbstbeherrschung. Doch seine Stimme findet nur minimal zur Normalität zurück. „Ich fasse also noch mal zusammen: Erst schleichst Du in mein Ankleidezimmer. Dann entwendest Du mein Auto, fährst mich auch noch fast über den Haufen und dann sagst Du mir noch nicht mal am Telefon, was los ist!" Wutentbrannt marschiert Alexander durch das Wohnzimmer. Er greift nach einem neuen Whiskeyglas und schenkt sich ein. Mit einem Zug leert auch er das Glas. „Hätte Laura nicht die Rose in Deinem Zimmer gefunden, hätten wir Dich niemals rechtzeitig da raus holen können!“ Mit verschränkten Armen steht er vor ihr und sieht finster auf sie hinab. „Gratuliere, das war tatsächlich die bessere Entscheidung, als mit mir von vornherein zu sprechen!“ Seine Muskeln spannen gefährlich unter seinem Hemd. „Du verstehst das nicht!“ „Ach, ich verstehe das nicht?“ Sarkastisch fährt er sie an. „Nein, stimmt. Ich tue nur seit Deiner Ankunft alles erdenklich mögliche, um diesen Typen von Dir fernzuhalten. Ich erweitere mein Sicherheitspersonal. Ich hole Dich aus der Hölle heraus und trage Dich höchstpersönlich ins Krankenhaus. Ich entferne den kranken Bastard schlussendlich eigenhändig aus Deinem Leben. Aber, Du hast Recht, ich verstehe das nicht.“

Jennifer steht vom Sofa auf und geht leise weinend an Alexander vorbei. Grob hält er sie am Arm zurück. „Wo willst Du hin? Wir sind hier noch nicht fertig.“ Mit verweinten Augen sieht sie ihn direkt an. „Doch, wir sind hier fertig. Ich möchte mich hinlegen.“ Mit einem energischen Ruck löst sie sich aus seinem Griff und geht rauf in ihr Zimmer. In seinem Haus.

Kapitel 32

»Es ist an der Zeit, als Chef, klare Grenzen zu setzen.«

Freitag, 14:20 Uhr

„Konrad, hier sind Ihre Papiere." Alexander schiebt mit eiserner Miene eine Dokumentenmappe zu seinem Berater rüber. „Mein Vater erwartet Sie am Montag in Boston. Ich habe Ihnen bereits einen Flug buchen lassen." Konrad Schultz sitzt mit gesenktem Kopf vor dem Schreibtisch seines Arbeitgebers. „Sir, auch wenn es zu spät ist, ich möchte mich bei Ihnen ehrlich entschuldigen. Mein Fehler ist unverzeihlich. Ich habe Mademoiselle Gruber in unnötige Gefahr gebracht." Alexander lehnt an seinem Schreibtisch und tippt langsam mit den Fingern auf die Schreibtischplatte. „Konrad, jeden Anderen würde ich für diesen Fehler an den Eiern aufhängen. Das wissen Sie. Ihre Loyalität und langjährige Familienzugehörigkeit sind der einzige Grund, warum ich Sie nicht wie jeden anderen dafür strafe.“ Alexander tritt souverän hinter seinen Schreibtisch. „Ich habe lange mit meinem Vater gesprochen und er bietet Ihnen Ihre alte Stellung wieder an. Sie sind ein großartiger Berater, doch mein Vertrauen haben Sie fürs Erste verloren.“ Konrad Schultz greift nach der Dokumentenmappe und erhebt sich langsam. „Sir, wann immer Sie Hilfe von mir benötigen, ich stehe Ihnen zur Verfügung. Ein Anruf genügt.“ Mit gesenktem Blick dreht sich Konrad Schultz um und verlässt enttäuscht das Büro.

Kapitel 33

»Öffnet sich eine Tür zum entscheidenden Wendepunkt?«

Montag, 08:39 Uhr

Jennifer betritt müde das Esszimmer, wo Alexander frühstückend in den Schlagzeilen der Tageszeitung versunken ist. Freundlich sieht er sie über den Zeitungsrand hinweg an: „Guten Morgen, Kleines." Seit dem Streit bei ihrer Ankunft haben die beiden kaum ein Wort miteinander gesprochen. Zu viel gilt es zu verarbeiten. „Guten Morgen. Ich hatte gehofft, Dich hier anzutreffen." Neugierig blickt Alexander von seiner Zeitung auf. „Kann mich bitte jemand zu einem Arzt bringen? Ich habe Unterleibsschmerzen." „Soll ich nicht lieber Steffen anrufen? Wenn etwas mit Deiner Wunde ist, er kann gleich herkommen." Besorgt springt er vom Stuhl auf und will Jennifer in den Arm nehmen, doch sie blockt ihn ab. „Nein, bitte nicht Steffen. Es ist nichts mit der Wunde. Ich habe meine Tage bekommen. Ich brauch einen Frauenarzt." Alexander wirkt erleichtert. „Oh, natürlich. Wann möchtest Du los? Ich sage den Jungs Bescheid." „Gegen Mittag wäre gut." Alexander nickt zustimmend und setzt sich wieder hin. „Möchtest Du mit mir frühstücken?" „Nein, danke. Ich gehe nach oben und lege mich noch etwas hin."

Wenige Stunden später sitzt Jennifer im Auto und wird nach Versoix gefahren. Alexander hat einen guten Privatarzt im Stadtzentrum aufgetan, der sie in seiner Mittagspause behandeln wird. Normalerweise nimmt er keine neuen Patienten an, doch für den Bruder von Steffen Herzog macht der Kollege gerne mal eine Ausnahme.

„Bonjour Mademoiselle Gruber, commet allez-vous?" Jennifer ist überrascht, dass der Frauenarzt ihr persönlich die Tür seiner Praxis öffnet. „Hallo, Doktor. Bitte entschuldigen Sie, ich spreche kein Französisch." Ein freundliches Lächeln huscht über ihr Gesicht. „Oh, kein Problem, Madame. Bitte sehr, treten Sie ein. Die Herren dürfen gerne im Wartezimmer Platz nehmen. Ich denke, wir unterhalten uns lieber alleine." Jennifer fühlt sich wohl in der Gesellschaft des Arztes im mittleren Alter. Der Arzt öffnet seine Bürotür und weist Jennifer den Weg. „Bitte, setzen Sie sich. Also, was kann ich für Sie tun?" Jennifer blickt sich unsicher um. „Ähm, wissen Sie, ich habe seit gestern komische Krämpfe im Unterleib. Ich dachte erst, ich würde meine Monatsblutung bekommen. Aber irgendwie, ist es anders." Der Arzt stellt ihr die üblichen Untersuchungsfragen, um seine Diagnostik besser eingrenzen zu können, und macht sich Notizen. „Nun gut, Madame. Ich denke, ich sehe mir Ihren Unterleib zunächst einmal mit dem Ultraschallgerät an. Würden Sie bitte Ihre Bluse ausziehen und sich auf die Liege dort drüben legen?" Der Arzt blickt Jennifer irritiert an, als sie die Bluse auszieht. „Madame, darf ich fragen, was da passiert ist?" Er sitzt auf seinem Rollschemel vor ihr und betrachtet die verbundene Einstichstelle. Vorsichtig tastet er sie ab. „Die Wunde ist durch einen Messerstich entstanden. Der Eingriff ist gute zwei Wochen her." Jennifer wendet den Blick ab. „Würden Sie bitte auch Ihre Jeanshose ablegen." Schweigend folgt Jennifer der Bitte des Arztes. Ohne ein weiteres Wort untersucht er die Verletzungen ihrer Haut. Die Striemen von Alexanders Riemen sind deutlich erkennbar, ebenso die Blutergüsse am Rücken, verursacht durch den Aufprall auf die Vitrine. Für eine vollumfängliche Diagnostik vollführt der Arzt die angekündigte Ultraschalluntersuchung sowie die klassische Vaginaluntersuchung.

Jennifer knöpft ihre Bluse zu und setzt sich ihrem Arzt gegenüber an den Schreibtisch. Mit ernstem Blick sieht er sie an. „Madame, ihr körperlicher Zustand entspricht dem, was Sie offensichtlich zuvor durchgemacht haben. Die Funktion Ihrer weiblichen Organe ist vollkommen intakt. Ebenso sieht die Wundheilung Ihrer Verletzung vernünftig aus. Ihre Beschwerden richten sich, meiner Meinung nach, viel mehr auf Ihre seelische Belastung, Madame. Sie haben eine Menge durchlebt in den vergangenen Wochen. Die Zeichnungen auf Ihrem Körper sind eindeutig. Meiner Vermutung nach, rühren Ihre Unterleibsschmerzen daher.“ Jennifer verkrampft auf dem Stuhl und sieht den Arzt geschockt an. „Da Sie hier in Begleitung zweier Bodyguards erscheinen, Ihr Lebensgefährte ausdrücklich auf einen privaten Termin bestand und Sie eine gefährliche Stichverletzung im Bauchraum auskurieren, schließe ich darauf, dass Sie diesen Zustand nicht freiwillig gewählt haben. Liege ich mit meiner Vermutung richtig, Madame?“ Jennifer ist am Ende Ihrer Kräfte und erzählt dem Arzt weinend ihre Geschichte. Der Arzt hört stumm zu. „Ich werde Ihnen helfen, keine Sorge.“ Behutsam reicht er Jennifer ein Taschentuch. „Sie müssen da raus, Madame. Doch wir sollten es wohlüberlegt angehen. Solche Männer sind gefährlich. Gehen Sie mit den Herren dort draußen zurück in die Villa. Verhalten Sie sich ganz normal. Ich werde die Polizei informieren und die werden alles Nötige einleiten, um Sie da rauszuholen." *Zum ersten Mal sieht Jennifer einen neuen Hoffnungsschimmer.*

Kapitel 34

»Jennifer und Alexander – Das Fenster zum Hof.«

Montag, 19:27 Uhr

Jennifer folgte dem Rat des Frauenarztes und sitzt auf ihrem Lieblingssessel in ihrem Zimmer. Ihr Blick schweift über die Hofauffahrt. Vor circa zwanzig Minuten ist Steffen vorgefahren, doch für einen Arztbesuch bei Jennifer ist er noch nicht hochgekommen. Vermutlich sprechen die Brüder auf der Terrasse miteinander. Plötzlich schreckt Jennifer zusammen und sieht gebannt aus dem Fenster. Drei Polizeifahrzeuge fahren mit Blaulicht vor die Tür. *Der Arzt hat also Wort gehalten.*

„Kleine Lady, nimm Dir bitte eine Jacke und dann begleite mich." Steffen steht knappe dreißig Minuten später in ihrer Zimmertür. Seine Miene ist ausdruckslos. „Was ist denn los?" Jennifer zieht einen Kurzmantel aus dem Schrank und sieht ihn unsicher an. *Sie kann es sich bereits denken.* Steffen geleitet Jennifer ohne ein weiteres Wort zur

Treppe, seine rechte Hand liegt sanft zwischen ihren Schulterblättern.

Unten am Eingang erwartet sie eine junge Polizistin. „Mademoiselle Jennifer Gruber?" „Ja?" „Bitte begleiten Sie mich." Jennifer blickt sich zweifelnd zu Steffen um, doch der bleibt regungslos an der untersten Stufe stehen. *Wird er sie einfach so gehen lassen?* „Steffen, wo ist Alex?" Der Arzt schweigt, seine Miene bleibt ausdruckslos. „Mademoiselle, bitte kommen Sie." Flankiert von zwei weiteren Polizisten geleitet man Jennifer zum Polizeiwagen und bittet sie einzusteigen.

Nachdem sie mit der Polizistin auf der Rückbank sitzt, steigen die zwei Kollegen vorne ein und alle drei Fahrzeuge setzen sich in Bewegung. Jennifer dreht sich panisch um und blickt aus der Heckscheibe zur Villa hoch. *Ein ungutes Gefühl überkommt sie.* Alexander steht mit verschränkten Armen hinter ihrer Fensterscheibe und verfolgt den Abzug der Wagen. Selbst über die Distanz bereitet ihr seine maskuline Ausdrucksstärke eine Gänsehaut. Ohne es zu sehen, weiß sie, dass seine Muskeln gefährlich zucken. Die Abendsonne fällt in einem warmen orange-rot auf das Haus.

Kapitel 35

»Freiheit, um welchen Preis?«

Dienstag, 08:49 Uhr

Ein dickbäuchiger Polizist führt Jennifer in Handschellen in eine Haftzelle der lokalen Polizeistation. Mehr als zwölf Stunden hat man sie zuvor in einem Verhörraum festgehalten. Mit beiden Händen hat man sie an den Tisch gefesselt. Ohne Schlaf. Ohne Essen. Ohne Trinken. Immer wieder musste sie Fragen über ihre Vergangenheit und ihre Beziehung zu Alexander Herzog beantworten.

Der Polizist nimmt ihr die Handschellen ab und schließt die Tür hinter ihr. Jennifers Magen strahlt schmerzhafte Krämpfe aus. Das stundenlange Sitzen hat Spuren hinterlassen. Auch fehlen ihr die Schmerztabletten, die Steffen ihr verordnet hat. „Wo bin ich da nur hineingeraten?!" Langsam legt sie sich auf eine rudimentäre Liege nieder und schließt die Augen.

Ein metallisches Klappern von Schlüsseln lässt Jennifer hochschrecken. *Nicht schon wieder.* Quietschend öffnet sich die Zellentür und schwarze Lackschuhe fallen als Erstes in ihr Blickfeld. Mit bedrohlichen Schritten betritt Alexander Herzog die kleine Zelle und sieht sie finster an. Die Tür wird hinter ihm geschlossen. Alexander zieht sich einen Holzstuhl heran und dreht ihn um. Mit verschränkten Armen auf der Rückenlehne setzt er sich hin und sieht Jennifer fest in die Augen. Seine Sonnenbrille steckt locker in der Knopfleiste. „Möchtest Du mir etwas sagen, Kleines?" Jennifers Herzschlag pulsiert in ihren Ohren. „Ich wüsste nicht, was Du hören willst." Gespannte Sekunden vergehen, ehe Alexander wortlos aufsteht und nach seiner Sonnenbrille greift. „Alex, warte! Bitte, was passiert denn jetzt hier?" Er dreht gespannt den Brillenbügel zwischen seinen Fingern. „Was hier passiert? Nun, die Polizei prüft, ob sie Deinem Vorwurf der Entführung folgen, oder ob sie Dich mit Verdacht auf eine psychische Störung in eine Klinik einweisen." Jennifer stockt der Atem, sie kämpft mit den Tränen. „Hör auf zu weinen! Ich habe Dir das schon einmal gesagt." Genervt tritt er einen Schritt näher an Jennifer heran. „Was dachtest Du denn, was Dein Gespräch beim Onkel Doktor bewirkt?! Dachtest Du, die Polizei kommt, holt Dich aus meinem Haus heraus und fährt Dich ohne weitere Fragen zum Flughafen?" „Woher weißt Du von dem Gespräch?" Ihre Gedanken überschlagen sich. „Ach, Jennifer! Hast Du in der ganzen letzten Zeit denn überhaupt nichts von mir gelernt? Der Arzt war eine Empfehlung meines Bruders. Natürlich hat er Deine Erklärung bei der Polizei gemeldet. Doch gleich danach hat er auch meinen lieben Bruder angerufen. Zeit genug für mich, um zu handeln." Jennifer wird die Tragweite ihres Handelns bewusst. „Das heißt, Du lässt mich in einer Psychiatrie einsperren, weil ich bei Dir nicht eingesperrt sein will?" Alexander faucht sie wütend an: „Warum siehst Du immer nur das Schlechte? Verrate mir das! Habe ich nicht alles für Dich getan, damit es Dir besser geht? Du hast einen besser bezahlten Job, Du hast eine Perspektive, Du kannst das Haus verlassen und was weiß ich unternehmen, Du bist diesen Bastard los und Du hast mich, sogar in allen Lebenslagen. Oder hast Du etwa die Stunden in meinem Bett vergessen?"

Jennifer sackt, wie ein Häufchen Elend, auf der Pritsche zusammen. Alexander dreht sich um, klopft energisch an die Tür und setzt seine Sonnenbrille auf. *Ein letztes Mal sieht Alexander seine*

Geliebte an. Gerade als er durch die Tür geht, hört er noch ein leises „Es tut mir leid.“

Kapitel 36

»Freiheit für eine starke Frau.«

Dienstag, 15:28 Uhr

„Aufstehen, Mademoiselle. Nehmen Sie Ihre Jacke!" Langsam erwacht Jennifer aus dem Schlaf und rappelt sich hoch. Gehorsam nimmt sie ihren Kurzmantel und tritt an den Polizisten heran. „Kommen Sie bitte mit." Der Polizist führt Jennifer durch die schmalen Gänge und vorbei an den arbeitenden Kollegen im Frontbereich. Dann öffnet er die Eingangstür der Polizeistation. *Jetzt wird sie also in die Psychiatrie gebracht.*

Jennifers Blick fällt auf den Range Rover von Alexander. Einer seiner Sicherheitsmänner steht im schwarzen Anzug davor und öffnet ihr die Tür. Überrascht dreht sich Jennifer zum Polizisten um. „Bitte, was passiert hier?" Der Polizist winkt stumm ab und geht zurück ins Gebäude. „Bitte, Mademoiselle Gruber. Steigen Sie ruhig ein. Ich habe die Order, Sie dorthin zu fahren, wo immer

Sie hin möchten." Zögernd nimmt sie Platz auf der leeren Rücksitzbank. „Nun, Mademoiselle. Wo darf ich Sie hinfahren?", freundlich sieht sie der Fahrer im Rückspiegel an. „Ich weiß es nicht... bitte... ist es egal wohin?" „Ja, Mademoiselle. Ihr Gepäck befindet sich bereits im Kofferraum."

Jennifer fühlt sich vollkommen leer und beraubt.

Epilog

Das Wohlbefinden von Jennifer Gruber stellt für Alexander Herzog eine essenziell wichtige Lebensaufgabe dar. Im vorliegenden Roman wird daher immer wieder auf die kurzfristige Handlung der Haupt- und Nebendarsteller verwiesen. Diese zeitnahe Handlungsfähigkeit wurde bereits im Vorfeld, mittels eines durchdachten Überwachungssystems, sichergestellt. So wurde insbesondere Jennifers Privatzimmer mit Kameras und Mikrofonen ausgestattet.

In einem abgesperrten Sicherheitsbereich im Nebengebäude überwacht ein kleines Team, unter Leitung von Konrad Schultz, ihr Handeln Tag und Nacht. Meldungen werden umgehend an Alexander abgegeben, sobald das Team die Notwendigkeit zum Eingreifen sieht.

Darüber hinaus kontrolliert auch Alexander die Sicherheitskameras in ausgewählten Momenten. Allerdings nicht zur Befriedigung etwaiger, sexueller Neigungen, etc.. Dieses System dient ausschließlich ihrem persönlichen Schutz.

Ebenso ist es an der Zeit über ein stilistisches Mittel der Autorin aufzuklären: Die kursiven Zeilen im Textfluss, ohne Erklärung.

Die Autorin tritt mit dem Leser an diesen Stellen in den direkten Kontakt, zeigt wesentliche Gedankengänge auf oder versucht mittels Fragestellung die gewünschte Verbindung zu sehen. Diese Zeilen dienen der intensiveren Verbindung mit den Protagonisten und stellen keine indirekte Rede oder Ähnliches dar.

Danksagung

Meinen persönlichen Dank richte ich in erster Linie an meine Leser. Nämlich genau die Menschen, die meinen Debütroman bis zu dieser Stelle gelesen haben. Ich bin stolz auf Sie, denn Sie haben einer unbekannten Schriftstellerin eine Chance gegeben. Haben Sie noch ein paar Minuten Zeit? Dann bitte ich Sie um eine kurze Bewertung meines Romans auf der Verkaufsplattform oder auf meiner Autoren-Facebookseite.

Darüber hinaus möchte ich mich bei einem kleinen Kreis in meinem privaten Umfeld bedanken:

Zunächst bei meinem Ehemann, ohne den ich niemals die Möglichkeit meiner Traumerfüllung erleben würde. Ich liebe Dich.

Unserer fachkundigen Mitarbeiterin, die mit sehr viel Leidenschaft und Enthusiasmus mitgewirkt hat. Inspiration erlange ich durch Dialoge, vielen Dank dafür, Louisa.

Und ich möchte mich bei einer guten Freundin bedanken, die samt Kollegium, meine Fremdsprachenbarrieren bewältigt hat. Ich freue mich auf die Fortsetzung und sage „Au revoir, la garce!“

Welchen wichtigen Menschen ich in meinem Leben noch zu danken habe, das erfahren Sie in der Fortsetzung meines Romans.

Die Autorin hinter dem Pseudonym

Michaela Glaser-Meichsner

Die Autorin arbeitet seit 2020 unter dem Pseudonym „M.-G. Mortissimo“.

Geboren im Jahr 1987 und aufgewachsen auf der charmanten Nordseeinsel Norderney, hegt sie ihre Leidenschaft für das Schreiben bereits seit ihrer Kindheit. Auf wundervolle Weise ist es ihr gelungen, ihren Beruf und ihre Berufung zu verbinden und damit ihren kreativen Ideen Flügel zu verleihen. Michaela Glaser-Meichsner lebt mit ihrem Mann, zwei Hunden und zwei Pferden im wunderschönen Ostfriesland, welche zufällig auch die Heimat ihres eigenen Kriminalhelden Inspektor Appeldorn ist.

Fortsetzung

Wie wird es mit Jennifer weitergehen? Entwickelt sich ihre neu gewonnene Stärke in die richtigen Bahnen? Und was wird ihr neuer Lebensmittelpunkt sein?

Finden Sie es heraus in:

Die Reifeprüfung
Überraschend. Endgültig.

Wahlweise auch in zwei Teilen erhältlich. Wer besonders fiese Cliffhanger bevorzugt, sollte die Herzogreihe mit „Die Reifeprüfung Teil 1" fortsetzen...

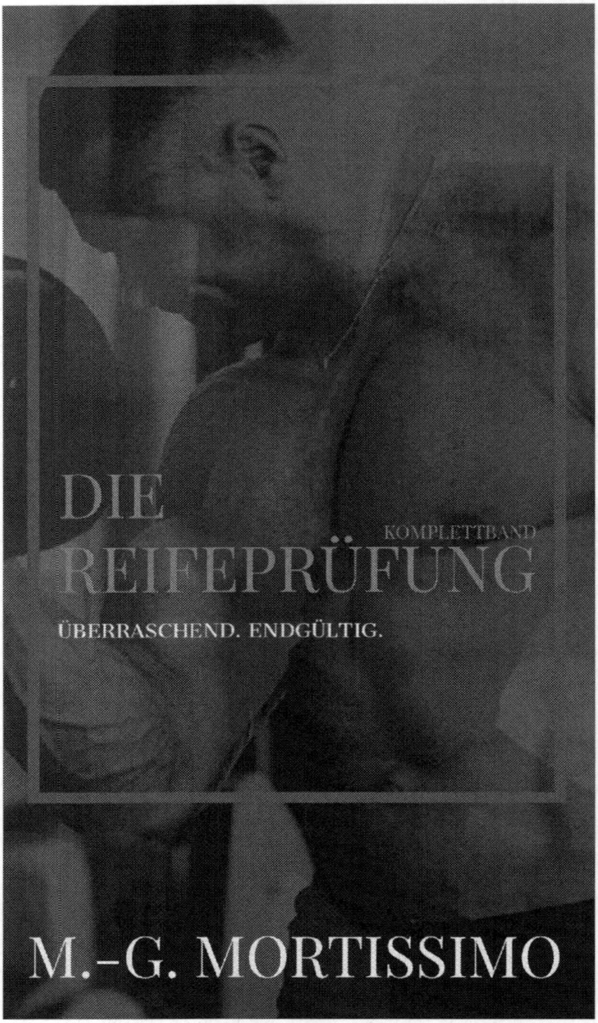
DIE
KOMPLETTBAND
REIFEPRÜFUNG
ÜBERRASCHEND. ENDGÜLTIG.
M.-G. MORTISSIMO

Andere Werke von MGM

Kriminalfälle lesen Sie ebenso gerne, wie Dramen und Dark-Romance Geschichten?

Michaela Glaser-Meichsner ist seit Januar 2018 erfolgreiche Schriftstellerin der ostfriesischen „Inspektor Appeldorn“ Rollenspiele. Ihre eigens entwickelten Mordfälle bringen das klassische Krimidinner auf ein neues, interaktives Niveau. Sie begeistern deutschlandweit mitspielende Gäste und Zuschauer in öffentlichen und exklusiven Veranstaltungen. Im Juli 2020 erstmalig erschienen ist das erste Inspektor Appeldorn EBook „Der Untergang vom fiesen Fries“.

Jetzt auch auf Amazon erhältlich:

https://www.amazon.de/Inspektor-Appeldorn-Untergang-fiesen-Fries-ebook/dp/B08D3V3P5B/ref=sr_1_1?__mk_de_DE=ÅMÅŽÕÑ&crid=175CMDAPEP6N5&dchild=1&keywords=inspektor+appeldorn&qid=1596049526&sprefix=inspektor+a%2Caps%2C160&sr=8-1

EINE
MORDERMITTLUNG
ZUM TEE
Inspektor Appeldorn
DER UNTERGANG VOM FIESEN FRIES

Stand 03.2021

Die Herzogreihe besteht aktuell aus folgenden Bänden:

1. Der Ausbilder

2. Die Reifeprüfung Teil 1 und Teil 2 oder als Komplettband

3. Der Lebensweg (geplant Ende 2021)

Weitere Details und interessante Aktionen sowie Inhalte zur Geschichte, finden Sie auf unseren Social Media Kanälen bei Instagram oder Facebook.

Printed in France by Amazon
Brétigny-sur-Orge, FR

17320271R00172